KB074354

종합병원 청년의사들

종합병원
청년의사들

이왕준·박재영 쓰고 엮음

청년의사

종합병원 청년의사들

지은이 이왕준 · 박재영

펴 낸 날 1판 1쇄 2014년 12월 6일
　　　　　1판 2쇄 2015년 7월 20일

펴 낸 이 양경철
주　　간 박재영
편　　집 김하나
디 자 인 김지영

발 행 처 ㈜청년의사
발 행 인 이왕준
출판신고 제313-2003-305호(1999년 9월 13일)
주　　소 (121-829) 서울시 마포구 독막로 76-1 (상수동, 한주빌딩 4층)
전　　화 02-3141-9326
팩　　스 02-703-3916
전자우편 books@docdocdoc.co.kr
홈페이지 www.docbooks.co.kr

ISBN 978-89-91232-58-7 03810

책값은 뒤표지에 있습니다.
잘못 만들어진 책은 서점에서 바꾸어 드립니다.

자식을 의사로 키운
이 땅의 부모님들께 바칩니다

달라진 것과 달라지지 않은 것

드라마 〈종합병원〉과 책 《종합병원 청년의사들》이 세상에 나온 이후 어언 20년이 흘렀다. 강산이 두 번 변한다는 시간이니 결코 짧은 세월이 아니다.

그 사이에 많은 것들이 변했다. 20대 후반의 파릇한 청춘들이 벌써 오십 줄을 바라보는 반백의 중년이 되었고, 초년병 의사들은 어엿한 '교수님'이나 '원장님'이 되었다. 다들 '중년의사'가 된 것이다.

신문 〈청년의사〉도 많이 달라졌다. 의사 면허를 손에 쥔 지 얼마 안 되는 햇병아리 의사들이 모여서 직접 만들었던 아마추어 신문이 이제는 기자와 직원이 40명에 이르는, 한국의 가장 대표적인 의료 전문 언론사가 되었다. 〈청년의사〉를 함께 창간했던 '동지'들은 아직도 끈끈한 모임을 유지하고 있지만, 요즘은 의료 현안보다는 아이들 이야기를 많이 한다.

필자 역시도 많은 변화를 겪었다. 종합병원 청년의사가 이제는 종합병원의 병원장, 이사장이 되었다. 이 책을 썼을 때는 레지던트 1년차 생활을 막 시작했던 시절이었다. (숨 쉴 틈도 없던 시절에 이런 책을 만드는 데 참여할 수 있었던 건 그나마 '파견' 기간이 있었기 때문이다.)

이제 필자는 종합병원 세 곳과 요양병원, 요양원들을 포함하여 1,600

병상을 운영하고 있고, 130명의 전공의들을 포함해 340명의 의사들을 이끌고 있는 병원 경영인이 되었다. 외과 전문의이지만 임상을 떠난 지 10년이 훌쩍 넘어서 직접 환자를 진료하는 일은 거의 없다. 그리고 병원 안에 있는 시간보다 병원 밖에서 더 많은 일을 해결해야 한다.

그래서인지 많은 사람들이 묻는다. 당신은 〈청년의사〉 창간 시절에 비해 무엇이 얼마나 변하였는가. 아직도 과거의 가치와 생각이 옳다고 믿고 있는가. 다른 식의 질문도 있다. 당신이 아직도 개혁적이라 생각하는가. 만약 그렇다면 이제는 의료계를 어떤 방식으로 개혁할 것인가?

얼마 전, 모교의 교수로 있는 의대 동기와 오랜만에 통화를 했다. 의사 추천을 부탁하려 했지만, 결국 전문과목 간 갈등 때문에 추천이 어렵다고 했다. 여러 번 통화하면서, '전문과목 간의 갈등을 해소하고 다학제 협진을 실현할 비전과 모델을 만들어 볼 터이니 좀 도와주라. 현실이 어렵지만 새로운 협진 모델로 통합적인 조직 운영을 해 보겠다.'고 제안했다. 말미에 친구는 이렇게 말했다. '어렵겠다. 나는 빠지겠다. 하지만 왕준아, 너는 아직도 여전하구나. 아무튼 대단하다.'

어떤 면에서 나는 아직도 무모한 이상주의자일지 모른다. 하지만 그 친구도 내가 생각하는 꿈과 이상이 지금 당장은 어렵겠지만 머지않아 달성될 수 있는 미래라고 동의하였다.

필자에게 〈청년의사〉는 의사라는 정체성의 출발이자 의료업을 하는 데 있어서 가장 중요한 근거이다. 물론 현재 〈청년의사〉의 논조나 기사는 필자가 통제하거나 간섭할 수 없는 영역이 되었다. 이미 신문사 그 자체로서 자율성과 자기정체성을 가지고 있고 또 유지해 가야 하기 때문이다. 하지만 지난 22년 동안 〈청년의사〉의 정신과 혼을 만들기 위해, 〈청년의사〉라는 조직과 회사를 지켜 내기 위해 쏟았던 정열과 시간과 돈은 헛되지 않았다고 생각한다. 필자에게 〈청년의사〉가 없었다면 '인천사랑병원'도 없었고 '명지병원'도 없었을 것이다.

지난 20년 동안 〈청년의사〉의 논조는 어떻게 달라져 왔을까? 불행하게도(!) 우리가 마주한 객관적 현실의 토대가 근본적으로 바뀌지 않았기 때문에, 우리의 주장과 노선도 크게 바뀌지 않았다고 생각한다. 과거에는 문제 제기만 해도 충분했다면 지금은 일정 부분 문제를 해결해야 하는 책임까지 져야 하므로, 사물을 대하는 태도가 더욱 신중하고 현실적으로는 바뀐 측면은 분명히 존재할 것이다. 하지만 근본적인 질문과 그에 대한 답변은 크게 바뀌지 않았다고 생각한다.

'의료의 본질'에 대한 생각은 '환자 중심의 새로운 의료체계를 어떻게 구현할 것인가'에 대한 고민으로 더욱 깊어지고 있다. 〈청년의사〉는 태생적으로 이데올로기적인 거대 담론으로 흑백을 가르는 것을 혐오하면서 탄생했다. 실천적 함의를 지닌 논의를 통해 현실을 바꿀 수 있는 대안을 제시하고 이를 행동으로 감행하고 모범적 모델로 만들어 세상에 확산하는 것을 개혁의 방법론으로 생각했다.

그래서 〈청년의사〉는 의사 사회를 바꾸고 의사들의 관행을 바꾸고 의사들 내부의 문화를 바꾸는 것을 최우선적인 과제로 생각했다. 그러기 위해서 의사 집단과 의사회 조직을 바꾸어야 한다고 주장했다. 의과대학과 의학교육을 바꾸어야 한다고 역설했다. 병원 구조와 의료 관행을 바꾸자고 토론했다. 결국 해답은 현장에 있으니, 밑바닥부터 바꿔 나가지 않으면 어떤 개혁 정책도 무기력한 관념에 머무를 것이라 단언했다.

많은 이들이 현장에서 열심히 뛰었지만 아직도 그 변화는 미미하다. 더 큰 변화에 대한 갈망은 더욱 커져만 가고 있다. 현장에서 만들어지는 성과들은 그 울림이 여전히 미미하고, 세상을 압도하는 '자본과 권력'의 힘은 여전히 막강하다. 사실 지난 20년 동안 한국 의료의 전개 과정은 '훨씬 자본 중심적'이 될 것이며 '대형 병원 조직에 종속적으로 포섭'될 것이라는 〈청년의사〉 창간호의 예언이 들어맞는 과정이었다.

그럼에도 우리는 희망을 잃지 않고 있다. 소망과 소명을 저버리지 않을 것이다. 큰 관행은 작은 실천에서 깨져 나가고 거대한 장벽도 조그마한 파열구에서 무너지게 마련이다. 물론 의료 현장에서 새로운 것을 만들고 기존 틀을 바꾸는 것이 그리 쉬운 일은 아니다. 개인의 결단이 어려워서가 아니라 현실적으로 유지 가능한 선택을 해야 하기 때문이다.

그렇기 때문에 항상 두 마리의 토끼를 잡으려는 현명하고 영리한 전략과 실천이 필요하다. 명분과 현실을 잘 조화시키는 실사구시적인 관점을 항상 유지하고, 결코 지지 않는 길을 설계해 가야 한다. 그리고 강고하게 버티면서, 성과를 이룰 때까지, 대세를 잡을 때까지, 버티고 이겨 나가야 한다.

이번 복간 작업은 단순히 과거의 추억을 기억의 우물에서 퍼 올리는 과정이 아니라 20년 전의 생생한 목소리를 되살려 그 의미를 오늘날 되새

김질 하는 과정이라 생각한다. 1992년 흥사단 강당의 〈청년의사〉 창간대회에서 낭독된, '창간선언문'의 일부로 오늘의 되새김질을 대신하겠다.

"우리는 이러한 변화의 시대에 우리의 몫을 찾아야 한다. 그것은 우리 내부로부터 새로운 흐름을 만드는 일이요, 우리의 장점에 근거해 부정적 측면을 극복해 가는 일이다. 우리는 유산으로 물려받은 오늘의 현실이 하루 이틀에 만들어진 것이 아님을 알기에 단순한 문제 제기나 선험적 주장으로 그 해결책을 찾는 우를 범하지 않을 것이다. 우리는 우리가 발 딛고 있는 삶과 의료의 현장으로부터 그 단초를 찾아내고, 그것을 서로 공유하고, 그 힘과 지혜를 모아 아래로부터 잔잔한 소용돌이를 만들어 가야 한다. 신문 〈청년의사〉가 이러한 과정을 매개하고 활성화시키는 촉매제가 될 것이다."

2014년 12월

이 왕 준

녹슨 자전거를 다시 꺼내어

20년 전에 쓴 일기를 다시 읽는다는 건, 거기에 무슨 내용이 적혀 있든, 얼굴이 화끈거리는 일이기 쉽다. 가끔은 빙그레 웃음을 지을 때도 있고 드물게는 기특하다 싶은 생각이 들기도 하겠지만, 아무래도 주된 감정은 부끄러움이기 십상이다. 가수 김창완이 〈녹슨 자전거〉라는 곡에서 '추억은 꺼내는 게 아니야'라고 노래했던 것처럼, 추억은 기억의 창고 안에 남아 있을 때에 더 아름다운 법이다.

이 책을 복간하는 일이 딱 그러했다. 20년 전, 청춘이 빛나는 만큼 치기도 충만했던 시절에 호기롭게 써 내려 갔던 글들을 다시 세상에 내놓는다는 건, 아주 조금 뿌듯하고 꽤 많이 면구스러운 일이었다. 적어도 우리의 추억이 이 책의 복간으로 더 아름다워질 리는 없어 보였다.

그럼에도 불구하고 '굳이' 이 책을 다시 펴내기로 결심한 데는 몇 가지 이유가 있다.

첫째, 이 책이 절판된 이후, 생각보다 많은 사람들이 이 책을 구할 수 없겠느냐고 물어왔다. 후배가, 조카가, 자녀가 의사 지망생이라면서, 이 책을 읽히고 싶다는 사람들이 대부분이었다. 의학을 공부한다는 것,

의사가 된다는 것, 의사로 살아간다는 것의 진짜 의미를 이 책보다 생생하게 알려 주는 책은 없더라는 (어쩌면 왜곡되었을지도 모르는) 기억을 가진 분들이었다.

둘째, 20년 전에 우리들 스스로가 품었던 희망이나 포부와 지금의 현실 사이에 어느 정도의 간극이 있는지를 확인하고 싶은 마음이 있었다. 그 간극이 크면 큰 대로 작으면 작은 대로, 앞으로 다가올 우리의 미래를 설계하는 데에 교훈을 줄 것 같았다. 이 책의 제작에 참여했던 사람들은 지금 40대 중반에서 50대 초반이 됐다.

셋째, 20년 전과 다름없는, 아니 어떤 면에서는 그때보다 더 안타까운 한국 의료의 현실을 개선할 수 있는 실마리를 '혹시나' 우리가 의사 초년병 시절에 가졌던 '초심'에서 발견할 수 있지는 않을까 하는 기대가 있었다. 의학과 과학기술이 20년 전과는 비교도 안 될 만큼 발달했지만, 고통에서 출발하고 치유를 지향한다는 의학의 '본령'은 달라지지 않았으니 말이다.

넷째, '최초'의 일을 기념하고 싶은 마음이 있었다. 이 책은, 비록 어설프지만, 한국에서는 처음으로 '의사의 삶'을 날것 그대로 드러낸 책이었다고 해도 과언이 아니다. 때문에 베스트셀러가 됐고, TV 드라마 〈종합병원〉의 원작으로 활용됐었다. 아울러 이 책의 여러 에피소드를 그대로 가져다 썼던, 이제 방영 20주년을 맞은 드라마 〈종합병원〉은 한국 최초의 본격 메디컬 드라마였다. (참고로 〈종합병원〉은 1994년 4월부터, 미국 드라마 〈ER〉은 1994년 9월부터 방송됐다.)

이런 연유로 '복간'을 결정했지만, 여러 가지 고민이 있었다. 과거의 원고를 얼마나 수정할 것인지, 뭔가 새로운 내용을 추가할 것인지 여부가 가장 큰 문제였다. 손을 대자니 한이 없었고, 그냥 두자니 턱없이 부족했다. 고민 끝에, 몇 가지 자잘한 오류만 바로잡는 선에서, 원문을 거의 그대로 유지하기로 했다. 복간의 의미를 설명하는 사족을 달았고, 과거에는 주로 인턴 레지던트였던 필자들의 현재 직책을 추가했고, 표지 디자인만 바꾸었다. 하지만 놀랍게도, 거의 대부분의 글은 특별한 시차가 느껴지지 않는다. 역시 인생은 짧고 의술은 길다?

이 책은 대표필자 두 명을 포함하여 모두 28명의 청년의사들의 원고나 구술을 바탕으로 만들어졌다. 당시엔 그중 두 분만 '마음만 청년'이었고 나머지 모두는 진짜 청년이었지만, 지금은 모두가 '마음만 청년'이 되었다. (그리고 한 분은 불의의 사고로 유명을 달리했다.) 모두가 각기 다른 곳에서, 어떤 형태로든 대한민국 의료 발전을 위해 애쓰고 있다. 1994년에 우리가 함께 일으켰던 일종의 '소동'을, 즐거운 기분으로 추억할 수 있으면 좋겠다. 비록 지금은 자주 모이지 못하지만, '청년의사 사람들'이라는 이름은 화인火印처럼 우리의 마음속에 영원히 남아 있으리라 생각한다. 오랜만에 꺼낸 녹슨 자전거이지만, 아직은 타고 다닐 만하다.

2014년 12월
박 재 영

종합병원 청년의사들

이 책은 첫 페이지부터 읽어 내려 가셔도 무척 재미있습니다. 제1부인 '주치의에게 빤스를'에는 젊은 의사들이 제대로 된 의사가 되어 가는 과정에서 겪는 각종 '비참한' 에피소드들이 있습니다. 그러나 '비참한' 추억도 지나고 보면 즐거운 법. 제2부 '사랑하는 사람들'에 실린 글은 의사들이 의료 현장과 삶 속에서 만난 감동적인 일들입니다. 모두와 함께 나누고 싶어서 한 자리에 모았습니다. 그러나 읽으시다가 가끔 인턴이나 레지던트의 생활에 대해 몹시 궁금하다고 느끼는 독자가 계시다면, 일단 건너뛰어 제4부 '의사 만들기와 의사 되기'를 먼저 읽어 보십시오. 특히 의과대학에 가고 싶은 학생들이나, 의대생 자녀를 두신 부모님들이라면 '의사 만들기와 의사 되기'를 필히 먼저 보시는 것이 좋겠습니다. 지금 병원에 입원한 가족이 있다거나 혹은 종합병원의 각 과들에 관심이 있으신 독자는 제3부 '병동에서 바라본 세상'을 먼저 읽으셔도 되겠네요.

제5부 '세상이 아프면 의사도 아프다'는 솔직히 말씀드려서 일반 독자

보다는 같은 의사들이 더 열심히 읽어 주셨으면 싶은 글들입니다만, 한국 의료계의 내일을 짊어져야 하는 젊은 의사들의 진지한 고민이 담긴 글이므로, 책을 덮기 전에 꼭 한 번은 읽어 주십시오.

마지막으로 '청년의사—의료계의 악동들'은 이 책을 엮은 두 사람이 몸담고 있는 '청년의사 사람들'에 관한 이야기입니다. 독자 여러분이 구입해 주신 이 책의 판매 이익금은 신문 〈청년의사〉가 벌이는 각종 사업의 기금으로 쓰입니다. '청년의사 사람들'이 어떤 사람들인가를 알고 싶은 분들을 위해, 이들의 진솔한 삶의 모습을 그리고자 애썼답니다.

자, 그러면, 지금부터 읽어 봅시다.

1994년 5월
열음사 편집부 올림

차례

02 사랑하는 사람들

주치의에게 빤스를

주치의에게
빤스를

밖에 나갔던 L이 헐레벌떡 문을 열더니

"야! 빨리 꺼! M선생 떴어!"

그 순간 의국은 불난 호떡집처럼 소란스럽다. 담뱃불을 끈다, 재떨이를 치운다, 연기를 몰아낸다, 난리를 쳤지만 미처 증거 인멸도 하기 전에 M선생이 들어오더니 특유의 인상을 쓰며 잔소리를 늘어놓는다.

"이게 무슨 짓이야! 병원은 금연구역이라는 것 알아 몰라! 환자의 생명과 위생을 책임져야 하는 의사가 병원의 규칙을 스스로 어기고 만병의 근원인 담배를 여지껏 끊지 못하다니, 아직도 정신 상태가 엉망이구만! 그 벌로 너희들은 오늘 당직이야."

한 30분 정도 찬바람이 씽씽 돌 정도로 쌀쌀맞게 잔소리를 늘어놓더니 횡하니 나간다.

"애고고, 이젠 죽었구나. 지지리도 재수없는 놈은 뒤로 넘어져도 코가 깨진다더니 하필 그때 M선생이 나타날 게 뭐람."

의국에 있던 L과 K, 그리고 J는 한숨을 내쉬며 자신들의 신세를 한탄했다.

Y병원 내과의 레지던트 4년차인 M은 '환자에게 친절을'이 기본 신념이다. 다른 실수는 용서해도 환자에게 무례하게 구는 것은 용납하지 않는 사람이었다. 따라서 환자에게는 인기 만점이었지만 같이 일을 하는 아랫년차와 인턴에게는 '깐깐한' 사람이었다. 세수를 했니 안 했니, 양치질을 했니 안 했니, 머리를 감았니 안 감았니라는 시시콜콜한 것까지 물고 늘어지니 말이다.

대학병원의 인턴이나 레지던트들이 아침에 일어나 세수나 양치질을 하지 않는다면 놀라겠지만, 안타깝게도 그것은 거의 비공식적으로 공인받은 사실이다. 그러나 M선생은 그 사실을 인정하려 들지 않았다.

"도대체 정신 상태가 글러먹었어! 어떻게 세수도 안 하고 환자를 보러 간다는 생각을 하나! 아침에 5분만 일찍 일어나면 될 것을, 그래 갖고도 의사라고 쯧쯧."

5분이라니, 아침잠의 5분이란 얼마나 달콤한 시간인가, 더구나 길어야 두세 시간밖에 못 자는 판에 5분이라니, 설명 자체가 구질구질해지는 소중한 시간임을 일러 무엇하리오. 그 시간을 세수와 양치질에 할애하라고?

그럼에도 불구하고 그와 같이 일해야 하는 사람들은 눈물을 머금고 황금보다, 어쩌면 애인보다 더 절실한 아침 5분간의 수면을 포기해야만 했다.

"체, 자기야 지금 4년차니까 시간이 펑펑 남지, 개구리 올챙이 적 생각 못한다고, M선생이 인턴이었을 때도 저러고 다녔을까?"

"아닐걸. 그땐 자기도 우리 같았겠지. 자기도 사람인데."

"아니야, 그 독종은 그러고도 남을 위인이야. 보고도 몰라? M선생은 바늘로 찔러도 피 한 방울 안 나올 거야."

인턴들이 모여 구시렁거리며 M선생의 욕을 하고 있긴 하지만 그러한 불만을 드러내 놓고 제기하지 못하는 것은 M선생의 주장이 전적으로 옳다는 것을 그 누구보다도 잘 알고 있기 때문이다. 그 사실을 마음속에서 인정하고 있긴 하지만 듣기 좋은 꽃노래도 한두 번이지, 하물며 이런 잔소리를 자주 들으면 반발심이 안 생기려야 안 생길 수가 없을 거다.

특히 M선생이 원망의 표적이 된 것은, 병원 내에서의 흡연에 대한 그의 알레르기 반응이었다. 그는 병원 안에서의 흡연에 대해 지나치다 싶을 정도로 심한 반응을 보였다. 담배를 피다 그에게 적발되면 그날로 사망신고 해야 한다는 말이 공공연하게 떠돌고 다닐 지경이니까.

들리는 소문에는 M선생도 학생 때는 애연가였다는데 무슨 연유인지 모르지만 그 맛난 담배를 하루아침에 끊었다는 얘기가 전설처럼 전해져 왔다. '담배 끊는 데 성공한 놈에게는 딸을 주지 말라.'는 말이 있듯 그 소문은 그를 독종으로 인식시키기에 충분한 근거로 제시되기도 했다. 물론 믿거나 말거나지만. 사실 양치질이야 귀찮아서 그렇지 하고 나면 개운한 맛이라도 있지만, 10여 년 이상을 담배와 동고동락한 사람에게 금연을 하라는 것은 너무나 가혹한 요구였다. 따라서 이런 악조건 속에서도 고군분투하는 애연가들도 있었으니, 그들이 기회만 나면 들키지 않고 담배를 필 수 있는 방법을 개발하기 위해 피나는 노력을 기울이는 모습은 가히 눈물겹다고 할 만했다.

그런 어느 날이었다. 이 모든 억압과 감시를 시원히 설욕할 기회가 왔던 것이다!

더위가 한창 기승을 부릴 때라 그냥 서 있기만 해도 짜증 나는 날이었다. 며칠 전 사망한 신부전증 환자에 대한 모탈리티 콘퍼런스^{Mortality} ^{Conference: 사망 환자의 진료상의 문제를 토의하는 학술 토론회}가 잡혀 있었다. 환자가 왜 죽었는가를 따지는 자리이기 때문에 분위기가 살벌하기 짝이 없다.

인턴들이 오버헤드 프로젝터를 준비하고 참석할 사람 수대로 자료를 복사하고 마이크를 설치하는 등의 준비를 겨우 시간에 맞추어 끝냈을 때였다. 이미 앞줄에는 레지던트와 스태프들, 뒷줄에는 실습 학생들까지 자리를 잡고 앉아 있는데, 이제 겨우 1년차인 L이 허둥대며 들어오는 모습이 M선생의 시야에 들어왔다.

"도대체 어디 갔다 이제 오나? 어디다 정신을 놓고 다니나, 자넨. 지금 뭘 하자고 모이는 건지 알기나 한 거야?"

폭탄처럼 쏟아지는 M선생의 잔소리에도 불구하고 L은 빙글빙글 웃기만 할 뿐이었다. 이에 모른 척 지나갈 M선생이 아니었다.

"왜 정신 나간 사람처럼 웃고 있나?"

"614호 김명순 환자가 퇴원하시면서 선물을 주고 가셨어요. 그런데 그 선물, 재미있었어요."

"뭔데?"

1년차는 대답 대신 계속 웃기만 하더니

"러닝셔츠하고 팬티 두 벌이요."

"아니! 그게 웃을 일이야? 울어도 시원찮을 일을, 창피한 줄 알아야지. 그래, 그 환자가 자네에게서 나는 냄새가 얼마나 지독했으면 퇴원하는 마당에 빤스를 다 주고 가겠나? 평소 내가 그토록 일렀거늘, 쯧쯧. 부끄러운 줄을 몰라요."

아니, 말이야 바른 말이지 얼마나 고마운 일이냐. '촌지'랍시고 거금을 쥐여 주어 병아리 의사들을 황당하게 만들곤 하는 '질 나쁜' 환자도 물론 있지만, 장기 입원 환자들이 슬그머니 건네주는 팬티와 러닝셔츠 몇 장은 뇌물성이라기보다는 감옥 아닌 감옥살이를 하느라 벽에 붙여 놓은 양말도 빨아 신을 틈이 없는 우리들에겐 눈물겹도록 다정한 우애의 표현이 아닌가. (인턴들끼리 하는 농담이지만, 빨래할 틈이 워낙 없으므로 양말을 며칠씩 신게 되는데, 빨래한 시기가 언제인가를 아는 방법은 양말을 벽에 던져 보면 된다. 즉, 땀과 때에 찌들어 양말이 벽에 붙을 만큼 찐득거릴 때가 되면 빨래를 한다.) 그런데 그걸 가지고도 싫은 소릴 하다니. 폭탄처럼 쏟아지는 M선생의 잔소리에도 평소 같으면 나와도 한참은 나올 입도 안 나오고, 속으로 이런저런 욕을 다 해대며 구시렁거릴 텐데 오늘따라 싫은 기색은커녕 뭐가 그렇게 우스운지 웃음을 참느라 용을 쓰는 L의 모습을 곁에 있던 다른 사람들은 도저히 이해할 수 없었다.

"야, 날이 더워 정말로 정신이 출장 간 것 아냐?"

주위에서 뭐라고 다들 한마디씩 하자, 그때에야 L은 마치 중대 발표를 하는 양 입을 열더니 러닝셔츠와 팬티라는 선물을 내밀며

"저, 이거 선생님 드리라던데요. 꼭 갖다 드려야 한다고 신신당부를 하셨어요."

순식간에 울려퍼지는 웃음소리에 얼굴이 벌겋게 단 당황한 M선생의 얼굴은 굳이 설명할 필요가 없었다. 그 옆에서 평소의 압박과 설움의 세월을 설욕이라도 하듯 회심의 미소를 짓고 있는 L의 얼굴은 유난히 환해 보였다.

M선생은 '비교적' 청결한 레지던트였던 것이다.

고도 5천 피트를
유지해 주세요

S대학병원의 인턴 K는 학생 시절, 소문난 고문관이었다. 임상 실습 때부터 병원이 뒤집어지는 수많은 황당한 일들을 터뜨려 온 바 있는 공인된 사고뭉치였던 것이다. 그와 같은 실습조에 속한 학생들은, 대개 모든 조원이 같은 점수를 받게 되는 실습 평가에서 자신들이 감수해야 할 불이익 때문에 늘 전전긍긍해야만 했고, 어지간한 선생님들도 그의 명성은 익히 들어 알고 있는지라 웬만한 일은 그러려니 하고 넘어갈 정도였다.

자신은 당연한 결과라고 주장했지만 모두들 의아해했던 일은, 그런 그가 KMA^{Korean Medical Association의 약자로 원래 대한의학협회를 뜻하지만, 의사들은 흔히 '의사국가고시'의 뜻으로 사용한다.}에 합격한 것보다도 모교 병원에 인턴으로 남은 것이었다. 그가 인턴 시험에 합격한 사실이 알려지면서 사람들은 모두 면접 점수는 총점에 반영되지 않는 것으로 생각했을 정도이니 말이다.

그래도 학생 신분이었을 때에는 어느 정도의 실수는 귀여움으로 받아들여질 수 있었지만, 인턴은 엄연한 병원의 직원으로 월급을 받고 일하는 '의사'이기 때문에 그랬는지, K도 명성에 걸맞지 않게 큰 실수나 사고 없이 비교적 무난한 인턴생활을 해 나갔다. 여름이 가고 가을이 올 때까지도 그는 다른 인턴들과 하나 다를 것이 없는 생활을 해 나가고 있었다. 잠을 못 자고 세수를 못 해 얼굴이 누렇게 뜨기는 했지만, 그건 다른 인턴들도 마찬가지였기에 전혀 특별한 일이 아니었다.

　　그의 화려했던 과거가 조금씩 사람들의 기억 속에서 잊혀 가고 있었던 늦가을, 한 달간의 제주도 파견 근무가 K에게 떨어졌다. 제주도 파견 근무는 답답한 본원을 잠시 떠난다는 사실만으로도 모두가 기다리는 시간이려니와, 응급실을 지키는 것이 주된 업무라서 24시간을 근무하고 나면 48시간이라는, 인턴으로서는 상상하기 어려운 긴 시간의 휴식이 주어지기 때문에 더욱 매력적인 것이었다.

　　제주도에서 근무를 하다 보면 종종 상태가 나쁜 환자를 서울에 있는 본원으로 이송해야 하는 경우가 생긴다. 그럴 때면 대개 인턴이 함께 비행기를 타고 환자를 돌보며 서울로 오게 되는데, K가 파견 근무를 시작한 지 사흘째 되는 날이었다. 헤모뉴모쏘락스^{Hemopneumothorax: 흉강} ^{에 혈액과 기체가 고이는 질병}로 진단받은 환자가 있어 그 일을 K가 맡게 되었다. 호흡을 유지하기 위해 기도에는 튜브가 박혀 있고, 팔에는 수액을 공급하는 주삿바늘이 꽂혀 있는 환자를 바퀴 달린 침대에 누인 채로 구급차에 오르는 그에게 외과 과장님이 말씀하셨다. 가는 동안 특별히 신경 쓸 일은 없으니 장치에 함부로 손대지 말라는 지시와 함께 도착하는 즉시 잘 도착했다는 보고를 하라는 것이었다. K는 그래도 혹시 모르니까 하면서 이동식 산소탱크와 몇몇 응급소생술에 필요한 도구를 챙겨서 손에 들었다.

그의 임무는 사실 같이 비행기를 타고 날아가서 김포공항에 대기해 있을 본원 구급차에 환자를 옮기기만 하면 끝나는 것이었지만, 난생 처음 병원이 아닌 장소에서 그것도 사람들이 모두 쳐다보는 곳에서 가운을 입고 의사 노릇을 한다는 것이 약간은 흥분되고 뿌듯하기도 한 일이었다. 비행기에 오르는 동안 주위에 있는 모든 사람들이 마치 무슨 구경거리라도 있는 양 환자와 자신을 번갈아 쳐다보는 시선을 느끼며 K는 공연히 환자의 얼굴 가까이 자신의 얼굴을 갖다 대기도 하고, 한 방울씩 규칙적으로 떨어지고 있는 수액의 조절 장치를 조금 늦추었다가 다시 조이기도 했다.

기내의 좌석을 한 줄 뜯어내고 특별히 마련한 공간에 자리를 잡고 있는 참에 뒷문으로 들어와 승객들을 살피며 조종석으로 가던 기장이 그 상황을 발견하고는 K쪽으로 다가왔다. 기장이 긴장된 표정으로 물었다.

"가는 동안 별일 없겠는지요? 제가 특별히 유의해야 할 점은 없습니까?"

설마 나에게 오는 것이랴 하고 있던 K는 순간 당황했지만, 무슨 말이든 해야 할 것 같은 기분을 느꼈다. 아무 장치에도 손대지 말라던 과장님의 말씀을 그대로 전할 수는 없는 일이었기에, 그는 무언가 멋

있는 말을 하고 싶었지만 마땅한 생각이 떠오르지 않았다. 그 짧은 순간에 곰곰이 생각해 본 K는 흉강에 피가 고여 가슴에 튜브를 꽂고 있는 환자니까 고도가 너무 올라가면 압력이 낮아져서 해로울 것 같았다. 어느 영화에선가 이와 비슷한 장면을 본 것 같기도 했다. 근엄한 목소리로 K가 말했다.

"뭐, 특별히 신경 쓰실 일은 없고요, 고도 5천 피트만 계속 유지해 주시면 고맙겠습니다."

그 소리에 기장은 약간 당황한 표정으로 대답을 못 하고 있는데 K가 다시 말했다.

"어렵겠습니까?"

"아닙니다, 한번 해 보죠."

비행기는 예정보다 약간 늦었으나 무사히 김포공항에 도착했다. K가 환자를 내릴 준비를 하는데 기장이 뛰어나왔다. 몹시 상기된 표정의 기장은 온몸이 땀에 흥건히 젖어 있었다.

"환자는 괜찮습니까?"

"예, 덕분에."

기장에게 인사를 하고 환자를 본원의 인턴에게 인계하고 나서 K는 제주도로 전화를 했다. 과장님이 연결된 것을 확인한 K는 소리치듯 말했다.

"선생님, 기장님이 고도를 5천 피트*로 유지해 주신 덕분에 무사히 잘 도착했습니다. 곧 내려가겠습니다."

K가 흐뭇한 표정으로 제주행 비행기에 오르는 무렵, 제주도의 과장

님은 알 수 없는 K의 말에 고개를 갸우뚱하고 있었다.

　한참 후에 이 일의 전모가 밝혀졌을 때, 사람들은 박장대소하며 이구동성으로 말했다.

　"과연 K!"

---

* 5천 피트는 약 1,520m이며 지리산 천왕봉의 높이는 해발 1,915m이다.

짜장면과 된장찌개

학생 시절. 임상 실습을 돌다 보면 레지던트 선생님들과 함께 식사를 할 경우가 많다. 그 시간은 오전 10시일 때도 있고 오후 4시일 때도 있지만, 밥값을 학생 보고 내라고 할 야속한 레지던트는 없으려니와 식사 시간은 일종의 휴식 시간이니까 그런 경우 대개는 즐거운 시간이다.

궁금했지만 자신의 무식함이 탄로날까봐 차마 물어보지 못했던 사항들도 이럴 때 살짝 물어볼 수 있어서 배우는 것도 많이 있고, 선생님들과 인간적으로 친해지는 것은 여러모로 좋은 일이므로, 식당에 가자는 제안은 때론 배가 고프지 않아도 반가운 말인 것이다.

내가 처음으로 병원 지하에 있는 식당에 갔을 때의 일이다. 그때는 가장 바쁜 과의 하나로 악명이 높은 신경외과를 실습하던 때였다. 함께 식당에 들어선 사람들 중에서 학생은 나를 포함해서 둘뿐이었다.

그날의 메뉴로는 짜장면과 된장찌개와 정식이 있었다. 정식이라는 것은 된장국과 생선조림 한 토막이 공깃밥과 함께 나오는 것으로 매일같이 있는 메뉴이므로 병원에 상주하는 사람들은 잘 선택하지 않는 것이다. 따라서 짜장면과 된장찌개 중에서 무엇을 먹을 것인가를 선택해야 했는데, 그런 종류의 구내식당에서 나오는 짜장면이라는 것은 대개 맛이 별로인 것을 알고 있는 나로서는 된장찌개를 주문할 수밖에 없었다. 같이 앉아 있던 친구 녀석도 비슷한 생각을 했는지 된장찌개를 주문했다.

막상 주문을 하고 보니 된장찌개를 먹겠다는 사람은 우리 둘뿐이고, 나머지 선생님들의 선택은 모두 짜장면이었다. 그때까지만 해도 조금도 이상하다는 생각은 하지 못했고, 그저 이 사람들은 아직도 짜장면을 좋아하나 보다 했을 뿐이었지만, 잠시 후 사정은 달라졌다. 첫술을 뜨기가 무섭게 여기저기서 삐삐가 방정맞게 울리기 시작한 것이다.

그 삐삐가 매달려 있는 허리의 주인들은 일그러진 얼굴로 찍혀 있는 번호를 확인했고, 그 소리가 자신을 부르는 것이 아니라는 사실을 확인한 사람들은 놀란 가슴을 쓸어내리며 부지런히 짜장면을 먹어 대고 있었다. 우리가 뜨거운 된장찌개 국물을 후후 불어 가며 3분의 1이나 먹었을까 싶은 때에, 남아 있는 면발은 이미 하나도 없었다.

"아직도 못 먹었냐?"

누군가가 도끼를 들고 쫓아오고 있었다면 그랬을까, 입가에 묻은 검정을 닦기도 전에 선생님들은 자리에서 일어서고 있었고 우리는 잠시 황당한 표정을 지었다. 우리는 속으로 '천천히 먹고 오라.'는 말을 기다렸지만, 그 짜장이 묻은 입술이 열리고 나오는 말은 무참히 기대를 저버린 '어서 따라오라.'는 것이었다.

결국 나는 아쉬운 마음을 달래며 숟가락을 놓았지만, 내 친구 녀석은 한 술이라도 더 먹고야 말겠다는 집념에서 아직도 뜨거운 된장 뚝배기를 들고 마시다가 입천장을 데었다. 나중에 깨달은 일이지만 시간은 없고 배는 채워야 할 때 가장 좋은 음식의 조건은 무엇보다 뜨겁지 않아야 한다는 것이었다.

맛?

그런 것은 사흘 굶은 사람에게는 중요한 것이 못 된다.

인턴이나 레지던트 1년차는 병원 밖에 나가는 것 자체가 드문 일이다. 문을 잠가 놓은 것은 아니지만, 해야 할 일이 워낙 많은 데다가 그나마 생기는 여유 시간에는 자야 한다. 그러므로 대부분의 식사를 병원 안에서 해결해야 하는데 하루 세끼를 다 찾아 먹는다는 것은 거의 불가능한 일이고, 대개 한두 끼 정도 챙기는 것은 가능하다. 아무리 밤낮 구별이 없이 바쁘게 돌아가는 병원이지만, 그래도 낮 시간보다는 밤이 여유 있는 편이다. 하지만, 배고픔을 느낄 정도의 여유가 생기고 보면 구내식당은 물론 병원 앞의 중국집까지 문을 닫은 시간이라 먹을 것이 마땅치 않은 경우가 많다.

이런 이유들로 인하여 젊은 의사들이 지겹도록 많이 먹게 되는 것이 한 가지 있다. 바로 닭이다. 대한민국에 둘째가라면 서러울 만큼 많은 것이 '아무개 양념치킨'이라는 간판을 달고 있는 닭집이기 때문에, 밤 늦게까지 배달이 되는 가게가 병원 앞에 꼭 한두 개는 있게 마련이다. 하루는 양념에 버무린 것, 하루는 그냥 튀기기만 한 것, 이런 식으로 매일같이 닭을 먹다 보면 나중에는 겨드랑이에서 날개가 돋을지도 모른다. 닭집에서는 왜 공깃밥은 팔지 않을까?

어떤 날은 오토바이를 타고 내린 아저씨의 두 손에 열댓 마리의 닭이 들려 있는 경우도 있다. 각 과의 의국 문을 열고 마릿수를 확인한 다음 내려놓고, 옆에 있는 다른 과의 의국으로 향하는 아저씨는 닭을 많이 팔아서 좋겠지만 우리는 서글픈 생각이 들 때가 많다.

"다 먹고 살자고 하는 짓인데, 이게 무슨 꼴이지?"

"아, 싱싱한 야채가 먹고 싶다."

"왜 해물잡탕 같은 건 배달이 안 되냐?"

"야, 다음번에 시킬 때는 흰 무 좀 더 갖다 달라고 해라."

10년간 계속되는 악몽

나로 말하면 의과대학을 졸업한 지 올해로 딱 10년 되는 의사이다.

나는 졸업한 후 지금까지 계속해서 한 가지 테마의 악몽에 시달리고 있다. 매일같이 악몽을 꾸는 것은 아니지만, 몸이 몹시 피곤할 때나 주변이 시끄러운 상황에서 잠을 잘 때면 나는 어김없이 악몽에 시달리다 잠을 깬다. 그것은 바로 '시험'에 관한 것이다. 그중에서도 가장 흔한 것은 이런 거다.

나는 시험장에 앉아서 열심히 문제를 풀고 있다. 문득 시계를 보니 답안지를 제출해야 할 시간이 5분밖에 남지 않았는데, 아직 절반도 채 못 풀었다. 으악!

깨어 보면 이불이 축축하게 젖어 있고, 마누라는 쿨쿨 잠만 잘도 잔다. 꿈이었음이 무척이나 다행스럽게 여겨진다.

나는 솔직히 말해 공부 못하는 학생이었다.

공부를 잘한다고 해서 시험이 걱정되지 않는 것은 아니지만, 유급이라는 마귀가 입을 벌리고 기다리는 의대에서 공부 못하는 학생의 괴로움은 상상 이상으로 크다. 하지만, 나는 학생 때에는 시험과 관련된 악몽을 꾼 적이 없었다. 당시의 나의 꿈은 주로 예쁜 여배우와 데이트를 하는데 갑자기 그녀가 무서운 마귀로 변한다거나, 친구들과 야구를 하는데 글러브에서 공이 빠지지 않는다거나, 복잡한 지하철에 간신히 올라타고 보니 가방이 아직 못 탔다거나 하는 것이었지 시험 때문에 악몽을 꾼 적은 없었단 말이다.

근데 이상한 것이 졸업을 하고 나서, 이제는 시험으로부터 해방이라고 생각한 이후부터 시험이라는 악마에게 물어뜯기는 악몽이 시작된 것이었다. 어쨌든, 나의 악몽은 참 리얼하다. 내가 학교를 다니면서 경험했던 수많은 종류의 시험들이 골고루 등장한다. 엉뚱한 시험을 보느라 허우적거리다가 잠을 깨는 경우는 없다. 모두 과거의 어느 날엔가 경험했었던 시험이다. 아예 무슨 과목의 시험을 보다가 잠이 깼는지를 기억할 수 있는 경우도 있다.

꿈이라는 건 본래 이래야 한다. 현실에서 이루지 못하는 황당무계한, 그러나 즐거운 경험을 대신하는 것. 가령 주택복권에 당첨된다거나, 우리나라 대표팀이 월드컵에서 우승을 한다거나, 군대 신체검사에서 면제 처분을 받는다거나 하는 등등.

그것도 아니면 차라리 화끈하게 불이 활활 타는 집안에 갇혀서 우왕좌왕한다거나, 타고 가던 기차가 갑자기 뒤집어진다거나, 내가 보신탕을 수없이 먹어 치운 것에 분노한 견공들이 떼 지어 쫓아온다거나, 뭐 그런 악몽이라면 억지로 '꿈보다 좋은 해몽'을 할 수도 있다.

근데 이건 얘기가 다르다. 학생의 신분도 아니고, 그래도 나도 멀쩡한 대한민국의 의사고, 병원에 가면 그래도 환자들이 '선생님'이라고 부르는데, 늘 시험보는 악몽만 꾸는 것이라, 어디 가서 하소연도 못 한다.

사실, 의대를 졸업하려면 정말로 많은 시험을 치러야 한다. 어느 실없는 의대생이 본과 4년 동안 치른 시험의 총수를 세어 보았더니 무려 4백 몇 십 번이었다는 말도 있다. 거기엔 그 할 일 없는 친구가 그 숫자를 세느라 공부를 안 해서 보아야 했던 재시, 삼시의 숫자까지 포함된 것이라고 쳐도, 하여튼 많다.

근데, 시험 보는 횟수보다도 더 황당한 것은 희한 뻑적지근한 갖가지 형식의 시험문제들이다. 의대는 시험 형식의 전시장이다!

의대 시험의 형식 1.

다음 중 맞는 것을 고를 수 있겠니?

가. 어쩌구 저쩌구	다. 이러구 저러구
나. 이러쿵 저러쿵	라. 이런일 저런일

a. 가,나,다　　b. 가,다　　c. 나,라　　d.라　　e. 모두 맞다

의대 시험의 형식 2.

다음 중에서 하나만 맞으면 a, 두 개가 맞으면 b, 세 개가 맞으면 c, 모두 맞으면 d, 모두 틀리면 e로 표시할래?

가. 어쩌구 저쩌구   다. 이러구 저러구

나. 이러쿵 저러쿵   라. 이런일 저런일

의대 시험의 형식 3.

다음 두 문장을 읽고, 가만 맞으면 a, 나만 맞으면 b, 가와 나가 모두 맞는데 인과관계가 성립하면 c, 성립하지 않으면 d, 둘 다 틀리면 e로 쓰면 점수 줌.

가. 이러저러하니 요리조리하다.

나. 어찌어찌해서 우째우째됐다.

의대 시험의 형식 4.

아래의 왼쪽 줄의 네 개 중의 세 개가 오른쪽 줄의 네 개 중의 하나와 관련이 있다. 왼쪽 줄에서 상관없는 하나와 오른쪽 줄에서 상관있는 하나의 번호를 각각 답안지에 써 봐.

가. 미리미리   1. 초전박살

나. 빨리빨리   2. 임전무퇴

다. 어서어서   3. 식자우환

라. 싸게싸게   4. 유비무환

보다시피 의과대학의 객관식 시험문제는 다섯 개의 보기 가운데 하나만 몰라도 나머지 넷 또한 아나 마나가 될 정도로 배배 꼬이고 까다롭다.

이렇게 이상한 형식으로 문제가 출제되는 이유는 출제 교수에게 학생을 괴롭히는 요상한 취미가 있어서도 아니고, 특별히 의사들에게 탁월한 언어능력이 필요해서도 아니다. 오직 한 가지, 우야든동^{어떻게든}_{의 경상도 사투리} 학생들로 하여금 그냥 찍어서 답할 수 있는 여지를 적게 주기 위해서이다.

이런 것들이 전부냐, 아니다. 이것은 필기시험 중에서도 객관식 문제에만 해당하는 이야기다. 주관식 문제들도 무지무지 많다. 그건 별 재미가 없으니까 접어 두고 나면, 남는 것은 흔히 '땡시'라고 부르는 실습 시험이다. 땡시를 치는 대표적인 과목은 해부학, 조직학, 미생물학, 병리학, 기생충학 등의 기초 과목과 방사선과와 정형외과를 필두로 한 여러 임상 과목들이다.

땡시는 실물을 보고 무언가 답하는 것이다. 가령 해부학 땡시는 해부된 시체의 어느 구조에 바늘을 꽂아 놓고 그 구조의 이름을 쓰라는 것이고, 병리학 땡시는 현미경을 들여다보고 병명을 쓰는 식이다. '땡시'라는 이름이 붙은 것은 쭉 줄을 서서 수십 명이 돌아다니면서 한 문제씩 정해진 시간 안에 해결하고, 다음 문제가 있는 장소로 이동하며 시험을 보아야 하기 때문이다. 정해진 시간은 대개 30초 내외이고, 매 30초가 지날 때마다 '땡' 혹은 '부우' 하는 소리가 나면 미련없이 다음 문제를 향해 종종걸음을 쳐야 한다.

땡시 없는 의대 생활은 앙꼬 없는 찐빵이라고 할 만큼 땡시는 인상적인 것이다. 이론만 빵빵하고 실제로는 엑스레이 사진 한 장 판독할 줄 모른다면 그건 의사라고 할 수 없기에 이런 시험이 존재하고, 그런 긴장과 스릴이 존재한다.

이런 인상적인 시험이 나의 악몽에 나타나지 않을 리가 없다. 어떤 날은 꿈속에서 땡시를 보는데 갑자기 발이 바닥에 붙어 버린다거나, 갑자기 땡과 땡 사이의 간격이 5초로 빨라진다거나 하는 식이다.

악몽이 이렇게 거듭되자 나는 나 자신을 분석해 볼 필요성을 느꼈다. 꿈은 무의식이 주는 경고라고 하던 말이 생각이 났고, 단순히 악몽이라고만 하기엔 그 꿈의 내용들이 너무 생생하기도 했던 것이다. 자, 보자.

복부 엑스레이 사진을 손에 들고 오른쪽, 왼쪽을 뒤집어 보기도 하고 바로 보기도 했으나 결국 어느 쪽에 종양이 있는지 알지 못한 채 시험 시간이 끝나 버리는 꿈을 꾼 날, 가만 생각을 해 보니 그 며칠 전에 한 환자의 소장을 촉진하면서 종양이 잡히는 것 같은데 판단하기 힘들어 한참을 고생했던 기억이 났다. 아, 이런 일이. 설마하고 기억을 더듬어 보니 순환기 계통에 관한 시험문제를 못 풀어 쩔쩔 매는 꿈을 꾼 날은 그 전날 환자의 혈압이 잡히지 않아 고심했던 사실이 있었다.

그러자 내가 꾸어 온 악몽들의 의미가 갑자기 선명해졌다. 그것은 좀 더 신중하라는, 좀 더 치밀하라는, 좀 더 환자의 증상에 눈과 귀를 모으라는 나 자신의 경고였던 것이다. 그리하여 내 악몽은 내게는 일종의 또 다른 '시험'인 셈이었다. 그 사실을 깨닫고 나니 내 꿈은 더이상 악몽이 아니라 길몽이 되었다.

생각해 보면 학생 때에, 한창 진짜 시험에 시달릴 때는 비록 악몽은 꾸지 않았다고 해도 이런 생각을 한 적은 있다, 종교가 없는 나였지만.

"주여, 우리를 시험에 들지 말게 하옵시고."

지금은 기도문을 고쳐 볼까 한다.

"주여, 우리를 꿈에서만 시험에 들게 하옵시고."

의사의 직업병

눈코 뜰 새 없이 돌아가는 병원도 가끔씩 한가할 때가 있는 법. 잠시 휴식 시간을 얻은 외과 레지던트들이 의국에 모여 앉아 있을 때, 그들의 앉아 있는 모양을 보기만 해도 이들이 외과 계열인지 아닌지를 한눈에 알 수 있다. 잠시도 손이 가만있지 못하고 다리나 아랫배 또는 목덜미를 긁적이고 있으면 이들은 틀림없이 외과 계열, 다시 말해 수술실에 있는 시간이 많은 의사들이다. 아니 그게 무슨 말? 수술실에 이가 있나?

물론 당연하게도 수술실에 이가 있을 리 없다. 그들로 하여금 늘 '긁고 싶은 충동'을 느끼게 하는 것은 이나 벼룩이 아니라 아이로니컬하게도 빳빳하게 소독된 수술복이다. 수술복 하의는 체형에 따라 죽죽 늘어나는 고무줄 바지도 아니고, 허리 사이즈별로 갖가지 종류가 구비되어 있어 딸깍 단추만 채우면 되는 그런 바지는 더욱 아니다. 쉽게 말해 한복 스타일. 아무리 배가 나온 의사도 입을 수 있을 만큼 헐렁하기 짝이 없는 바지를 끈으로 질끈 동여매어 입어야 한다. 그래야만 한창 수술이 진행 중일 때 바지가 흘러내리는 불상사를 막을 수 있다.

당연히 배꼽 몇 치 아래에는 단단한 매듭이 놓이게 되고, 그것을 몇 시간씩 혹은 하루 온종일 입고 있다 보면 소독약 성분에 의한 피부 자극이 만만치 않다. 이런 자극을 가장 많이 받는 곳 중의 하나가 목덜미인데 여기는 상의의 목 부위뿐만 아니라 마스크의 매듭과 수술 모자의 매듭이 함께 놓이는 곳이기 때문이다. 튼튼한 피부를 가진 사람은 그저 틈날 때마다 벅벅 긁기만 하면 별다른 문제를 일으키지 않지만, 조금만 민감한 피부의 소유자는 아침저녁으로 연고를 바르는 의식을 거행해야 한다.

병원 안에서야 이렇게 벅벅 긁고 다니는 사람의 수가 적지 않으니까 별 '티'가 나지 않지만, 출퇴근 길의 지하철 안에서라도 가려움증이 도지면 그는 영락없이 60년대 '거지꼴'이다. 의국에 모여 앉아 있을 때 살살 아랫배가 가려우면 주책없이 손을 쑥 집어넣어 긁을 수 있지만, 수술 도중에 갑자기 '참을 수 없는 존재의 가려움'이 엄습하는 날이면 참 낭패다. 안경이 걸려 있는 콧등이 간질간질한 경우에는 간호사를 불러서 해결을 부탁할 수도 있지만, 어떻게 '거기'를 긁어 달라고 한단 말인가.

수술실에서는 왜 자신이 긁을 수 없느냐고 반문하면 안 된다. 하다 못해 인턴이 수술실에 들어가는 경우에도, 그들이 수술실에서 실제로 거의 하는 일이 없음에도 불구하고 수많은 절차가 필요하고, 그 대부분은 '무균상태'를 유지하는 데에 목적이 있다. 손과 팔에 베타딘이라는 소독약을 밖에서는 구두나 닦음직한 솔에 잔뜩 묻혀 한참을 문지르는 일이며, 장갑을 끼고 수술복 위에 다시 수술 가운을 걸쳐 입는 모든 일이 같은 목적을 위해 행해지는 일들이다. 실습 학생들이 처음 수술실에 들어가서 흔히 범하는 실수는 자신이 대답할 수 없는 질문을 받았을 때, 그 '깨끗한' 손으로 그 '더러운' 머리를 긁적이는 일이고, 그 학생은 곧 수술실 밖으로 쫓겨난다. 다시 구둣솔을 양팔에 문질러야만 하는 것이다.

머리를 만지는 것도 안 되는데, 하물며 사타구니가 가렵다고 긁는다는 것은 생각도 할 수 없는 일이다. 그러니 수술실 밖에 있는 동안이라도 시원하게 버적버적 긁어 대는 것이다. 잘 씻지도 않는 레지던트가 강력한 소독약에 늘 자극을 받고, 또 시시때때로 긁어 대니 피부가 온전할 리가 없다.

우리는 이런 것들을 의사의 '직업병'이라고 부른다. 피부병은 그래도 수술실을 출입하는 의사들에게만 해당되는 직업병이지만, 말 그대로 남녀노소 모든 의사들이 훈장처럼 달고 있는 만성질환이 하나 있는데, 그것은 무좀이다.

무좀이 심해져서 병원에 가면 누군가가 무좀약을 처방해 주면서 아침저녁으로 열심히 발을 씻고 바르라고 하겠지만, 그 의사의 발에도 무좀은 있고 그는 그나마 잘 씻지도 않는다. 씻기 싫어서 안 씻는 것이 아니라 잠을 줄여 약을 바르고 발을 씻느니 그냥 무좀이 있는 대로 살겠다는 식이다. 무좀으로 죽었다는 사람은 아직 없으니까. 이 것은 실제로 하루에 두세 시간씩 자고 사는 의사에게는 하나의 윤리 적 문제를 불러일으킨다. 청결한 것을 윤리적이라고 생각해 왔던 의 사가, 잠이라는 쾌락에 쫓겨서 청결함을 포기하는 상황이 벌어지는 것이다.

무좀이 생기는 것도 당연한 것이, 새벽녘에 구두를 신으면 수술실 에 들어가는 경우를 제외하고는 다시 새벽이 가까워질 때까지 거의 벗을 일이 없고, 그나마 수술실용 신발은 개인 구별도 없이 맨발로 신 어야 하니 갈수록 무좀이 병원 내에 창궐할 수밖에 없다.

가려움증과 무좀과 더불어 의사의 3대 직업병을 이루는 마지막 하 나는 무엇일까? 만병의 근원인 '변비'가 정답이다. 변비가 흔한 이유 도 곰곰 생각해 보면 저절로 떠오른다. 우선 아침저녁 회진 도중에 갑 자기 화장실 간다고 사라지는 것이 허용되지 않는다. 수술실에서는 말할 것도 없다. 새벽에 일어나자마자 조간신문을 들고 화장실로 가 는 습관을 병원에서 살면서도 계속 유지한다는 것은 불가능한 일이 다. 그래서 의사들의 배변 습관은 대개가 불규칙적이고 당연히 변비 가 잘 생긴다. 먹는 것도 하나의 이유가 된다. 의사들이 어디 싱싱한 채소를 먹을 기회가 있나, 맨날 양념통닭이나 탕수육, 족발 따위나 시 켜 먹다 보니 섬유소 부족은 변비의 직접적인 원인이 된다.

젊은 의사들의 직업병이라고 불러도 좋을 만한 세 가지 질병의 공 통점이 하나 있다. 하나같이 지저분한 것들이라는 점들이다. 이 지저 분함은 전문의가 되고 개업을 하고 하면서 점점 사라지지만, 세상의 지저분한 것들에 덜 물든 젊은 의사들이 모여 앉아 온몸을 벅벅 긁어 대는 순간들이 어쩌면 더 깨끗한 시절일지도 모른다.

병리 의사의
서러움

　T교수는 C대학 해부병리학과의 주임교수이다. 물론 대한민국의 보사부장관이 발급한 '의사면허'를 갖고 있다. 일반 사람들이 잘 알지 못하는 병리학이라는 것은 쉽게 말해서 질병을 현미경으로 보는 학문이다. 가령 수술실에서 외과 의사가 종양을 떼어 냈다고 하면, 그 표본을 인턴이 들고서 병리학 교실로 뛰어온다. 그러면 현미경을 통해 그 조직을 관찰하고 나서 그 종양이 양성인지 악성인지를 판별해야 하는 것이 병리 의사의 임무인 것이다.

　양성이냐 악성이냐에 따라 수술실에서의 수술 지침이 판이하게 달라지는 것은 물론이고, 이후 환자 관리의 모든 방향이 바뀐다. 그런 일 말고도, 임상 의사가 여러 가지 검사 결과를 가지고도 정확한 진단명을 붙이기가 어려운 경우에, 조직 생검을 해서 표본을 갖가지 염색법으로 염색을 해서 현미경으로 들여다보면 정확한 진단을 내릴 수가 있는 것도 병리 의사의 할 일인 동시에 보람이다.

결국 병리 의사는 평생 직접 환자를 볼 일은 없는 직업이지만, 학문적인 즐거움은 크게 느낄 수 있는 '공부하는 의사'의 대표 격이라고 할 수 있다. T교수도 의과대학을 졸업하면서 많은 갈등을 느꼈었고 집안의 반대도 있었지만, 고민 끝에 병리학을 전공하기로 결정을 하였고, 우리나라에서 전공의 과정을 마친 후 외국 유학까지 다녀온 유능한 병리 의사였다.

T교수는 어느새 오십을 바라보는 나이가 되어 흰 머리가 하나둘씩 돋아나고 있었지만, 늘 병리학을 공부한 것에 대해서 남이야 뭐라고 하든 자부심을 느끼는 편이었다. 그런데, 그런 T교수의 자부심에 상처를 주는 일이 몇 해 전 여름, 바닷가에서 일어났다.

고3인 큰딸이 더운 여름날 너무 지쳐 있는 모양이 안쓰러워서 머리를 식혀 줄 겸 해서 온 가족을 이끌고 동해안의 어느 한적한 해수욕장으로 피서를 떠났을 때의 일이다. 자신도 의식하지 못하는 사이에 배가 나오고, 몸매가 많이 망가진 T교수는 수영복을 입은 자신의 모습을 거울에 비추어 보면서 '나도 이제 많이 늙었구나.' 하는 생각에 잠시 착잡했지만, 한창 싱싱한 나이인 자식들의 즐거워하는 모습을 보다 보니 세월의 무상함보다는 가장으로서의 역할을 비교적 충실히 해왔다는 뿌듯함에 마음이 기뻤다.

아이들은 물속으로 들어가고, 아내와 함께 파라솔 아래에 비스듬히 누워 한가한 상상들을 하고 있는 참에 갑자기 요란한 사이렌이 울리고 사람들이 이리저리 뛰어다니기 시작했다. 평화스럽던 바닷가

에 별안간 약간의 긴장감이 맴도는 것이었다. T교수는 순간 식인상
어가 나타나는 내용의 옛날에 보았던 영화 장면이 떠올라 피식 웃음
이 나왔지만, 그 웃음을 쑥 들어가게 한 것은 '사람이 빠졌다.'는 짧
은 외침이었다.

아내가 '어서 가 보라.'고 떠미는 통에 T교수는 내심 불안한 마음을
억누르면서 사람들이 모여 있는 곳으로 발걸음을 옮겼다. 다행히 물
에 빠졌던 젊은이는 구조요원들에 의해 백사장으로 옮겨져 있는 상
태였고, 아직 숨이 붙어 있기는 한지 주황색 유니폼을 입은 사내가 열
심히 가슴을 누르고 있었다.

T교수는 인턴 때, 몇 번 CPR^{심폐소생술}하는 것을 옆에서 구경한 경험
이 있을 뿐 실제로 응급소생술을 시행해 본 적이 없었다. 그는 임상
의사가 아닌 병리학 교수였던 것이다. 그래도 보통 사람보다는 나을
것이라고 스스로 생각하면서 주위를 둘러싸고 있는 사람들을 밀치고
앞으로 다가섰다.

열심히 가슴을 누르고 있던 구조요원이 물었다.

"당신, 의사요?"

너무 갑작스럽고, 약간은 무례하게 느껴지는 질문이었기에 T교수
는 선뜻 대답을 못 하고 잠시 머뭇거렸다. 급한 상황이었던 구조요
원은 T교수가 얼른 대답을 못 하자 오래 대답을 기다려 주지도 않고
고개를 돌렸다. 그는 T교수를 그저 용감한 시민쯤으로 생각했던 것
이 분명했다.

구조요원은 응급 구조에 대한 강의를 어느 정도는 받기 때문에 두

사람이 인공호흡을 할 때에는 가슴을 다섯 번 누르고, 입에 공기를 한 번 불어 넣는 식이어야 한다는 것을 알고 있는 것 같았다. 그 구조요원이 T교수에게 입을 맡을 것을 지시했다. 그 상황에서 T교수가 할 수 있는 것은 지시를 따르는 일 외에는 아무것도 없었다.

구조요원이 가슴을 다섯 번 힘차게 눌렀다가 손을 뗌과 동시에 외쳤다.

"불어요!"

의식이 없는 환자가 대부분 그렇지만, 특히 물에 빠졌던 사람의 입 주변이 얼마나 지저분한지는 직접 경험해 보지 않은 사람은 모른다. 구강 대 구강 인공호흡이 말처럼 쉽지 않은 이유는 의사도 사람이기 때문이다.

T교수는 그 지저분한 입에다 자신의 입을 대고 살짝 숨을 불어 넣었다. 순간, 그 구조요원은 '그게 뭐하는 짓이냐', '피죽도 못 먹었느냐', '그래 가지고 어디 효과가 있겠느냐' 하면서 타박을 했다.

"가슴이 들썩들썩할 정도로 힘차게 불어요!"

잠시 후, 물에 빠진 지 얼마 되지 않아 구조된 그 젊은이는 다행히 자기 호흡을 되찾았고, 하얗게 질렸던 얼굴도 서서히 붉은 기운이 돌아오기 시작했다.

그렇게 타박을 해 대던 구조요원은 이마에 땀이 송글송글 맺힌 T교수에게 수고했다면서 악수를 청했지만, T교수는 까닭 모를 서러움에 사로잡혀야만 했다.

그 일이 있고 난 후, T교수는 다시는 응급 환자가 발생해도 아는 척을 하지 말아야겠다는 생각을 했었지만, 지난 가을, 어쩔 수 없는 상황이 또 발생했다. 추석을 맞아 가족들과 함께 성묫길에 나선 T교수는 복잡한 기차 속에서도 쏟아지는 졸음을 참지 못하고 고개를 끄덕이고 있었다.

옆에 있던 아내가 어깨를 흔드는 통에 깨어난 기차 안의 분위기는 아까와는 조금은 다르게 느껴졌는데, 가장 큰 이유는 스피커를 통해 웅웅거리며 흘러나오고 있는 다급한 목소리였다.

"의사나 간호사분 계시면 급히 열차 3호 객차로 와 주시기 바랍니다. 급한 산모가 있으니 의사나 간호사분 계시면 급히 3호 객차로 와 주시기 바랍니다."

방송이 얼마나 오랫동안 계속되고 있었는지는 알 수 없었지만, 승무원의 목소리는 점점 더 흥분되고 있었다. T교수는 생각했다. 아이를 받아 본 것이 20년도 더 된 일이었다. 아니, 엄밀히 말해서 단 한 번도 아이를 받아 본 적이 없다고 말하는 편이 옳았다. 인턴 때 아이 받는 것을 도왔던 그 짧은 기억과, 학생 시절 산부인과를 실습 돌 때 분만실에 몇 번 들어가 본 것이 그의 산부인과적 경력의 전부였다.

어느 여름인가 동해안에서 느꼈던 T교수의 서러움을 알 길이 없는 아내는 다시 등을 떠밀기 시작했고, 자식들은 자랑스러운 눈초리를 보내면서 영화에서나 보았던 의사의 활약을 아버지가 펼쳐 줄 것을 기대하고 있었다.

T교수로서는 하필 가족들과 함께 있을 때만 이런 상황이 일어나는 것이 내심 불만스럽기도 했지만, 정상 분만이야 뭐 대단한 것도 아니

고 그저 산모를 도와주기만 하면 되는 것인 데다가, 이렇게 급작스런 분만이고 보면 아무래도 경산인 듯싶어서 자리에서 일어나 3호 객차로 향하기 시작했다.

그 칸에는 이미 등산복 차림의 의대생 3명이 커다란 가방을 뒤로하고 걱정스러운 얼굴로 자리를 지키고 있었다. 몇 가지 준비가 갖추어지기는 했지만, 그 열악한 환경 속에서 T교수는 특유의 침착성을 발휘하여 아이를 무사히 받아 냈다. 의대생 세 명도 큰 역할을 했다. 주변에서 무슨 큰 구경거리라도 난 양으로 몰려드는 사람들을 두 팔을 벌려 차단한 것이었다.

T교수는 마치 이번 분만을 처리하기 위해 이 기차를 탄 사람처럼 차갑고 민첩하게 움직였다. 산모는 아이의 성별을 물을 정도로 양호한 상태였으며, 아이는 건강한 사내아이였다.

T교수가 아이 엉덩이 때리는 소리, 승무원의 한숨 소리, 학생들의 탄성 소리가 동시에 뒤섞였고, 규칙적으로 반복되는 기차 바퀴 소리가 참으로 역동적으로 들렸다. 이 모든 일들이 순조롭게 해결되어 가고 있는 동안 기차는 다음 정차를 위해 서서히 속도를 늦추고 있었다.

감사를 연발하는 산모와 아이는 학생들과 승무원에 의해 들려 내려가고, T교수는 몇 가지 주의할 점과 산부인과에 가서 꼭 전해야 할 사항들을 일러 주었다. 그리고는 열차 좌석 구석구석의 존경스러운 눈동자들과 가족들의 자부심에 찬 얼굴을 무표정하게 지나쳐 다시 자리를 잡았다. 그리고는 창 밖으로 산모를 운반하는 학생들의 발걸음을 바라보며 천천히 중얼거리기 시작했다. 30년 전에 지겹도록 암기해야만 했던 산부인과의 기본이었다.

"하나, 태아는 머리를 낮추어 주어야 하고, 둘, 어떤 상황에서도 아이를 떨어뜨리지 않아야 하고, 셋, 태반은 굳이 무리해서 꺼내지 말고 자연 박리될 때까지 기다린다, 넷, ……."

순간 T교수의 얼굴에 변화가 일기 시작했다. 평온하던 T교수의 얼굴에 알 수 없는 번민과 망설임이 교차하더니, 갑자기 창문을 열고 소리치는 것이었다.

"이봐 학생, 셋이 빠졌어, 셋이 빠졌다니까!"

따고
들어가지 뭐

Y대학병원의 H는 유능하기로 소문난 인턴이다. 아무리 잠을 못 자고 이리저리 뛰어다녀도 윗사람들에게 하루에도 열두 번씩 깨지는 것이 인턴인데, H는 과연 어떻게 인턴 생활을 하고 있길래 모두들 유능한 인턴으로 칭송하는지 동료 인턴들은 궁금하지 않을 수가 없었다.

다른 인턴들이 머리를 깎을 시간이 없어서 덥수룩한 채로 몇 달을 보내는 데 비해서 H는 언제나 말쑥한 짧은 머리를 단정하게 유지하고 있을뿐더러, 다른 인턴들은 하루에 두 시간도 잠을 못 자고 늘 눈이 게슴츠레 풀려 만성적인 토시스^{ptosis: 눈꺼풀이 처지는 증상} 상태로 있는데 인턴 H는 언제 일을 끝내고 잠을 보충하는지 말똥말똥하기만 했다. 게다가 스트레스를 못 견뎌서 짜증을 부리는 인턴들이 많은 중에도 H는 늘 유머와 여유를 잃지 않는 모습을 보이기까지 했다.

인턴 H가 비록 엄청나게 우수한 성적으로 의대를 졸업하고 모교 병원에 인턴으로 남기는 했지만, 인턴 생활을 잘하는 것이 지식이 풍부한 것과 딱히 높은 상관관계를 가지는 것은 아니었기에 그에게는 어떤 특별한 비결이 있는 것이 분명했다.

한 수 배우자고 줄을 서는 동료들에게 그는 말하기를, "이몸의 비결이란 '허허실실 전법'과 '하면 된다'를 절묘하게 배합하는 것이지."라고 말하곤 했다.

허허실실 전법이란 일종의 속임수였는데, 가령 어떤 환자의 엑스레이 필름을 찾아오라는 명령이 떨어지면 필름을 찾는 즉시 레지던트 앞에 대령하는 것이 아니라 일단 적당한 시간이 흐른 후에 전화를 해서 못 찾겠다고 이야기한다. 그러면서 그 필름이 어디에 쓰일 것이며, 얼마나 급하게 필요한 것인가를 물어본다. 그 결과에 따라 대응이 달라지는 것이다. 그 필름이 분초를 다투어 환자를 관리하는 데에 필수적인 것이라면 얘기가 다르겠지만, 레지던트의 발표를 위해서 필요한 것이라거나 어느 정도의 시간 끌기가 대세에 지장이 없는 것이라면 그때가 절호의 기회이다. 씩씩하고 단호한 말투로 병원 곳곳을 샅샅이 뒤져 보겠다는 이야기를 하고 수화기를 놓는 순간, 인턴 H의 입가에는 미소가 흐른다.

필름이야 이미 찾아져 있는 것, 레지던트는 초조하게 우리의 인턴 H가 필름을 찾아오기만을 기다리고 있는 시간에 인턴 H는 밖에 나가서 이발도 하고, 땟국에 찌든 양말을 벗어 버리고 새로운 양말로 갈아 신고, 어느 사람 없는 식당에 들어가 주린 배를 채우기도 한다. 물론 도중에 삐삐가 울리고 레지던트의 다급한 목소리가 들릴 수도 있지만, 그는 언제나 '열심히 찾고 있는 중'이다. 병원을 한 바퀴 완전히 돌았을 만한 시간이 되면 그는 갑자기 지친 표정을 지으며, 숨까지 가쁘게 쉬면서 필름을 가져다준다. 큰 병원에서는 여러 과에서 같은 필름을 보는 경우가 많기 때문에 그러다 보면 필름이 어디에 갔는지 못 찾는 경우도 생긴다. 까딱하면 영영 없어져 버릴 수도 있었던 필름을 찾아 온 인턴 H가 예쁘게 보이는 것은 당연하다.

그러나 이런 방법만으로 그 험한 인턴 생활을 훌륭하게 하기는 어렵다. 그것보다 더 중요한 것은 꼭 해야 하는 일을 수단과 방법을 가리지 않고 처리하는 능력이다. 예를 들어서 정말로 시급히 필요한 필름이나 차트가 어느 교수님의 방에 있는데, 그 교수님이 퇴근을 했다거나 외국 출장이라도 가 버린 상태라면 어떨까. '열쇠가 없는데요.'라는 변명이 통할 리가 없다. 코끼리도 냉장고에 넣으라면 넣어야 하는 인턴에게 잠긴 문 하나쯤이야 우습지. 그러나 대부분의 인턴들은 이럴 때 정말 난감하다. 바로 그때, 인턴 H는 진가를 발휘한다. 그의 캐비닛에는 다른 인턴들의 캐비닛에는 들어 있지 않은 갖가지 도구들이 들어 있다. 어디선가 구해다 놓은 만능열쇠부터 날이 시퍼렇게 선 도끼까지 있다. 문을 부수고 들어가 원하는 물건을 원하는 시간에 대령하는 인턴 H가 병원 재정에는 분명 도움이 안 되겠지만, 인턴 H의 인턴 점수에 좋은 영향을 미칠 것은 당연한 일이다.

담배를 피우지 않는 그의 주머니 속에 담배와 라이터가 들어 있는 것은 기본이고, 100원짜리 동전도 늘 여러 개 준비되어 있다. '접대용'이다. 양말을 사 오라거나 담배를 사 오라는 등의 '잡일'까지 시키는 레지던트를 대비해서 캐비닛 속에 담배와 양말, 속옷까지 다수를 준비하고 있기도 하다. 누군가 양말을 사 오라는 심부름을 시킨다면 다른 인턴 같으면 속으로 육두문자를 삼키면서 구내매점으로 뛰어야 하지만, 인턴 H에게는 그 시간이 여유 시간이 된다.

인턴 H가 정신적 스트레스를 푸는 비법은 따로 있다. 병원이라는 곳이 넓고 복잡하다 보니 삐삐가 울려도 5분 안에만 도착하면 별 사건이 생기지 않는다는 것을 간파한 인턴 H는 그 5분을 절묘하게 이용하는 것이다. 인턴들은 병원 정문을 나서는 것만으로도 모든 스트레스가 풀릴 만큼 병원은 지긋지긋한 곳이다. 그런데, 그는 적당한 때가 되면 시계를 보면서 병원 밖으로 여유 있게 걸어 나간다. 물론 삐삐를 차고 있다. 걸어서 5분 거리 안에만 있으면 혹시 콜벨이 울린다 하더라도 뛰어서 충분히 도착할 수 있기 때문에, 그는 적어도 콜벨이 울리기 전까지는 자유다. 언제 박탈당할지 모르는 자유이지만, 그동안 레코드 가게에 들어가 새로 나온 음반을 구경하기도 하고, 전자오락을 하기도 한다.

그런 인턴 H에게 어느 일요일, 드디어 '오프^{off}'가 생겼다. 평소에 점수를 잘 따 놓은 덕분인지 황금 같은 열 몇 시간의 외출 허가가 떨어진 것이다. 단서가 하나 붙기는 했는데, 그것은 레지던트의 개인적인 부탁을 들어주는 것으로 여의도에 한 번만 다녀오면 되는 간단한 것이었다. 당장 넥타이를 풀고 청바지와 운동화 차림으로 며칠 동안 병원 주차장에서 먼지만 쌓여 가던 자신의 소형차를 몰고 병원 문을 박

차고 나왔다. 일이 잘 되려니까 병원 앞에서 가장 친한 친구 하나를 만나기까지 했다. 예과를 3년 다녀서 지금 본과 4년인 친구였다.

"야, 타. 나, 내일 새벽까지 오프야!"

레지던트의 부탁을 간단히 처리하고, 두 사람은 일요일이라 막히지도 않는 도로를 달리면서 무엇을 하며 이 황금 같은 한나절짜리 휴가를 즐길 것인가를 의논하며 낄낄대고 있는 참에 삐삐가 울렸다. 병동에서 온 것이었다. 아마도 간호사나 다른 레지던트가 그의 허가받은 탈출을 모르고 그를 찾는 것이리라.

"흥, 이거 왜 이러셔. 나는 오늘 오픈데 말야."

가볍게 무시해 버리고 말려는데, 한두 번도 아니고 세 번, 네 번 계속해서 삐삐에는 같은 번호가 찍히고 있었다. 인턴 H는 짜증난 표정으로 길가 한옆으로 차를 세웠다. 전화를 걸어 '나, 내일 아침까지 오프에요. 이병수 선생님한테 허가받았단 말이에요.' 쯤으로 소리 지를 생각이었다. 그의 버릇대로 자동차 열쇠를 빙빙 돌리면서 공중전화를 향해 가는 순간, 열쇠가 손가락에서 휙 빠지더니 지하철 통풍구로 쏙 들어가고 말았다.

인턴 H의 얼굴이 일그러졌다. 시동을 끄지만 않았어도, 창문을 열어 놓지만 않았어도 차를 몰고 집으로 가거나 '에라, 견인해 가 버려라.' 하고 포기해 버리면 되는 일이었는데, 시동은 꺼져 있고 파워윈도우인 창문은 활짝 열려 있으니. 일단 병동에는 전화를 걸어 예정된 대사를 쏘아 붙였지만, 그러고 나서 곰곰이 생각을 해 보아도 마땅한 방법이 없었다. 집에 전화를 해 봐도 아무도 받지 않을뿐더러 보조키

주치의에게 빤스를

도 일전에 잃어버린 터였다. 친구 녀석도 차에서 내려 자초지종을 듣고는 웃음을 참지 못하고 있었다.

둘이서 내려다보니 10미터쯤 떨어진 아래에 희미하게 열쇠가 보이기는 했지만, 꺼낼 수 있는 방법은 묘연했다. 친구 녀석이 말했다.

"경찰에게 도움을 청할까?"

"경찰이 이런 것도 해 주냐?"

"아니면, 지하철역에 내려가서 누구에게 말해 보든지?"

인턴 H는 가만히 살펴보더니 친구에게 잠깐 자동차를 지키라는 말을 남기고 골목 안으로 사라졌다가 잠시 후 펜치를 사 들고 나타났다.

"따고 들어가지, 뭐."

한쪽 변에 철제 사다리가 고정되어 있기는 했지만, 그 안으로 들어간다는 것이 쉬운 일처럼 보이지는 않았다.

"야, 정신 나갔냐, 어딜 들어간다고 그래?"

말도 안 된다는 표정의 친구에게 윗도리를 맡긴 후, 인턴 H는 쭈그리고 앉아서 굵은 철사로 묶어 놓은 뚜껑을 끙끙거리며 풀기 시작했다. 복잡한 거리에서 그러고 있으니, 지나가던 사람들이 한 번씩 발걸음을 멈추고 무슨 일이냐고 물어 대기 시작했고, 꼬마 녀석들은 아예 지키고 서서 구경하고 있기도 했다.

잠시 후 철사를 푸는 데는 성공했지만, 철사만 풀면 쉽게 열릴 것 같았던 출입구는 꽉 끼어서 꼼짝도 하지 않았고, 처음부터 비관론을 폈던 친구는 '거봐라.' 하는 표정으로 서 있었다. 인턴 H는 몇 번 힘을 줘 보더니 벌떡 일어나서 근처의 아무 가게나 들어가서 무언가를 애기하는 것 같았고, 세 번째 들어간 빵집에서는 망치와 끌을 빌려서 들고 나왔다. 더 많은 사람들이 구경하느라 빙 둘러선 가운데 출입구가 열렸고, 꼬마들이 탄성을 지르는 와중에 인턴 H는 그 속으로 들어가 사다리를 타기 시작했다.

옆에 서 있던 한 아저씨가 혼잣말처럼 중얼거렸다.

"그 속에 들어가면 동전 되게 많을 텐데."

잠시 후, 인턴 H는 옷이 좀 더러워지기는 했지만, 멀쩡한 모습으로 열쇠를 찾아서 밖으로 나왔고, 시궁창 냄새만 아니면 동전도 좀 건져왔을 거라는 농담을 하며 다시 열쇠를 빙빙 돌리기 시작했다. 사건의 시작부터 결말까지 30분이 채 걸리지 않았다. 인턴 H가 유명해진 것은 괜한 일이 아니었다.

부전자전 父傳子傳

　몇 년 전, S대학병원에서는 이상한 일이 일어났다. 교수 주차장의 자동차 바퀴들이 계속해서 펑크가 나는 것이었다. 그것도 날카로운 송곳에 의해 구멍이 나는 것이니, 누군가가 고의적으로 그런 짓을 하고 있는 것이 분명했다.

　병원 관리부에서는 난리가 났다. 처음 한두 번은 병원에 대해 앙심을 품은 누군가가 악의적으로 행한 소행으로 보고 넘어가려 했지만, 그런 일이 가끔씩 반복되자 더 이상 방관할 수 없는 지경에까지 이른 것이다.

　경찰이 동원되지는 않았지만, 관리부에서는 명예를 걸고 범인 색출과 사건의 재발 방지를 위한 갖가지 노력을 기울였다. 숙직을 늘리고, 순찰을 강화하는 것부터 주차장의 조명을 더 밝게 하는 조치까지 취했다.

그런 와중의 어느 날이었다. 관리부의 어느 직원이 밤늦게 주차장을 순찰하고 있을 때, 검은 그림자가 움직이는 것을 발견한 것이다. 자그마한 체구의 정체불명의 사람이 자동차 옆에 쭈그리고 앉아서 무언가를 하고 있었다.

'이제야 범인을 잡는구나, 이놈.'

손전등을 끈 채 살금살금 다가가, 혹시 범인이 도망치더라도 쫓아갈 수 있을 만큼 가까운 거리에 도달했을 때 관리부의 직원은 손전등을 비추며 재빠른 동작으로 그 수상한 사람을 향해 몸을 날렸다.

"뭐하는 놈이냐?"

순간, 그 직원은 놀라서 뒤로 자빠질 뻔했다. 그리고는 얼른 자세를 바로 하고 거수경례를 했다. 경례를 하기는 했지만, 도무지 어떻게 된 일인지 알 수가 없었다. 그가 그렇게 당황할 수밖에 없었던 것은 그 '수상한 사람'이 바로 내일모레면 정년을 맞는 유명한 K교수였기 때문이었다. K교수의 손에는 날카로운 송곳이 새로 가설된 가로등 불빛을 받아 반짝이고 있었으니, 모든 사건의 범인이 먼 곳에 있지 않았음이 밝혀지는 순간이었다.

"교수님, 여, 여기서 뭐하시고 계십니까?"

K교수는 조금도 당황하거나 놀라지 않고, 오히려 커다란 목소리로 이렇게 소리쳤다.

"이 새끼가 차를 삐뚜로 세웠잖아!"

이 사실이 전 병원에 알려지는 데는 다음 날 오전으로 충분했다. 사람들은 놀라면서도 K교수라면 충분히 그럴 만한 인물이라며 즐거워했다. 자신의 자동차가 수모를 당했던 교수들까지도 허허 웃으면서 넘어갈 수밖에 없었고, 그날 이후 교수 주차장에 세워진 자동차들은 방문객 주차장과는 비교도 안 될 만큼 가지런히 놓여 있었다.

K교수는 본래부터 유명한 기인이었다. 우선 그는 회진 시간에 노타이에, 빨간 장갑을 끼고 나타난다. 그게 소위 얼마나 '튀는' 복장인지 병원에 한 번이라도 와 본 사람은 모두 알 수 있을 것이다.

그것뿐이 아니다. 그의 술버릇은 주로 모르는 사람과 처음 인사를 나누면서 술을 먹는 것이다. 물론 지인들과 전혀 술자리를 같이 하지 않는 것은 아니지만, 그는 '자네, 이름이 뭔가?'로 시작되는 술자리를 훨씬 즐겨 하는 것이었다.

그래서 술이 먹고 싶은 사람은 어둠이 찾아드는 시각쯤에 K교수의 방 앞 복도를 또각또각 발소리를 내며 세 번만 걸으면 된다는 말도 있다. 그러면 어김없이 방문은 열리고, '자네!' 하는 소리가 들리면 다음 날 새벽까지는 보장되는 것이다. 하지만, 반대로 할 일이 많거나 술을 먹어서는 안 될 형편인 사람은 그 근처를 얼씬거리지 않는 것이 신상에 좋다. 한번 걸리면 하루는 끝장이기 때문이다. 어쩔 수 없이 그 복도를 지나가야 한다면 반드시 뒤꿈치를 들고 살금살금 지나가야 하는 것이다.

한번은 이런 일도 있었다. K교수의 방에서 자꾸만 이상한 소리가 들리는 것이다. 뭔가를 딱딱 치는 소리 같기도 하고, 단단한 콘크리트 벽에 못질을 하는 소리 같기도 한 것이 끊임없이 규칙적으로 그 방 안에서 울려 나왔다.

궁금함을 참지 못한 후배 교수 하나가 방문을 밀고 안으로 들어갔다. 방안에서 일어나고 있는 일은 '사격 연습'이었다.

장난감 총치고는 좀 위력이 있어 보이는 권총으로 벽 한구석의 책상 위에 놓인 양철 쓰레기통을 맞추고 있는 것이었다. 쓰레기통은 이미 벌집이 되어 있었고, 벽에도 여러 개의 흠집이 나 있었다. 그 장난감은 K교수의 친구가 해외여행길에 선물로 사다 준 것이라 했다. 누군지 K교수의 취향을 잘 알고 있는 사람임이 분명했다.

K교수의 부친도 의사였다. 오래전에 같은 교실의 주임교수까지 지내고 정년퇴임을 하신, 원로 의사였던 것이다. 아버지와 아들이 모두 의사인 집안을 찾아보기란 어려운 일은 아니다. 어릴 때부터 흰 가운을 입고 환자들을 돌보는 아버지의 모습을 보고 자란 아이가 의사가 되고자 마음먹는 것은 충분히 개연성이 있는 이야기이고, 자신의 직업을 천직으로 여긴 의사가 자식들에게 같은 길을 권유하는 것도 그리 이상한 일은 아니기 때문이다.

아버지와 아들이 같은 대학병원에서 교수직에 오르는 것도 앞의 경우보다 수가 적을 뿐이지 심심찮게 찾아볼 수 있는 일이다. 그렇지만, 그중에서도 K교수 부자는 정말 그 아버지에 그 아들이라는 말이 저절로 나올 만큼 황당하고 또 유명했던 분들이다. 그분도 K교수 못지않게 '개성'이 강한 분이었다고들 하지만, 워낙 오래된 이야기들이라 실감은 못 하고 막연히 저런 아들의 아버지니까 뭔가가 있었으려니 추측만 해 볼 뿐이었다. 그런 K교수의 부친께서 천수를 다 누리고 세상을 뜨셨을 때, 사람들은 평생 잊지 못할 황당한 일을 한 번 더 경험할 수 있었다.

K교수가 부친상을 당했다는 것은 대단한 사건이었다. 부친도 유명한 분이었지만, K교수 또한 그의 특이한 행동들 이전에 많은 학문적 업적을 남긴 학자였고, 많은 후진을 양성한 노교수였던 것이다. 장례식에는 많은 사람들이 참석하여 고인의 명복을 빌었고, 장지까지 가는 버스에도 많은 후배들이 동승하여 고인의 마지막 가는 길을 함께했다.

영안실을 떠난 버스는 서울을 막 벗어나 속도를 점점 높이고 있었다. 날씨는 찌는 듯이 무더웠고, 냉방장치도 안 되어 있는 버스 안은 영구차라는 특수한 상황을 더욱 지루하게 만들고 있었다. 아무리 덥고 지루한 길이라고 해도 명색이 노교수의 장례 행렬이고, 더구나 맞상주가 쟁쟁한 현역 교수였으니 방정맞게 부채질을 하거나 입이 찢어져라 하품하기도 곤란한 상황이었던 것이다.

사람들이 힘겹게 졸음을 참고 있는 와중에, 갑자기 모두의 잠을 깨우는 일이 일어났다. 스피커에서 경쾌한 음악이 흘러나오기 시작한 것이다.

'우째 이런 일이!'

사람들은 당황하면서도 지금 일어나고 있는 상황이 믿기지 않았다. 맞상주의 눈치를 살피기도 하고, 필시 테이프를 밀어 넣었을 운전기사의 경솔함을 어떻게 징벌할 것인가를 고민하는 참이었다.

누군가가 벌떡 자리에서 일어났다. 곧 앞으로 나가 이게 무슨 짓이냐고 소리라도 지를 기세였다. 바로 그때였다.

"친애하는 조문객 여러분 안녕들 하십니까? 저의 마지막 가는 길에 동행해 주어서 이 사람, 고마울 따름이고 죽어서도 외롭지가 않습니다그려."

사람들은 모두들 놀란 토끼눈이 되어 있었고, 잡음이 섞인 테이프에서는 계속 고인의 육성이 흘러나오고 있었다.

"날씨도 무더운 여름날, 이 사람이 살아생전에 해 놓은 일이 뭐가 있다고, 이렇게들 많이 모이셨습니까? 무척들 지루하시죠? 제가 이렇게 어려운 걸음을 하신 여러분들의 지루함을 조금이나마 덜어 드리려고 이렇게 주책없이 나왔습니다. 저희 집안의 선산이 그렇게 먼 곳은 아니니까 제가 하는 얘기들을 들으시다 보면 곧 도착할 것입니다. 자, 그럼 한번 시작해 볼까요."

하나씩 둘씩, 이 황당한 사건의 내막을 눈치채고는 웃지도 못하고 울지도 못하고 어정쩡한 표정을 짓고 있을 수밖에 없는 동안 녹음테이프에서는 차마 글로 옮기기 어려운 음담패설들이 구수한 말투로 끊임없이 계속되고 있었다.

그 유명한 K교수의 부친도 못 말리는 사람이라던 미확인 소문의 실상이 일시에 만천하에 알려지는 순간이었다. 맨 앞줄에 앉아 있던 K교수가 제일 먼저 웃음을 터뜨렸다. 그것이 실제로 우스워서였는지, 아니면 기막힘과 웃음을 참느라 이중의 고역을 치르고 있는 문상객들을 위한 배려였는지는 확실하지 않지만, 어쨌든 그의 웃음을 시작으로 영구차 안에는 때아닌 함박웃음이 메아리치고 있었다.

결국 장례식은 그렇게 즐겁고 화목한 분위기 속에서 그렇지만 나름대로는 엄숙하게 치러졌고, 서울로 돌아오는 버스에 동승한 조문객들은 내내 생전 처음 겪은 황당한 장례식에 관한 이야기를 주고받으며 '그 아버지에 그 아들'이라는 말은 이럴 때에 쓰는 말이라는 공통의 결론을 이끌어 내었다.

장례식이 끝나고 한참이 지나서 후배 교수 한 사람이 연구실로 K교수를 찾아왔다. K교수보다 몇 년 후배이지만 친구처럼 친하게 지내는 사이인 그는 뭔가 어려운 얘기를 부탁하러 온 사람처럼 말을 돌리더니 결국 질문을 던졌다.

애기인즉슨 '그날 그 장례식 이후 나는 궁금한 점이 하나 있어 참을 수가 없다. 이런 질문을 하는 것이 결례인 것은 잘 알고 있으나 정말로 궁금증을 해소할 수가 없어 이렇게 찾아왔다. 도대체 부친께서는 어떻게 자신이 찌는 듯이 무더운 날 돌아가실 것을 미리 알았던 것이냐?' 하는 것이었다.

"응, 그게 궁금했구먼. 간단해. 내가 자네니까 이야기해 주겠네만, 사실 이 이야기는 아무에게도 하지 않으려 했던 걸세. 사실은 테이프가 네 개야. 뒤의 내용은 똑같고, 맨 앞의 날씨 이야기만 다른 것이 네 종류가 있었단 말일세. '꽃피는 봄날'로 시작하는 것도 있고, '매서운 찬바람이 몰아치는'으로 시작하는 것도 있다네. 본래부터 만들어 놓고 가셨네."

이 이야기에는 약간의 사족이 필요하다. 의사들이라면 죽음을 많이 경험했으므로 K교수 부친의 녹음테이프가 단순한 '장난기'나 황당함을 넘어 의사로서 진지하게 살아오며 쌓은 경륜에서 나오는 대범함이라는 것을 금방 이해하겠지만, 대개의 독자들에겐 무척 이상하게 보일지도 모르겠다. 그러나 사실 의사들은 수많은 죽음을 경험한다. 삶과 죽음의 기로에 선 환자들과 함께 수만 번 사경을 헤맨다. 그래서 평생을 의사로 살아 어느 정도의 경지에 이른 사람은 삶과 죽음에 대해 적어도 일반인들보다는 초연할 수 있다. 따라서 죽음도 지극히 자연스러운 삶의 한 과정으로 받아들이는 것이 가능해진다. K교수 부자의 유머도 그런 의미에서 얼마든지 삶의 따뜻한 한 절차로 이해하게 되는 것이다.

나의 매독은 무죄

외과 레지던트 1년차인 K는 아침에 눈을 뜨면서 온몸에서 으실대는 느낌이 들자 기분이 더욱 언짢아졌다. 어제 오후 수술 도중 엉겁결에 손가락을 바늘에 찔렸기 때문이다. 수술이 끝날 때까지 그 환자가 제발 간염항원 보균자이거나 매독균 보균자가 아니기를 마음속으로 빌며 초조해했지만 수술이 끝나자마자 펼쳐 본 환자의 차트에는 빨간 싸인펜으로 큼지막하게 VDRL positive^{매독균 반응검사 양성}라고 적혀 있는 것이 아닌가!

함께 수술했던 동료 H가 딴에는 위로한답시고 "야, 에이즈^{AIDS} 아닌 게 다행 아냐?"라고 하는 말이 위로인지 악담인지 모르게 들렸다. 얼마나 찝찝했던지 일이 끝나자마자 양념통닭집에서 통닭과 맥주를 시켜 마시고는 알콜 기운으로 잠에 곯아떨어졌건만, 눈을 뜨자마자 어제의 낭패감이 생생하게 다시 되살아나는 것이다. 빌어먹을.

그는 작년 인턴을 할 때에도 간염 환자의 채혈을 하다 주사기 바늘에 찔려 애꿎은 엉덩이에 간염항체 주사를 연거푸 세 대나 맞아야 했다. 채혈 시나 수술실에서 주사기 바늘이나 수술 바늘에 찔리는 경우가 워낙 많아 병원에서도 사유서만 쓰면 백신주사는 공짜로 놓아 주는 제도가 얼마 전부터 생겨나긴 했지만, 그것이 사후약방문이지 찝찝한 것은 의사라고 다를 게 뭐 있겠는가?

　다행히 작년에는 인턴을 시작하기 전에 간염백신 주사를 미리 맞아 두어 간염항체의 역가를 충분히 올려놓았던 덕택으로 무사히 넘어갔지만 오늘의 경우는 영 다른 문제가 발생한 것이다. 이놈의 매독균은 우선 페니실린 주사를 맞아서 예방적 치료를 해야 하지만 한번 매독균 검사에 양성이 되면 치료가 되더라도 평생 VDRL 검사에서는 양성으로 나오게 된다. 물론 그 수치는 낮아지겠지만. 이거 졸지에 성병 환자가 되었으니 나중에라도 결혼하게 되면 마누라에게 뭐라고 변명을 해야 한담!

　어쨌든, 오늘 중으로 페니실린 주사를 타러 가야 하는데, 그는 오전 내내 사유서를 쓸 시간이 나질 않아 엉거주춤하고 있었다. 더욱이 그 페니실린 주사는, 아프기로는 주사 중에 둘째가라면 서러울 만큼 독하다. 페니실린을 근육에 주사하는 경우는 매독일 때뿐인데, 이틀에 걸쳐 두 대를 맞아야 한다. 이게 얼마나 아픈지, 다 큰 남자들이 소리 내어 울지는 못하고 얼굴을 있는 대로 일그러뜨리는 꼴을 보며 그는 내심 '고거 쌤통이다!' 하고 웃기도 했었다. 그런데 이제 자기가 그 꼴이 되게 생겼으니. 그나마 그 사람들은 그런 통증을 감수해야 마땅할

뭔가를 즐기기라도 했다지만, 그는 정말 억울하기 짝이 없었다.

점심시간에 겨우 짬을 내어 페니실린 앰플을 하나 얻어 낸 그는 어정어정 병동으로 걸어갔다.

"자, 이놈을 누구에게 놔 달라 한담?"

어차피 엉덩이 까고 맞을 바엔, 이번에 신규로 들어온 깜찍한 간호사에게 부탁하려는 것이다. 그녀가 눈에 띄자 그는 대뜸 주사 앰플을 내밀었다. 그러자 그녀는 눈을 동그랗게 뜨고는 그를 마치 더러운 물건 보듯 훑어보는 것이 아닌가.

"선생님 어디 가서 못된 짓 했군요!"

그는 순간 말문이 막혔다. 어이가 없기도 하고 한심하기도 했지만, 호흡을 가다듬고 차분히 사건의 전말을 설명했다. 그 얘기를 들은 그녀는 얼굴이 귀밑까지 새빨개져서 서둘러 그의 엉덩이에 주사를 놓아 주었다. 딴에는 부드럽게 놓아 준 것이지만, 그래도 정말 아프다. 눈물이 찔끔찔끔 나오다 시간이 갈수록 그냥 소리 내어 울고 싶을 만큼 아려 온다.

어떻게 이 주사를 내일 또 한 대 더 맞나. 통증 때문에 주사 맞은 쪽 다리를 구부릴 수 없어서 그는 절룩거리며 병동을 걸어 다닌다. 밤이 되고 일이 끝나자마자 양념통닭 집에 전화를 건다. 그는 페니실린 주사를 맞은 뒤에 당연히 금주해야 한다는 이야기를 누구보다도 잘 알고 있지만, 아니 이제까지 환자들에게 숱하게 주의를 줬었지만 오늘 밤은 맥주를 시키지 않을 수 없다. 아직도 내 살 같지 않은 엉덩이를 위로하기 위해서.

다음 날 오후, 그가 다시 신규 간호사를 찾아 나서려는데 그녀가 먼저 그를 찾아왔다. 한결 익숙한(?) 솜씨로 반대편 엉덩이에 한 방 놓아 준 그녀가 나름대로 준비해 둔 듯한 대사로 그를 위로하려 들었다.

"선생님은 그래도 이 정도였기 망정이죠. 작년에 주삿바늘에 찔려 죽은 인턴 선생님도 있대요."

경찰병원의 인턴 J 이야기로군. J는 작년 1월에 피검사용 채혈을 하던 중 사망했다. 그 친구는 간염환자의 피를 일회용 주사기로 뽑아 검사실로 가져가기 위해 바늘 뚜껑을 덮다 손가락 끝을 2밀리미터가량 찔렸단다. 그런데 이 친구는 자기 상황이 어떤 지경인지 알아볼 생각도 않고서, 이미 방사선과 레지던트로 거의 확정이 된 상태여서 상대적으로 경쟁이 치열한 과를 지망한 다른 동료 인턴의 부담을 덜어 주기 위해 고되기로 악명 높은 신경외과와 흉부외과로 스케줄을 바꿔서 돌기까지 했다는 것이다. 이후 한 달쯤 지나자 영 피곤하고 잠에서 잘 깨어나지 못해 간기능 검사를 해 보니 GOT, GPT 수치가 8,500대에 이르는 것이 아닌가. 이날로부터 이 친구는 의식이 점차 혼미해지고 얼마 안 있어 결국 혼수상태에 빠져 모교인 경희대 병원으로 옮겨졌지만 열흘도 못 되어 결국 전격성 간염으로 사망했던 것이다.

게다가, 외국의 사례이긴 하지만 에이즈에 감염되어 죽은 의사도 있다. 우리나라도 에이즈 환자가 급증하는 추세이니, 어느 순간에 그런 재수 없는 의사가 등장하지 말란 법이 있을까.

그렇게 생각하면, 매독쯤이야 아무것도 아니지 싶다. 실제로 그는 어제 오후 내내 쩔뚝거리며 다녔는지라 부딪친 모든 사람들로부터 "그래도 매독이니 다행"이라는 위로 아닌 위로의 말을 들어야 했던 것이다.

매독, 간염, 에이즈…….

피로 전염되는 각종 질병 앞에 외과 의사는 어떻게 보면 거의 무방비 상태이다. 본인이 주의하면 된다지만, 길어야 서너 시간의 잠, 하루에도 몇 건의 수술, 그러다 보면 그 '주의'라는 게 어디 쉬운가. 환자들이여, 간염은 어쩔 수 없다 치고 제발 매독이나 에이즈는 걸려 오지 말아 주세요. 그거야 마음만 깨끗이 지니면 되는 일 아닙니까?

양쪽 엉덩이로 균형을 맞춘 덕에 절룩거리지는 않으면서, 그러나 엉덩이를 뒤로 쑥 빼내고 오리걸음으로 일주일을 뒤뚱거리면서 그는 자기가 결혼을 하면 무척 정숙(?)할 거라고 생각했다.

몰래 낳은 아들

신경외과 레지던트 3년차인 J에게 요즘 말 못 할 고민이 생겼다. 어떤 외래 환자의 여섯 살 난 아들이 자기와 무서울 정도로 빼닮았던 것이다. 웃을 때 왼쪽 입꼬리가 살짝 일그러지는 것이나, 어깨를 한 번 으쓱하고는 걸음을 떼어 놓는 버릇까지도 흡사했다. 간호사들이 농담 삼아 "숨겨 놓은 아들 아니야?"라고 쑥덕댈 만했던 것이다.

물론 그 아이의 엄마는 J가 모르는 사람이었고, 자기 아들이 그와 닮은 데 대해 신기하다는 것 이상의 반응을 보이지 않았다. 문제는 J에게 있었던 것이다.

그는 고민고민하다가 시간을 내어 산부인과 3년차로 있는 친구 T를 찾아갔다.

"혹시, AID로 생긴 아이 아빠를 찾을 수 있니?"

"갑자기 왜?"

"글쎄, 있어 없어?"

"알잖아, 비밀인 거."

"그래도 방법이 없을까?"

"목숨 걸고 찾는다면 모를까, 불가능이야."

"……그래?"

J의 잘생긴 얼굴에 수심이 가득 찼다. T는 염려 반 호기심 반으로 J를 다그친 끝에 그 까닭을 알아낼 수 있었다.

"……그래서, 너는 그 애가 네가 제공한 정자로 태어난 아이 같다는 거지?"

요약하면, J는 임상 실습을 돌던 본과 3학년 때 AID 시술에 정자를 제공한 적이 있었다.

AID란 불임의 원인이 무정자증과 같은 남자 쪽의 문제로 밝혀졌을 때, 부부의 동의를 얻어 행해지는 제3자의 정자 제공에 의한 인공수정을 말한다. 물론 누가 제공한 정자가 누구의 자궁 속으로 심어졌는지는 아무도 모르게 일이 처리되지만, 생각하기에 따라서는 참으로 못할 짓 중의 하나가 이것이다.

익히 알려진 대로 정자 제공자 중에는 의과대학 학생이 많은 것이 사실이다. 제공받는 쪽에서도 선호할 뿐만 아니라 이 일의 의학적 기초와 의의를 알고 있는 사람이 하는 것이 더 좋다는 판단에서 암묵적으로 공공연히 인정되는 것이다. 물론 의대생들이 자진해서 제공하는 경우는 거의 없고, 대부분 산부인과 실습을 도는 학생 중에서 정신과 육체가 멀쩡한 사람을 골라 반강제적으로 시행되는 것이 대부분이다. J도 그 희생자(?) 중의 한 사람이었던 것이다.

"……그래. 나이도 여섯 살이고 왼손 약지로 콧구멍 후비는 버릇까지 있어. 걔가 내 아들이면 어떡하지?"

"인마, 말 같잖은 소리 하지 마라. 그리고 사실이 그렇다 하더라도, 그토록 애타게 원하는 애를 네가 도와줘서 낳았다면 좋은 일 한 거지 뭘 그러누."

"넌 모른다, 이 내 심정."

정말 그랬다. 그 꼬마를 보기 전까지 J는 자신이 AID 시술용 정자를 제공했었다는 사실조차 잊고 살았었다.

간혹 비슷한 처지의 친구들 사이에서 AID 문제가 화제로 오른 때도 있었다. 그토록 애타게 원하는 아기를 남편의 무정자증으로 가질 수 없다면 생면부지의 아이를 입양하는 것보다 한쪽의 핏줄이라도 가진 아이를 낳고자 하는 그들의 소망을 이루어 주는 게 도리이지 않겠냐는 견해와 누구의 정자인지도 모르는 상황에서 단지 의료 기술이 가능하다는 이유로 시술을 한다면 그것이 강간과 다를 게 있는가? 현실적으로 AID를 시행한 주부가 정신적인 충격을 견디지 못해 정신병원에 입원하는 사태가 발생하기도 하는 등 많은 부작용이 있는 게 사실이다. 이런 어려움과 문제의 심각성에도 불구하도 구태여 AID를 시행해야만 하느냐, 이젠 입양이라는 문제를 긍정적으로 검토할 때가 되지 않았냐는 본원적인 문제가 격렬한 쟁점이 될 때도 그는 긍정 쪽에 서곤 했다. 한국에서의 핏줄의 이어짐이라는 것에 대한 갈망을 이해해야 한다는 쪽이었던 것이다. 엄밀히는 대개의 의대생의 견해는 다 비슷하게 우리나라에선 AID를 긍정적으로 검토할 수밖에 없다는 현실론이 우세했다. 어쩜 이것이 한국적 상황의 한계일지도 모른다. J도 그러했다.

그랬었는데,

"내가 꼭 강간범이 된 것 같아."

"그렇게 심한 생각을 하다니, 더구나 아직 사실도 모르잖아?"

"그래도 그래!"

J의 고민은 의외로 싱겁게 끝났다. 수술을 받게 되어 입원한 그 환자의 가족들을 보게 되었을 때였다. 알고 보니 그 환자는 아들을 낳으려고 아이를 지나치게 많이 낳은 나머지 허리를 상한 것이었고, 위로 셋이나 있는 그 아이의 누나들 또한 J와 흡사한 데가 있었던 것이다. 우연의 일치라고나 할까. 그러나 그 웃지 못할 고민을 통하여 J는 깨달은 바가 있었다. 매형의 무정자증으로 인하여 열심히 AID를 시도하고 있는 큰 누이를 어떻게든 설득하여 입양을 권유해야겠다는 것이다.

의대생 기숙사

의과대학 기숙사라는 것이 일반 대학 기숙사와 뭐가 짜다라'얼마나'라는 뜻의 경상도 사투리 다른가?

오랜만에 만난 고향 후배 녀석이, 한참 회포를 풀던 끝에 화제가 기숙사 얘기에 이르자 한 말이다. 원래 아침잠이 짙었던 그녀석은 기숙사의 아침식사 시간에 대지 못해 굶기가 일쑤요 사람 좋아해서 늦게까지 놀다 보니 개구멍으로 들어가다 수위 아저씨한테 경을 치기가 다반사라 기숙사라면 자기가 꽉 잡고 있다는 투였다.

그러나 천만에, '짜다라' 정도가 아니라 '억수로' 다르다.

사실, 기숙사라는 것은 별다른 매력을 주지 못한다. 대학이나 기업체에서 운영하는 기숙사부터 시작해서 흔하디 흔한 것 중의 하나가 기숙사라고 해도 과언이 아닐 테니까. 기껏해야 여학생 기숙사가 뭇 남성들의 관심 대상이기나 할까. 따라서 의대생들이 기거하는 기숙사라고 해서 뭐 특별히 다를 게 없을지도 모른다. 그렇지만, 분명히 다른 점이 있다. 그 다른 점이 일반 기숙사와 의대생들의 기숙사를 확실하게 구분 짓게 해 주는 요소인데, 그것은 일반적으로 '기숙사'라고 말할 때 자연스럽게 연상되는 '룸'이 합법적으로 지켜지지 않는 경우가 종종 생긴다는 것이다. 지금부터 그 이야기를 하려 한다.

내가 다녔던 의과대학의 기숙사는 수용 인원이 200여 명, 5층 건물, 2인 1실 혹은 3인 1실. 건축 당시에는 초현대식 시설이었다고 한다. 그 '당시'라는 것이 이십 몇 년 전이라는 게 유일한 문제이기는 하지만.

이 기숙사에 입사할 수 있는 자격은 우선 현재 의학과에 적을 두고 있어야 하는 것이 첫째 조건이다. 당연한 얘기 같지만, 의예과 학생이나 휴학생, 졸업생은 안 된다는 이야기다. 서울에 집이 있는 학생보다는 지방 학생이 우선순위가 되고, 경기도 학생보다는 제주도 출신이 유리하다. 학교 성적도 고려를 한다고는 하나, 성적 미달로 퇴사 조치당한 사람은 아직 없는 것으로 안다.

이 기숙사는 문을 잠그지 않는다. 즉, 귀사 제한 시간이 없다는 것이다. 의대생의 생활에 대해 조금이라도 알고 있는 사람이면 당연히 그래야만 하는 이유를 이해할 수 있다. 가령, 다른 기숙사들처럼 열 시, 혹은 열한 시에 대문을 잠가 버린다고 하면 매일같이 수많은 학생들이 타의에 의해 자신의 방에 들어갈 수가 없게 된다. 그때까지 실습이 끝나지 않는 날이 비일비재하기 때문이다. 의과대학에서 학생들에게 요구하는 최고의 덕목이 공부인 것이 명백한 사실인데, 도서관은 24시간 개방하면서 기숙사 문을 잠가 버리는 앞뒤가 맞지 않는 일을 할 리가 없다. 물론 모든 기숙사생이 공부나 실습 때문에 항상 늦게 다니는 것은 아니지만, 하여튼 다들 무지무지하게 늦게들 다닌다. 그래서 J학사의 수위 아저씨들의 가장 중요한 업무는 앞뒤 두 개의 현관문 가운데 어느 하나라도 꼭 열려 있도록 '문단속'을 철저히 하는 일이다.

의대생 기숙사는 식당도 다르다. 의대생의 하루라는 것이, 시작하는 시간은 예측할 수 있지만 끝나는 시간은 전혀 예측 불가의 것들이라서 그럴 수밖에 없다. 아침, 점심 식사는 정해진 시간이 지나면 식당 아주머니들이 치워 버리시지만, 저녁 식사는 다르다. 식사 시간이 지나도 밥과 주요한 몇 가지 반찬들은 그냥 놔둔 채 퇴근들을 하신다. 그러면 학생들이 하나씩 둘씩 나타나 찬밥으로 청춘의 허기를 달래는데, 그 수가 제시간에 대어 오는 아이들보다 월등히 많다.

식당이 하나 더 있는 것도 특이한 점이다.

지하에 있는 간이식당은 밤 아홉 시가 되어야 비로소 문을 연다. 새벽 두 시까지 운영되는 이 식당에는 라면과 인스턴트 짜장면이 주메뉴이고, 삶은 계란과 빵 따위의 요깃거리가 있다. 한구석에는 텔레비전과 복사기가 놓여 있기도 하다. 라면만으로는 양이 차지 않는 사람들은 1층 식당에서 남겨져 있는 찬밥을 가져다 비벼 먹을 수도 있다.

의대생들의 기숙사와 일반 기숙사의 빼놓을 수 없는 차이 중의 하나는 24시간 이상 기숙사를 비워야 할 때에는 사전에 신고만 하면 기숙사비를 빼 준다는 데에 있다. 방학 기간 중에도 상당수의 학생들이 꽤 오랜 기간 동안 기숙사에 머무르기 때문에 생겨난 제도라서 원칙적으로는 학기 중에는 적용이 안 되는 것이지만, 몇 가지 경우에는 학기 중임에도 불구하고 이런 일이 허용되기도 한다. 그게 어떤 경우인고 하니, 지방 병원 파견 실습을 나가는 경우와 지역 사회의학 실습 기간, 수학여행 기간 등인데, 이것 말고도 특이한 경우가 딱 한 가지 더 있다.

바로 일반외과 실습 기간이다. 그 기간 동안에는 기숙사에 들어오려고 아무리 발버둥을 쳐 봐야 며칠에 한 번쯤, 그것도 밤 열두 시가 넘어서야 가능하기 때문이다. 그 시간에 들어와 봐야 누가 저녁상을 차려 놓고 기다리는 것도 아니고, 아침에는 식사 시간 전에 기숙사를 떠나야 하기 때문에 결국 밥도 못 먹고 잠도 못 자는 기숙사비를 꼬박꼬박 내는 것이 말이 안 된다는 것을 모두가 인정하는 것으로 암묵적으로 허용되는 불문율 같은 것이다.

시험 기간이면 단 하나의 예외도 없이 모든 창문이 밤새도록 불을 밝히는 의대생 기숙사, 아침마다 넥타이를 매야 하는 실습 학생이 빨아 놓은 셔츠가 마침 하나도 없을 때 건조대 위에 널린 남의 것을 슬쩍 입고 도망가도 '사후허락'이 가능한 의대생 기숙사, 층별 농구대회라도 열리는 날이면 모두가 다시는 안 볼 사람들처럼 격렬한 몸싸움도 불사하지만 다음 날이면 또다시 이마를 맞대고 땡시 준비에 열중하는 청춘들의 집합소, 의대생 기숙사.

후배 녀석은 한참 재미있다는 투로 듣더니

"형, 그거, 쪼까^{조금이라는 뜻의 전라도 사투리} 다르긴 하구만." 한다.

글쎄, '쪼까' 다른가?

"형, 그거, 쪼까[조금이라는 뜻의 전라도 사투리] 다르긴 하구만." 한다.

돌아온 탕아

계절의 여왕이라는 5월이 시작되는 첫날, F가 도망갔다. 그가 도망친 사실은 아침 회진이 시작되기 10분 전에야 비로소 밝혀졌다. 레지던트 1년차인 F가 해야 할 회진 준비가 하나도 되어 있지 않은 사실은 치프 레지던트의 얼굴을 사색으로 만들었고, 다음 날 아침 치프 레지던트의 정강이에는 시퍼런 멍이 하나 남아 있었다.

F가 흉부외과 레지던트를 시작한 것이 공식적으로는 3월 1일이었지만, 2월부터 픽턴FIXTERN: 무슨 과를 전공할 것인지가 이미 확정된 인턴을 부르는 말의 신분으로 근무를 시작했으니 사실상 딱 3개월 만에 도망간 것이었다.

외과 계열의 레지던트가 도망가는 일은 사실 흔하다. 대부분의 도망자들은 짧게는 하루, 길어야 삼사 일이 지난 후에 멋쩍게 머리를 긁으면서 되돌아오고, 그에 따른 벌로 당직일 수가 왕창 늘어나는 것이 보통이다. 그렇지만, F가 속한 Z병원 흉부외과의 경우는 그중에서도

주치의에게 빤스를

특별한 경우이다. 1년에 세 명밖에 레지던트를 뽑지 않는 흉부외과지만 한 번도 도망을 가 보지 않은 사람이 오히려 드물 만큼 많은 사람이 며칠씩 도망쳤던 경력들을 가지고 있는 것이다. 그래서 이 병원의 흉부외과에는 묵시적으로 통용되는 하나의 '룰'이 있다. 일주일 안에 돌아온 탕아는 책임을 묻지 않는다는 것이다. 물론 벌당직도 없고, 나가서 무엇을 하고 돌아다녔는가를 묻지도 않는다. 누구 하나 싫은 소리를 하지도 않고, 치사한 놈이라는 낙인도 찍히지 않는다. 그저 돌아온 도망자 스스로가 미안한 마음에 한동안 기가 죽어 지낼 뿐이다.

지금 현재 흉부외과의 스태프가 다섯 명인데 그중에서 레지던트 기간 동안 한 번도 도망가지 않은 사람은 단 한 명도 없다고 했다. 레지던트 열두 명 중에서도 도망의 경력이 적어도 아직은 없는 사람이 둘뿐이니, '도망'이 '휴가'와 비슷한 개념이 될 만도 했다. 사실 1년차나 2년차들은 여름휴가라는 것도 없으니 이런 식으로라도 휴가를 즐기는 것인지도 모른다. 한 사람이 도망가면 그 일은 반드시 남아 있는 사람이 해야 하기 때문에 엄청난 분량의 업무가 늘어나지만, 다음번에 자신이 또 도망갈 경우를 생각해서 별다른 불평을 하지도 않는다.

도망자들의 대부분이 며칠 후면 돌아온다는 것은 앞에도 말한 바이지만, '전부'가 돌아오지는 않는다. 정말로 아예 수련을 포기하고 떠나 버리는 사람도 병원을 통틀어 1년에 꼭 한두 명씩은 있다. F가 사라진 것이 그해의 1년차 중에서는 처음이었기 때문에 남아 있는 1년차들은 일이 많아진 것의 괴로움에 쩔쩔 매면서도 한편으로는 F가 영

영 돌아오지 않을 때의 낭패를 걱정하며 F의 무사 귀환을 빌고 있었다. 만약 F가 아예 병원을 때려 치운 것이라면 남은 두 사람의 4년간의 운명은 불을 보듯 뻔한 것이었기 때문이다.

F는 정확하게 일주일을 채우고 나타났다. 은근히 5일이나 6일간만 쉬고 돌아오기를 기대했던 동료들은 꼭 일주일을 채우고야 모습을 드러내는 F가 한편으로는 얄미우면서도 돌아온 사실 자체가 반가워서 모두들 F를 환영하며 맞았다.

F가 일주일 동안의 비공식 휴가 동안 병원 밖에서 했던 일들은 전형적인 도망자의 모습을 그대로 답습한 것이었다. 먼저 F는 친구의 자취방으로 쳐들어가서 이틀을 잤다. 깨우면 죽인다는 말을 남기긴 했지만, F가 저혈당성 쇼크에 빠질 것을 염려한 친구의 배려로 중간에 두 번 깨어나 라면을 먹은 것 말고는 이틀을 내내 잠만 잤다. 그 다음에 F가 자리에서 일어나 한 일은 먹는 일이었다. 병원에서 시켜 먹을 수 없는 음식들을 열심히 먹어 댔다. 학생 때만 같았으면 줘도 먹지 않을 것들을 갑자기 식성이 바뀐 임산부마냥 게걸스럽게 먹어 대기 시작한 것이다.

풀빵, 번데기부터 시작하여 삼겹살과 해물잡탕에 이르기까지 병원으로 배달이 안 되는 온갖 것들을 주워 삼킨 F였지만, 사실 그가 병원 밖을 나와 처음 먹은 음식은 아이로니컬하게도 병원에서 그토록 지겹게 많이 먹었던 짜장면이었다.

도시락이나 양념통닭이나 된장찌개 같은 것은 거들떠보지도 않으면서, 짜장면을 굳이 처음 먹은 것은 무슨 이유였을까. 배달시켜 먹는 짜장면은 '진짜' 짜장면이 아니기 때문이라는 게 정답이다. 퉁퉁 불어 터지지 않은 짜장면, 김이 모락모락 나는, 젓가락을 푹 찔렀다가 들면 모든 면발이 따라 올라오지 않는 '싱싱한' 짜장면은 병원에서 먹어 본 기억이 없는 음식인 것이다. 도망자의 최초의 식사는, 그래서 그런지 우스꽝스럽게도 모두가 짜장면이었다. 누가 가르쳐 준 것도 아니고 사전에 약속한 것이 아닌데도.

처음에는 한없이 즐겁고 편안하던 도망자의 생활은 사나흘을 넘기면서 괴로워진다. 머릿속에 갖가지 잡념들이 떠오르기 때문이다. 다시는 병원 쪽을 향해서 오줌도 누지 않으리라며 호기 있게 뛰쳐나오기는 했지만, 목덜미를 끊임없이 잡아채는 것들은 많다. 고생할 동료들에게 미안한 마음은 오히려 아무것도 아니다. 이북에서 귀순하는 사람도 있는데, 뭐. 정말로 도망자의 마음을 괴롭게 하는 것은 일종의 자괴감이다.

'남들은 똑같이 힘들어도 도망가지 않았는데, 나만 이렇게 방황하는구나, 못난 놈.'

'아니야, 1년 선배랍시고 나를 비겁하게 갈구는 그자식을 생각하면, 으, 치가 떨린다.'

'아냐, 그래도 내가 맡은 일들과 책임을 팽개치고 이렇게 뛰쳐나와서는 안 되는데.'

'내가 맡은 환자들은 지금쯤 어떻게 되었을까?'

국민학교 때부터 계산하면 최소 18년의 학창 시절 동안, 그래도 지극히 정상적인 교육과정을 밟아 왔고 언제나 엘리트 집단에 속했던 경험을 가진 사람이기 때문에, 삼십을 바라보는 나이에 별안간 빼먹은 보충수업은 영 낯선 것이다. 한 번도 해야 할 일을 완전히 방기해본 경험이 없는 사람이 생전 처음 용기를 부린 사실이 영 자신의 마음에 들지 않는 것이다. 사실 대부분의 '도망자'들을 귀환하게 만드는 것은 자신을 기다리고 있을 환자에 대한 걱정이나 의사로서의 막연한 책임감이 아니라 '자존심'일지도 모르는 일이다. 윗사람들이 도망자를 크게 탓하지 않는 것도 그 마음고생을 익히 경험으로 알고 있기 때문일지도 모른다. 사실 의사들을 먹여 살리는 것은 '자존심'이다. 때론 그것이 지나쳐서 문제를 일으키기도 하지만, 최선을 다해 환자를 위하는 것으로 자존심을 지키는 의사가 곧 '명의'인 것이다. 도망자들은, 불과 일주일의 짧은 기간이나마 자존심의 손상이 얼마나 고통스러운 것인가를 뼈저리게 느꼈기에, 대체로 훌륭한 의사로 성장한다는 것이 일반적인 '썰'이다.

히스테렉토미라도
하고 오면 몰라도

"엄마, 엄마 딸이 외과 의사라면 어떨 것 같아요?"

"음, 그것도 괜찮지."

"그런데 만약, 엄마가 어디가 아파서 수술을 받게 되었는데, 수술자가 여의사라면 어떻겠어?"

"응? ……그건 싫다, 얘. 어쩐지…….

"어쩐지, 뭐어?"

"그거야 뭐, 어쩐지……, 하여튼 그건 좀 싫을 것 같구나."

J는 일반외과를 지원하기로 결정을 내리고도, 시험이 코앞에 닥친 오늘까지 부모님께 그 사실을 말하지 못하고 있었다. 몇 번이나 망설인 끝에 어머니에게만 슬쩍 운을 떼 보니 어머니의 반응은, 충분히 예상했던 일이기는 해도, 실망스러운 것이었다. 집안의 반대도 반대였지만, J의 일반외과 지원 사실이 병원에 차츰 퍼져 나가면서 J에게

쏟아진 충고와 염려의 말들은 더 많았다.

"여자애가 힘들어서 어떻게 하려고?"

"밤낮 호출당하고 당직 서 가면서 살 수 있겠니?"

"아직도 늦지는 않았네. 다시 한번 생각해 보게."

"전문의가 되고 난 후의 계획은 세워 놨겠지?"

"자네, 결혼 계획은 있는가?"

격려의 말도 가뭄에 콩 나듯 있긴 했지만, 대부분의 연배가 높으신 선생님들은 너무나도 걱정된다는 눈빛으로, 혹은 세상에 별 희한한 여자 다 보겠다는 눈빛으로 J를 바라보았다.

J가 지원한 일반외과에는, 적어도 그 병원에서는, 단 한 사람의 여자 전공의도 없었다. 스태프는 말할 것도 없었다. J의 선택이 유난스럽게 여겨지는 이유는 이런 것이었다. 남자들도 힘들어하는데 하물며 여자가 어떻게 해내겠느냐, 제대로 수련 과정을 이겨 낼 수는 있는 건지, 중도에 도망가 버리지나 않을까, 결혼하고 아이 낳는다고 쉬면서 동료들에게 피해 주지나 않을까, 남자들과 똑같이 당직 서느라 집에도 안 들어가고 자식 노릇, 아내 노릇, 엄마 노릇을 제대로 할 수 있을지, 전문의가 되었다 해도 사회로부터 받는 편견과 선입관 속에서 외과 의사로서의 능력을 충분히 발휘할 수 있을는지 하는 생각들.

J가 일반외과를 지원하기로 처음 마음먹은 것은 학생 시절, 임상 실습을 돌 때의 일이었다. 헤모페리토니움^{Hemoperitoneum: 복강 안에 피가 가득 고인 상태}으로 인한 쇼크 상태로 생사의 기로를 헤매던 환자를 보게 되었는데, 그 환자가 수술을 받은 후 기적처럼 회복되는 것이었다. 그 일은 J에

게 깊은 감동으로 다가왔고, 다시 주저 없이 일반외과를 하겠다는 결심으로 이어졌던 것이다.

J도 물론 일반외과가 힘들다는 사실은 그 누구보다도 잘 알고 있었다. 수련 과정을 마친다고 해도 이후의 삶이 고단하다는 것도 잘 알고 있었다. 더구나 요즘은 다들 쉽고 편안하고 돈 잘 버는 과를 택하려 하기 때문에, 일반외과는 남자들도 기피하는 과 중의 하나이기도 했다. 어느 병원에서는 지원자가 없어서 비상이 걸렸다는 얘기도 들렸다. 하지만, J는 왜 하필 일반외과를 하려고 하느냐는 질문을 수없이 받으면서도 늘 같은 대답을 할 뿐이었다.

"하고 싶어서요."

J는 결국 일반외과에 원서를 냈고, 곧 필기시험과 면접시험을 봐야 했다. J는 성적에 상관없이 여자라는 이유로 불합격되지나 않을까 전전긍긍하는 동시에, 몹시 불편한 심기를 내보이고 계신 아버지를 이해시키는 일에도 신경을 써야만 했다.

J는 자신을 지지해 줄 사람을 찾아 수소문한 끝에, 모 대학병원의 일반외과에서 4년차로 근무하고 있는 여선생을 찾아갔다. 그녀의 학교 선배도 아니었고 한 번도 만나 본 적이 없었지만, 무언가 희망찬 말을 해 줄 것만 같은 생각이 들어서였다.

"나는 지금 J가 겪고 있는 것보다 더 심한 반대와 우려 속에서 일반외과를 지원했었어."라고 시작되는 그 선생님의 말은 정말 기가 막혔다. 특히 면접시험에서의 시험관 한 분의 말씀은 당시 여자 외과의라는 존재에 대한 편견을 단적으로 드러내는, 나쁜 의미로 압권이었다.

"글쎄, 말도 못하게 질문이 쏟아졌지만, 나름대로 소신 있는 답변을 했다고 생각했어. 그런데 어떤 선생님이 중얼중얼하시는 거야, 히스테렉토미hysterectomy: 자궁을 드러내는 수술라도 하고 오면 몰라도, 라고."

'떨어졌구나.'라는 생각은 고사하고 그 선생님이 느꼈을 모욕감과 분노는 얼마나 컸을까.

그래도 어쨌든 편견을 뚫고 당당히 외과의가 된 그 선생님으로부터 격려의 말을 듬뿍 들었을 뿐만 아니라 면접 시의 주의 사항 등에 대한 자상한 지도까지 받은 J는 면접시험에서 받게 될 질문들에 어떻게 당당하고 슬기롭게 대처할 것인지를 예상 문제까지 작성해 가면서 열심히 연습했고, 드디어 면접시험을 보는 날이 되었다.

"그 여린 팔뚝으로 수술실에서 어디 어시스트나 제대로 서겠어?"

J는 기다렸다는 듯이 주머니에서 미리 준비한 카드 한 장을 꺼내면서 큰소리로 대답했다.

"옛, 그래서 요즘 열심히 헬스클럽에 나가고 있습니다."

병원 바로 앞에 있는 스포츠 클럽의 회원카드였다. 그래도 요즘은 자궁이 아니라 팔뚝을 문제 삼는 걸 보면 사회적 분위기가 조금은 호전(?)된 셈일까?

며칠 후, J는 합격자 명단에서 자신의 이름을 확인했고, 곧바로 미장원에 가서 파마를 풂과 동시에 남자처럼 머리를 짧게 잘랐다. 이왕 합격한 마당에 씩씩해 보이기 위해서가 아니었다. 일반외과 1년차로 들어가면 언제 다시 미장원에 갈 시간을 낼 수 있을지 모르는 일이기 때문이었다.

W의 비극

　지금 Y병원의 인턴으로 있는 W는 학교 다닐 때부터 유명했다. 그는 한 여자와 한 달을 넘기는 법이 없었다. 소문에 의하면 재수하던 시절부터 그는 알아주는 바람둥이였다고 했다. 친구들이 비결을 가르쳐 달라고 하면 그는 언제나 이렇게 말했다.

　"나는 단지 여자들이 무엇을 원하는지 남들보다 잘 알고 있을 뿐이다."

　농담 삼아 의대생 전체의 이미지를 흐린다고 구박을 하면 그는 또 언제나 이렇게 말했다.

　"나는 내가 만나는 여자들에게 절대로 의대생이라고 말하지 않는다."

　그가 실제로 처음 만난 여자에게 무어라고 신분을 밝히는지는 모르지만, 그의 외모는 사실 '건달'에 가까운 것이었고, 입도 거침없이 걸었다. 그런데도 그는 이상하게 여자들에게 인기가 있었고, 그의 옆에 서 있는 여자는 한결같이 미인이었다. 그는 학교 성적이 좋은 편이 못 되었는데 사람들은 그걸 두고 여자들의 이름과 전화번호를 외느라 의학적 지식이 들어갈 공간이 없기 때문이라고들 했다.

그는 툭하면 학교에 나타나지 않았고, 오후에나 등교하기 일쑤였다. 어쩌다가 아침 일찍 학교에 온 날은 어김없이 점심때가 지날 무렵에는 사라지는 것이었다. 그렇게도 수업을 안 듣고, 열심히 밤거리를 헤매는 그가 꾸역꾸역 학년이 올라가서 졸업장을 손에 쥔 것은 사람들에게 상대적 열등감을 느끼게까지 했다. 특히 남학생들에게 말이다. 비록 모든 과목의 재시, 삼시를 빠짐없이 치르기는 했지만 그것마저 '학교의 행사에는 빠짐없이 참가한다.'는 농담으로 여유를 부리면서 어떻게 어떻게 학점들을 이수하고 있는 그에게 연애 한 번 찐하게 못해 보고 청춘을 날려 버린 다수의 의대생들은 야릇한 질투를 느꼈는지도 모른다.

그가 인턴이 된다는 사실은 모두에게 화제였다. 과연 그 유명한 W가 어떻게 인턴 노릇을 할 것인가? 인턴과 본과 4학년 실습 학생의 차이는 천지 차이라는 말이 부족할 정도이다. 학생은 등록금을 내고 병원에 나오는 사람이기 때문에 까짓것 마음만 먹으면 하루나 이틀쯤은 빠질 수도 있다. 나중에 혼쭐이 나거나 적당히 거짓말로 둘러대면 되는 일이다. 그렇지만, 인턴은 엄연히 병원의 녹을 받는 정식 직원이기 때문에 사정이 다르다. 책임감도 책임감이지만 최악의 경우에는 '짤릴 수도 있기' 때문이다.

과연 W가 대부분의 시간을 병원에 갇힌 채로 시들어 가며 그의 명성에 흠집을 낼 것인지, 아니면 새로운 역사를 하나 만들어 갈 것인지는, 따분하게 병원에서 스포츠 신문에 줄 긋기나 하고 있는 많은 사람들에게 즐거운 게임일 수밖에 없었다.

인턴이라고 해서 365일×24시간을 내내 병원에 머물러야 하는 것은 아니다. 매우 한정된 시간이나마 병원 밖에 나갈 수 있는 시간이 생기게 마련이지만, 불쌍한 인턴들은 '외출'이 허락되는 시간도 스스로 포기하는 경우가 많다. 집에 간다고 해서 뾰족한 일이 생기는 것도 아닌 미혼의 인턴들은 거리에 뿌려지는 시간만큼 잠을 보충하는 게 훨씬 이익이라고 생각하는 편이다.

바꾸어 말하자면 병원 밖에 나가는 것을 지상 과제로 삼는 경우에 한해서는 가끔씩 외출이 가능하다는 말인데, W는 그 좁은 가능성을 파고들었다. 사람은 그리 쉽게 바뀌는 것이 아니다. W는 낮 시간에 해 놓을 수 있는 일을 최대한 빨리 해 놓고 한밤중에 잠깐씩 도망치듯 하계[下界: 병원 밖의 유흥가를 이렇게 부르는 인턴들이 많다.]로 내려갔다 오곤 했고, 평일에는 다른 인턴의 당직을 대신 서 주기도 하면서 오로지 '주말 오프'를 받기 위해 모든 것을 희생하였다. 평균적으로 인턴에게 주어지는 주말 오프는 1년을 통틀어 기껏해야 열 몇 번인데, W처럼 몸과 마음을 다 바쳐 주말 오프를 위해 뛰면 그 수는 좀 더 늘어날 수 있다.

그렇게 하계로 내려간 W가 과연 무슨 일들을 하다가 다시 병원으로 들어오는지 처음에는 아무도 몰랐다. 상상은 자유였고, 소문도 많았다. 병원 정문을 나선 지 30분 만에 여자를 꼬시는 데 성공하는 것을 봤다는 사람도 있고, 모 호텔로 들어가는 것을 목격했다는 사람도 있었다. W가 자신의 행적에 대해서 밝히지 않았기에 사람들은 소문을 믿고, 또 만들어 내었다. 그렇게 몇 달이 지나고 나니 간호사들이 요주의 인물로 찍었을 뿐만 아니라, 여자 인턴들은 그의 파트너가 되는 것을 기피할 정도였다.

그가 주말에 무엇을 하는가에 대해서는 인턴이 거의 끝나 갈 무렵, 어느 간호사에 의해 밝혀졌다. 그가 모 호텔의 커피숍에서 맞선을 보는 장면이 똑같은 목적으로 그곳에 갔던 간호사의 눈에 발각(?)된 것이었다. W도 그 간호사를 보았고, 그녀에게 병원에 가서는 함구해 줄 것을 간절히 부탁했지만 며칠 만에 온 병원에 소문이 쫙 퍼진 것은 너무나 당연한 일이었다.

"세상에 그 유명한 W가 맞선을 보러 다닌다니!"

"숱한 여자를 울리고 나서 결혼은 중매로 하려는구나."

"글마, 그래 안 봤더만 순 도둑놈이구마."

난처해진 W가 결국 모든 것을 털어놓았다.

"나, 한때 잘나가던 놈인 거, 인정한다. 그렇지만 인턴 들어오면서 나는 끝났다. 1년 안에 마음잡고 장가 안 가면 자식으로 안 보겠다는 부모님의 협박에 주말마다 신붓감을 찾아 헤맸지만 꽝이었다. 나는 〈서편제〉 보러 가서도 쿨쿨 잤고, 뮤지컬 〈캣츠〉를 보면서는 코까지 골며 잤다. 맥주 한 잔 먹고 술집에서 곯아떨어진 적도 있다. 전화 받다가도 잠들어서 망신도 당했다. 《여자는 졸고 있는 남자를 증오한다》는 책도 있더라, 뭐. 가을 되고 찬바람이 불기 시작하면서 어머니가 일주일에 한 번씩 선이라도 안 보면 아들로 안 치겠다고 자꾸 그러는 통에 맞선 몇 번 봤다. 왜, 안 되냐? 나, 인턴 마치면 레지던트 안 하고 1년 쉬면서 장가나 가야겠다. 아무래도 수련받으면서 여자 사귀기는 튼 것 같다."

안됐다! W는 정말 안됐다!

그러나 의대 시절부터 애인은커녕 마음 맞는 여자 친구 하나 사귀지 못하고서 지옥 같은 인턴 시절로 돌입한 다른 인턴들과 비교해 보면, 더구나 이미 장래를 약속했던 여인이 인턴 시절의 끔찍함을 함께 견뎌 주질 못하고 떠나 버린 경우와 비교해 보면 W의 경우는 자업자득과 인과응보를 넘어서서 천지신명이 무심치 않았음을 보여 주는 실례實例였다. W에겐 미안하지만, 'W의 비극'은 주변 사람들에겐 오히려 카타르시스가 되었다.

왜 하필
방사선과 의사지?

K는 B병원 정형외과 4년차로 올해 서른한 살이다. 스물여덟의 E는 G병원 진단방사선과 2년차이다. 이 두 사람은 부부다. 결혼한 지 만 2년이 지났다. 아직 아이는 없다. 물론 두 사람 다 비뇨기과적으로나 산부인과적으로나 지극히 정상인, 동물적으로 완벽한, 신체 건강하고 혈기 왕성한 남녀이다. 그런데, 이 부부는 아직 아이가 없다. 산부인과 교과서에 나와 있는 '불임'의 정의를 따른다면, 이 부부의 경우는 원인 불명의 불임이다.

K의 나이가 이미 서른을 넘었고, 더구나 외동아들인지라 손자 보기를 소망하는 시댁 어른들의 따가운 눈길이 갈수록 심해지는 편이었다. 두 사람 사이에 무슨 문제가 있는 것도 아니었지만, 아직 아이가 없는 것은 그럴 만한 사정이 있었다.

우선 결혼 첫해에는 E가 1년차였기 때문이다. 출산휴가를 내게 되면 동료들에게 짐을 떠맡기는 결과를 가져올 것이 뻔했다. 가뜩이나 여의사를 전공의로 뽑지 않으려는 경향이 많고, 그 가장 큰 이유가 결혼이다 출산이다 하여 병원을 자주 비운다는 것인데, E는 그런 소리를 듣고 싶지 않았다. 게다가 낳을 때는 출산휴가를 받는다고 해도 수없이 많은 당직을 서면서 40주 동안이나 배 속의 아기를 건강하게 키울 수 있을지도 의문스러운 일이었다.

남편인 K로서도 1년차의 생활이 어떤지 누구보다도 잘 알고 있는 처지였기에 무리해서 아이를 갖는 것보다는 어머니의 눈총을 1년 동안 견디는 것이 더 낫다고 생각했던 것이다.

결혼 첫해는 사실 두 사람이 한 침대에서 자는 날이 그리 많지도 않았다. 젊은 의사 부부가 다들 그렇듯이 어느 한쪽이 당직인 날이 태반이고, 어쩌다가 당직을 바꾸어 오랜만의 해후를 하더라도 워낙 쌓인 피로가 많아서 일이 잘 풀리지 않는 경우가 많았다. 신혼부부가 일주일 만에 만나서 그냥 잠만 잤다고 하면 세상에 믿을 사람이 누가 있을까 싶지만 그들은 정말 그랬다.

결혼하고 1년만 지나면 모든 환상이 깨지고 권태기가 도래하노라고 누가 그랬던가, 그들 두 사람은 1년이 지나는 동안 환상을 깨뜨릴 기회조차 갖지 못하고 신혼의 대부분을 보내야 했다.

E는 어쩌다가 남편과 밤을 보내는 경우에도 늘 시계를 보며, 새벽같이 일어나서 병원으로 갈 걱정을 해야만 했다. 갓 결혼한 여사원이 아침 출근시간에 늦으면 동료나 상사의 짓궂은 농담을 감수해야 하지만, 갓 결혼한 여의사가 집에 다녀온 날 아침 지각을 하게 되면 그런

농담뿐만 아니라 '이래서 여자를 안 뽑으려 했다'는 둥, '여자는 역시 안 된다'는 둥 더 많은 수군거림을 들어야만 하는 것이다.

사실 첫해에는 아이를 가지지 않는 것이 합리적인 결정이었는지도 모른다.

그렇게 1년이 지나고 K는 전공의 중에서 최고의 권력자인 4년차, 그것도 수석 전공의가 되었고 E도 2년차가 되어 상대적으로 많은 여유를 가질 수 있게 되었다. 어느 날 밤, 두 사람은 다정하게 마주 앉아 진지한 계획을 세우기 시작했다. 바야흐로 농사의 계절이 돌아온 것이었다. 어머니의 숙원 사업은 곧 K나 E의 숙원 사업이기도 했고, 그들은 '가족계획'을 세우고 있는 것이었으니, 문제는 여기서 발생했다.

다른 의사 부부들에 비해서 훨씬 신경 쓸 것이 많았기 때문이다. 왜냐하면 E가 방사선과 의사였기 때문이다. 일반 사람들은 방사선이라는 말만 들어도 히로시마나 체르노빌이나 하다못해 영변 핵발전소라도 떠올리기 때문에 일단 공포심을 느낀다고 하지만, 의사들은 학생 때부터 진단과 치료의 목적으로 이용되는 방사선의 안전성에 대해서 귀에 못이 박히도록 들어 왔기 때문에 그런 선입견은 적은 편이다. 그럼에도 불구하고, 막상 아기를 가질 생각을 하니 마음에 걸렸던 것이다.

물론 병원에서 엑스레이나 단층촬영에 이용되는 방사선의 조사량은 극히 미미한 것이어서 인체에 해를 끼치지 않는다는 것을 누구보다도 잘 알고 있는 방사선과 의사였지만, 매일같이 그놈의 방사선을 다루는 전공의로서는 환자들보다 더 많은 방사선에 노출되는 것이 다 반사였기 때문에 찜찜한 기분을 지울 수가 없었던 것이다.

아이를 안 가질 수는 없는 노릇이었고, 병원을 포기할 수도 없는 일이었기 때문에 두 사람의 가족계획 회의는 난항을 계속할 수밖에 없었다. 결국 두 사람은 E의 1년 일정표를 앞에 놓고 찬찬히 검토하기 시작했다. 전공의가 매일같이 똑같은 일을 하는 것이 아니라 한두 달씩 돌아가며 조금씩 다른 파트에서 일하는 것이 보통이기 때문에 그 중 가장 방사선 피폭량이 적은 때를 택하기 위해서였다.

택일은 곧 되었다. 5월 초에서 중순 사이에 두 사람은 자식 농사에 전념하기로 계획을 세웠고, 내년 2월 중순경에는 어머님께 손자를 안겨 드릴 수 있을 것으로 생각하며 흐뭇해했다.

그들이 계획을 세울 때, 방사선 피폭량에만 신경을 쓴 나머지 정형외과 학술대회를 미처 생각하지 못한 것이 실수라면 실수였다. 수석 전공의인 K는 5월 말에 개최되는 학회에 논문을 발표해야만 했고, 자식농사에 '전념'하기로 했던 당초의 계획은 제대로 지켜지지 못했던 것이다. 그래도 최선을 다해서 매일 밤, 늦게라도 K는 지친 몸을 이끌고 꼬박꼬박 집에 와서 자고 갔고, E는 좋은 음악을 들으며, 성한 과일을 먹으며 정淨한 생각만을 하려 애썼다.

날짜는 빠르게 지나갔고, K가 학회에 참석하느라 집을 비운 어느 날, 애타게 기다리던 E가 먼저 결과를 알았다. 임신이 되지 않았음을 확인해 주는 출혈이 정확한 날짜에 찾아온 것이었다. 아, 실망.

학회에서 돌아온 남편에게 애써 태연하게 말을 했지만, K도 실망하는 기색이 역력했다. 이제 다시 택일을 할 것인가, 아니면 의학을 배운 사람답게 교과서에 쓰여 있는 '안전함'을 믿을 것인가? 두 사람은 고민하지 않을 수 없었다.

두 사람은 말은 안 했지만, 속으로는 같은 생각을 하였다.

'왜 하필 방사선과 의사지?'

망구의 사회 적응

공중보건의로서 농촌의 보건지소장이 되고 나서 계절이 두 번 바뀌었다. 도시에서만 20여 년을 살다가 난생 처음 시골에서 지내다 보니 처음에는 낯설고 어색한 일들도 많았지만, 이제는 조금씩 익숙해져 가는 나 자신을 발견하게 된다.

농촌 인구가 감소하고 있다는 것을 실감할 만큼 생각보다 환자도 많지 않고, 대부분의 환자가 할아버지, 할머니라는 사실에서 오늘의 농촌 문제의 단면을 느끼기도 한다. 처음 한두 달 동안은 한가로움과 고요함이 반갑고 여유롭기도 하였지만, 시간이 좀 더 흐르면서 그 한가로움은 어느새 외로움으로 바뀌었다. 그런 외로움을 달래 주는 것은 텔레비전이나 신문도 있지만, 가장 즐거운 일은 역시 환자들과의 만남에서 일어나는 일들이다.

대학병원에서 만나는 환자들과는 확실히 다른 농촌의 할머니, 할아버지들은 나에게 도시에서는 배울 수 없는 잔잔한 인생의 의미들을 깨우치게 해 준다. 그것은 어떤 과학적인 이론이나 고상한 철학이 아니라, 말로 옮기자면 정말 아무 일도 아닌 작은 일들이다.

할망구의 검버섯과 하나씨^{할아버지}의 소나무 등껍질 같은 피부가 가끔 이뻐 보일 때쯤 해서, 나는 소위 '경영과 관리'의 묘미도 알게 되었다.

거기에는 망구^{望九}가 내 귀에다 대고 나지막한 목소리로

"어이 소장! 내가 과외로 쪼께 더 드릴 텡게, 좋은 주사 한 방 나 줘."

하고 속삭일 때, 아주 인심 좋은 듯 서랍 속에서 꼬부랑 글씨가 쓰인 앰플 하나를 근엄하게 꺼내는 일도 포함된다. 그 '좋은 주사'라는 것은 기껏해야 비타민 C 아니면 포도당일 뿐이지만, 할머니는 그저 흐뭇해하시며 가벼운 발걸음으로 지소를 나서는 모양을 보면서 학생 때 배웠던 플라세보^{위약}효과를 실감하게 된다.

오늘은 진료실 밖이 어째 소란하다. 소음의 주인공인 할머니 말씀을 요약하면 다음과 같다.

"나, 몸 아파 죽겠다. 약 좀 지어 달라! 그런데 돈이 없다. 다 좋은 일 하자는 사람들 아닌가. 그러니 울 어머니 친구분 오셨다 생각하고 궁뎅이 주사만이라도 놔 줘라!"

아마 할머니 생각엔 의술은 인술이고 그 인술은 공짜인가 보다. 우리 간호사도 지지 않고 날카롭게 대응하는 소리가 들린다.

"돈이 없기는? 할머니 전과가 한두 번인가?"

그 순간 이미 내 눈에는 할머니의 엉덩이가 보이기 시작했다. 붙잡는 간호사를 뿌리치며 뒤돌아선 채로 살포시 진료실 문을 밀고 있는 것이었다.

취조가 시작됐다.

"할머니, 정말 돈이 없어요? 그러면 영세민 카드는 왜 안 나오지요?"

"밭뙈기 쬐끔 있다고 안 된디야!"

"그럼 그 밭으로 벌어먹음 되잖아요?"

"손주 두 녀석 책값도 안 나와!"

"걔네 엄마, 아빠는 어디서 뭐하는데요?"

"애비는 교통사고 나서 죽고, 애미는 집 나갔네."

"……, 보험카드도 없어요?"

"호적을 안 고쳐서 뭐가 안 된대."

"……, 이장님한테 카드 하나 해 달라고 해 봐요."

이틀분을 처방하고 나서 할머니에게 물었다.

"할머니, 솔직히 말해서 지금 돈 얼마나 있어요?"

사건의 재발 방지와 보편적인 경제원칙의 수호를 위해 100원이라도 받을 작정으로 한 질문이었다. 할머니는 고개와 허리를 푸욱 숙이고 두 팔을 쭉 뻗어 치맛단을 말아 올리기 시작했다. 그리고 오른손으로 사타구니 근처를 푹 찌르더니 할머니의 핸드백을 꺼냈다. 말이 핸드백이지 사실은 '비니루 봉다리'였다.

그 안에는 이미 커 버린 손자가 오래전에 쓰고 버린 듯한 산수책 종이가 꼬깃꼬깃하게 접혀져 있었고, 곧이어 그 속에서 290원이 굴러 나왔다.

꼭 버스를 한 번 탈 수 있는 돈이었다. 내가 여기서 10원이든 100원
이든 동전 하나만 취하여도 할머니는 걸어가든지 아니면 버스 기사와
또 실랑이를 벌일 것이다. 이쯤 되니 나도 어쩔 수가 없었다.

처방전을 주면서 말했다.

"할머니, 이거 저쪽 방에 갖다 주시면 돼요. 그리고 이틀분이니까
약 잘 잡수세요."

할머니는 그 세대의 공통적인 후렴구를 부르면서 진료실을 나선다.

"아이구 고마우셔라. 복 받으실 양반이구먼!"

다음 환자를 보고 있는 동안 진료실 문이 또 살짝이 움직였다. 이틀
치 약을 받아 든 그 할머니였다. 잘만 하면 그의 떠벌림으로 인해 새
로운 소장의 평판이 좋게 날 수도 있는 상황이었다. 나는 그가 '아이
구 선상님, 참말로 고맙소!' 하고 인사를 하면 너그러운 표정을 지을
것을 마음속으로 연습하며 고개를 돌렸다.

"할머니, 왜요? 약은 받으셨나요?"

할머니의 대답은 나의 기대를 완전히 저버리는 것이었다.

"저……, 선상님! 이왕 주신 거, 약을 하루치만 더 주면 안 될랑가?"

사랑하는 사람들

나의 슬픈
첫 환자들

인턴 첫 달이었다. 3월에는 인턴도 그렇고 주치의도 그렇고 모두가 새 업무를 처음 시작하는 것이기 때문에 참 서투르다. 나는 인턴 첫 달에 내과를 돌았다. 처음 하는 채혈, IV^{정맥주사}, 관장, 위세척, 폴리 ^{Foley:} ^{소변을 받아 내기 위해 요도를 통해 방광에 넣어 두는 장치} 삽입 등등이 온통 진땀을 **빼게** 하는 긴장된 순간들이었다. IV를 하기 위하여 병실에 들어가면 환자들이 일시에 조용해진다. 그들도 나와 같이 모두 긴장하는 것이다.

이번에는 몇 번 만에 성공할까?

서너 번을 찔러서도 실패하고 나면 사람에 따라 그렇지 않은 환자도 있지만 대부분은 화를 낸다. 심지어는 스테이션^{station: 간호사실}에까지 와서 항의를 하는 사람도 있다. 내가 왜 실험 대상이 되어야 하느냐고! 어떤 환자는 마음 좋게 이해하는 듯하면서 위로해 주기까지 하지만, 그런 경우에는 보호자가 펄펄 뛴다.

의사 선생님을 바꾸어 주세요. 이 선생님한테서는 주사 못 맞겠어요. 안 그래도 몸이 아픈 사람을 이렇게 여러 번 찔러 놓고 세상에.

참으로 난감하다. 정말 자존심 상하고, 아니 정말 슬프다. 병실에 들어가기가 겁나고 초조하다.

나는 그해 3월의 우리 내과 병동에 있었던 환자들을 거의 다 기억할 수가 있다.

만성 폐쇄성 폐질환을 오랫동안 앓고 있던 할아버지. 너무나 깡마르고 폐기종이 심하여 운신조차 하지 못한 채 집에 누워 있다가 병원에 입원했다. 내가 한 달이 지나 그 병실을 떠난 후에도 3개월이나 더 있다가 결국 돌아가셨던 할아버지. 그 할아버지는 가뜩이나 서투른 내 IV 실력을 훈련시키기 위해 입원하신 것처럼 실오라기 같은 정맥 하나 제대로 보이지 않았고 근육이란 찾아볼 수도 없이 말 그래도 뼈와 가죽이었다.

거진 두 시간에 걸친 고투 끝에 22번 바늘로 다리의 실오라기 같은 정맥에 잡은 IV가 성공하자 그 할아버지는 뼈와 주름밖에 없는 얼굴을 온통 찌그러뜨리면서 선생님 고맙습니다를 연발하셨다. 그러나 그 할아버지의 인사말도 얼마 후엔 들을 수가 없게 되었다. 가래가 너무나 심해지고 호흡곤란과 심장의 리듬이 불규칙해지기를 반복하더니 결국 기관절개를 하게 된 것이다.

그 할아버지의 등은 온통 욕창으로 썩어 들어가고 있었다. 척추뼈 생긴 모양을 다 알 수 있을 정도로 튀어나온 등에 굵은 대나무 형상으로 피부가 썩고 있었다. 매일 욕창에 거즈를 갈아 붙이는 일은 내 하루 일과 중의 중요한 업무를 차지했다. 하루 종일 할아버지 곁에서 간호를 하시는 역시 깡마른 할머니와 함께 할아버지를 겨우 일으켜 앉혀서 소독약 베타딘으로 등을 닦아 내고 거즈를 붙인다.

때때로 할아버지는 그 착하고 교양 있으신 할머니에게 짜증을 내셨다. 없는 힘을 동원하여 물건을 집어던지고 목소리를 낼 수 없으니까 눈을 부라리면서 목에 난 기관을 절개한 구멍에서 쌕쌕 소리가 나도록 화를 낸다. 할머니는 눈물을 찔끔거리시면서 절절 맨다. 나나 주치의가 가서 할아버지를 타이르면 눈을 꾹 감고 화를 삭인다. 그러고 한참을 있다가 할아버지 눈에서 눈물이 주르르 흐른다. 그때는 왜 그렇게 가슴 한편 저쪽에서 바늘 끝 같은 것이 아프게 찌르던지.

어느 날은 까만 모자를 쓰고 잔뜩 멋을 부린 젊은 귀부인이 찾아왔다. 딸이라고 했다. 처음이자 마지막으로, 단 한 번 본 딸이란 사람은 그 후로 한 번도 보이지 않았다. 하루는 할아버지의 심장박동이 거의 멈춰진 상태가 되어 심장전기충격술을 여러 번 한 날이 있었다. 주치의 선생은 임종을 준비해야 한다고 판단하여 할머니에게 말을 했다. 그날 아들과 며느리라면서 꽤 교양이 있어 보이는 젊은 사람들이 찾아왔다. 이것저것 여러 가지를 주치의한테 또 인턴인 나한테 묻더니 '선생님 고맙습니다.'를 연발한다. 그들은 그 이전부터 오랜 기간 동안 지루하게 할아버지의 임종을 기다린 듯하였다. 오늘 같은 날이 참으로 반갑다는 말투였다. 그러나 애석하게도 할아버지는 그 이후로도 3개월이나 더 오래 사셨던 것이고 오히려 한동안은 점점 상태가 좋아져 갔다. 그러자 그 뒤로 나는 그 아들, 며느리를 병실에서 한 번도 보지를 못했다. 진짜 임종 때는 왔을까? 거짓말하는 양치기 소년의 '늑대가 나타났어요.'처럼 진짜 임종 때에도 안 나타났을까?

할머니는 내가 한 달이 되어 다른 과를 돌고 있을 때 가끔 병원에서 마주치면 손을 꼭 붙잡고 눈물을 글썽이셨다. 우리 영감 이제 그만 고생하고 빨리 돌아가셔야 되는데 선생님 끅끅끅.

노년은 이렇게 쓸쓸한 것인가? 왜 자식들은 안 나타나는 걸까? 인간의 삶에 있어서 결국 남는 것은 마누라, 남편밖에 없는 것인가? 그나마 한쪽이 죽으면 누구에게 의지하고 살지? 무엇으로 살지?

그해 3월의 또 다른 나의 슬픈 환자는 젊은 여자 환자였다. 그녀는 이제 서른다섯 살이었다. 내가 처음 그녀에게 한 처치는 위세척이었다. 콧구멍을 통해서 긴 관을 위장 속으로 넣어서 생리식염수로 씻어 내는 일을 하는 것이다. 그녀의 혈액학적 검사 소견이 형편없이 나빠졌고 갑작스럽게 혈액량이 줄어든 것 같아 위출혈이 있는지를 확인하기 위함이었다. 그녀는 위암 말기 환자였다. 쌍꺼풀이 진, 아직은 앳돼 보이는 커다란 눈을 껌뻑거리며 모기같이 가는 작은 목소리로 "선생님 살려 주세요. 선생님 살려 주세요."를 연발했다.

나는 이 빌어먹을 의사질이 이때처럼 두려웠던 적이 없었다. 아니 가장 처음으로 내가 의사라는 사실이 저주스러웠던 때였을 것이다. 나는 비참했다. 암 말기 환자가 살려 달라고 이제 의사가 된 지 한 달도 채 안 된 나에게 애원을 한다.

그녀에게는 역시 아직은 앳돼 보이는 남편이 하루 종일 곁에서 그녀를 간호하고 있었다. 친정어머니도 그녀의 남편과 돌아가면서 간호를 하였다. 그들은 얼굴이 가무잡잡하고 체격도 왜소하였고 결코 부유해 보이지는 않는 사람들이었다. 그들은 너무나 조용하고 예의가 발랐다. 친정어머니는 젊은 딸년이 가여워서인지 가끔 오열하셨지만 결코 울음소리를 내는 적은 없었다.

나는 그녀의 병실에 들어가기가 싫었다. 내가 비참해지는 게 싫어서였다. 나는 매일 아침 항암제로 점점 삭아 들어가는 그녀의 야윈 팔을 붙들고 혈관을 찾기 위해 씨름하다가 나올 것도 같지 않은 그녀의 팔에서 붉은 피를 뽑아내어 관에 담곤 했다.

그녀의 피는 점점 묽어졌다. 피에 물을 탄 것 같았다. 어느 날 그녀의 심장박동이 이상해졌다. 스테이션에서 모니터를 하고 있던 나는 그것을 발견하자마자 병실로 뛰어 들어갔다.

이상하다. 그녀가 이상하다.

간호사에게 즉시 주치의 선생님을 부르도록 했다.

온 병실이 긴장했다.

바빠졌다.

박동이 점점 느려진다. 심장전기충격용 기구를 준비하였다.

쾅 쾅.

안 된다. 여러 번 해 봐도 안 된다. 박동이 돌아오지 않는다.

그녀는 눈을 뜨고 있었다. 눈을 깜빡거리지도 않는다. 모기 같은 목소리도 내지 않는다.

친정어머니가 그녀의 눈을 감겨 준다. 앳된 남편은 그녀를 붙들어 안고 숨죽여 격렬한 오열을 한다. 꾹꾹꾹.

아, 소리를 좀 내고 울어도 될 텐데. 아저씨 소리 내고 우세요.

속이 상한다. 무엇이 저 선량한 사람들로 하여금 울음조차 큰소리를 내지 못하게 했을까?

그녀의 침대가 비고 그곳이 죽어 나간 환자의 자리였음을 모르는 또 다른 환자가 채운 지도 며칠이 지난 때였다. 그녀와 같은 병실에 있던 자궁암 환자의 딸 되는 여자가 늦은 밤 또 다른 환자의 필름을 찾으러 지나가는 나를 부른다.

선생님 음료수 한잔 드시고 가세요.

음료수 자판기 앞에서 수줍게 엉거주춤 웃으며 커피 한잔을 권한다.

고맙습니다.

선생님 힘드시지요. 이렇게 늦은 밤까지 일하시고.

그녀는 자신의 어머니가 세 번째로 입원하는 것임을 나에게 이야기한다. 선생님이 보시기에 얼마나 더 사실 것 같으냐, 우리 어머니 얼마 남지 않은 여생을 잘해 드리고 싶어도 시집가고 나니까 내 몸이 마음 같지가 않아 안타깝다는 등의 이야기를 한참 한다. 선생님은 정말 정이 많으신 것 같아요 어쩌구 하면서 저번에 같은 병실의 위암 환자가 죽을 때 내 눈에서 눈물이 맺히는 걸 봤다나 어쨌다나 하면서 호들갑을 떤다.

그녀가 이야기하는 그 안된 젊은 여자의 사연은 이러했다.

그녀는 고등학교를 졸업하고 직장에 다니고 있었는데 그 앳돼 보이는 남편을 만나 연애를 하였다 한다. 결혼을 원했으나 그 남자는 부모도 안 계시는 고아였고 학력도 중졸이었으므로 여자의 집에서는 단연 반대를 하였고, 여자는 집을 뛰쳐나와 남자랑 살림을 차렸단다.

여자는 남자를 고등학교에 진학시켰고 또 전문대학도 다니게 했단다. 자신의 직장 생활 벌이로 남자 학비를 다 대고 살림을 해내었다나? 남자가 졸업하여 의젓한 직장에 취직이 되어 아이도 낳았다. 이제 돌 지났다. 여자의 집에서도 좋은 사위로 받아들였다. 이제 자리가 잡힌 것이다. 그런데 이게 웬 날벼락이람.

원래부터 소화가 잘 안 되고 속이 항상 더부룩하던 여자가 우연히 찾아간 병원에서 위암 진단을 받은 것이다. 그것도 너무나 진행이 되어서 수술할 시기도 지난.

젊은 사람의 암은 그 조직병리학적 형태가 매우 악성이고 진행도 빠른 것이 대부분이다.

이제 막 둥지를 틀기 시작한 여자의 보금자리는 깨어져야만 했다. 남자는 우리나라에서 가장 좋은 병원에서 치료해야 된다는 신념으로 암 말기 환자인 아내를 우리 병원에 입원시켰다. 죽더라도 여기에서 죽어야 한다는 것이다.

어떤 마누란데. 얼마나 고생한 우리 마누란데. 남자는 직장을 그만두고 하루 종일 여자 옆에서 정성껏 간호를 하였다. 여자가 죽을 때까지.

빌어먹을 이렇게 슬픈 일이 또 왜 이렇게 아름답지? 마치 한 편의

삼류 멜로물 같은 일이 내 환자에게 있었던 거야. 거짓말 같이.

눈물이 쏟아질 것 같아서 얼른 인사를 했다. 커피 잘 마셨습니다. 종종걸음으로 자궁암 환자의 딸을 뒤로하고 나왔다.

참 더러운 세상이네. 왜 이처럼 불공평할까? 저런 사람들이 좀 행복해지면 안 되나? 누가 그 여자의 행복을 시기하는 거야? 죽여 버리고 싶다.

나는 택도 없는 세상 탓으로 햇병아리 인턴의 무기력을 위로해 보려 하고 있었다.

초턴에게는 이기고 배워야 할 것이 많다. 이런저런 처치 기술도 배워야 하고 환자와 보호자를 대하는 법도 배워야 한다. 또 의사의 한계와 무기력도 철저하게 배워야 한다. 또 의사를 슬프게 하는 빌어먹을 우리 환자들을 정말 사랑하는 법도 배워야 한다.

의사를 가장 무기력하게 만드는 것은 환자의 죽음이다. 의사를 가장 슬프게 만드는 것도 환자의 죽음이다. 의사에게 자신이 의사임을 가장 두렵고 또 후회스럽게 만드는 것도 환자의 죽음이다. 그러나 의사를 가장 의사답게 끊임없이 정화시키는 것 역시 환자의 죽음임을 나는 비로소 깨달았다.

환자는 죽음으로써 의사를 거듭 태어나게 한다. 사람을 살리는 일이 자신의 일인 의사는 아이로니컬하게도 죽음과 가장 가까운 친구이다. 그렇다 해도 죽음은 항상 의사에게 두려운 것이다. 환자는 죽어서 의사의 가슴에 무덤을 남긴다.

저,
사실은 생리해요

"성경험 있어요?"

안경을 코끝으로 밀어 올리며 응급실 당직의사인 M이 물었다. 산부인과 환자에게는 당연히 묻는 질문이었다.

"예. 세 권이나 있어요."

정작 M이 놀란 것은 멀쩡한(?) 처녀인 그녀가 환한 얼굴로 눈까지 빛내며 대답했기 때문이었다.

"……세 번요?"

"한 권은 주일학교 선생님한테서 선물받은 금딱지고요, 또 한 권은 중학교때 짝이 줬고, 또 한 권은 내가 샀어요."

이 무슨 뚱딴지 같은 소리인가, 내가 사다니? M은 다시 한번 질문을 되풀이했다. "성경험요, 성경험!"

알고 보니 그녀는 자신이 독실한 기독교 신자라는 것을 알고 의사인 M이 신앙으로 고통을 이겨 내 보라는 뜻에서 성경책이 있느냐고 물은 줄로 생각한 것이다. 그녀는 너무나 순진했던 나머지 의사가 자기에게 그런 질문을 하리라는 것을 상상도 못 했던 것이다.

이런 웃지 못할 해프닝을 벌이면서 나의 환자가 된 순진하기 짝이 없는 그녀는 방년 열아홉 살. 꽃다운 나이일 뿐만 아니라 얼굴도 정말 예뻤다. 그러나 그녀가 내가 있는 '서울의 큰 병원' 응급실로 실려 왔을 땐 이미 때를 놓쳐 아랫배가 임신부처럼 불룩해져 있었다. 워낙 낙후된 시골에서 살다 보니 그랬던 모양이다. 그녀는 난소종양이었다. (사람들은 흔히 처녀는 자궁암이나 난소암 또는 유방암에 걸리지 않는다고 오해하는데, 그렇지 않다. 이 책의 독자들 중에도 아가씨들이 많을 터인데 부인과 검진을 정기적으로 받아 보기 바란다.)

그녀의 병명은 배를 열어 보기 전에는 정확히 알아내기 어려운 것이었지만, CT 사진을 비롯한 여러 가지 정황으로 보아 자궁과 나팔관과 난소를 모두 떼어 내야만 할 가능성이 매우 높았다. 산부인과 의사를 하다 보면 가장 가슴 아픈 순간이 이럴 때이다. 사춘기를 막 넘긴 소녀나 스무 살이 채 안 된 처녀의 자궁이나 난소를 떼어 내야 하다니, 같은 여자의 입장에서 무슨 말을 하겠는가.

어쨌든, 수술을 하려면 환자의 승낙을 받아야만 하는데, 워낙 큰 수술인 데다가 수술 중에는 물론이고 수술 후에도 출혈 등의 심각한 합병증의 우려가 매우 높은 환자였기 때문에 어떻게 설명을 해야 할지 난감하기만 했다.

있는 용기를 다 짜내 보았지만 도저히 그녀에게 직접 얘기할 수가 없었다. 그래서 보호자로 시골에서 함께 올라와 있던 그녀의 오빠에게 이야기하기로 했다. 단단히 마음을 먹고 보호자 앞에 섰지만, 얼른 입이 떨어지지 않아서 머뭇거리고 있는 나에게 오빠가 들려준 이야기는 더욱 가슴 아픈 것이었다. 워낙 착한 아이고, 고향에는 혼인할 총각도 있어서 내년쯤에는 시집을 보낼 생각이었다는 것이다. 꼭 좀 고쳐 달라고 사정하는, 역시 순박해 보이는 그에게도 차마 말을 할 수가 없어서 대충 대답을 얼버무린 채 그냥 돌아서고 말았다. 애써 울음을 참으려고 했지만, 나는 결국 아무도 없는 곳을 찾아가서 흐느껴 울고야 말았다.

선배 레지던트에게 대신 이야기해 달라고 부탁을 하였고, 드디어 수술은 시작되었다. 수술을 집도한 스태프 선생님께서도 한참을 고민하시더니 여자에게는 생명과도 같은 자궁은 남겨 둔 채, 한쪽 난소와 나팔관만을 제거하고 수술을 끝냈다. 일종의 모험이었다. 수술 후에 계속될 항암제 투여가 효과를 본다면 건강을 되찾는 것은 물론이고 아이도 낳을 수 있겠지만, 잘못하면 상태가 나빠져 생명을 잃을지도 모르는 일이었다.

수술 결과는 비교적 좋은 편이었지만, 그녀는 계속해서 화학요법을 받아야만 했다. 화학요법을 받을 때마다 입원을 해야 하는 일이라서, 나는 그녀가 일곱 번의 입원과 퇴원을 반복하는 동안 계속 그녀를 만났지만, 늘 안타까운 마음과 조마조마한 심정을 감출 수가 없었다.

그녀가 일곱 번째로 항암제를 투여받기 위해 입원했을 때였다. 그

동안 연차가 올라간 나의 뒤를 이어 그녀의 주치의를 맡고 있던 남자 선생이 그녀가 배가 아프다고 한다는 말을 나에게 전해 주었다. 병동이 부산하게 움직이기 시작했다. 수술한 자리에서 장협착이(간혹 수술 부위의 조직이 오그라들면서 장에 들러붙을 수가 있다.) 일어났을지도 모르는 일이었다. CT 사진을 다시 찍으니, 일반외과를 부르느니 하면서 대책을 마련하고 있는 동료들을 뒤로하고, 나는 내 담당 환자가 아니었음에도 불구하고 그녀가 입원하고 있는 병실로 달려갔다.

내가 들어오는 것을 본 그녀는 잔뜩 찡그리고 있던 얼굴을 펴면서 살짝 미소를 지어 보였다. 내가 다가서서 배의 어느 부분이 어떻게 아프냐고 심각하게 물었더니, 그녀가 얼굴을 붉히면서 들릴 듯 말 듯한 목소리로 뭐라고 말했다. 제대로 알아듣지 못한 내가 귀를 그녀의 입 가까이에 대고 다시 물었다.

"저, 사실은 생리해요."

순간 나는 날아갈 듯한 기쁨을 느꼈다. 다시 생리를 하기 시작했다면 이 환자는 거의 다 나은 것이나 다름없었다.

"정말이에요? 정말이죠?"

몇 번이나 다시 확인을 한 뒤에 병동으로 뛰어오면서 만나는 동료들마다 붙잡고 그 기쁜 소식을 전했다.

"L이 생리한대! 글쎄, 생리한다구!"

속 모르는 사람들이 내 꼴을 봤으면 뭐라고 했을까. 말만 한 처녀가 부끄러운 줄도 모르고 떠든다고 어른들께 담뱃대로 맞을 일이었지만, 나와 내 동료들은 생리, 생리 해 가면서 그저 기쁘기만 했다.

생리통을 장협착이라고 생각하다니. 콜을 받고 산부인과 병동으로 와 있는 일반외과의 레지던트에게도 그 사실을 전하면서, 다시 수술할 일이 없어졌다고 말해 주었다.

나중에 안 일이지만, 그녀는 지난달에도 생리를 했었다고 했다. 정말로 순진한 사람, 그런 수술을 받고 항암 치료를 받는 사람이 생리를 했다는 것이 얼마나 대단한 일인데 부끄러움 때문에 남자 의사에게 말도 못 하고…….

생리한다는 것을 여태껏 지겹고 귀찮은 일로만 생각했고, 특히 여름이면 '생리 좀 안 하고 살 수는 없나.' 하고 생각해 왔던 나는 그녀가 생리를 다시 시작했다는 사실 때문에 기분이 좋아 며칠을 싱글벙글하면서 다녔었다.

나는 의사 생활을 오래 한 것은 아니지만, 나에게 의사로서 경험할 수 있는 가장 가슴 아픈 순간과 가장 기쁜 순간을 동시에 경험하게 해 준 그 순박한 시골 처녀를 평생 잊지 못할 것이다.

오줌 빼는 아저씨

　신경외과 인턴으로 근무할 때의 일이다.

　마침 병실에는 경추부 골절, 다시 말해 목뼈가 부러져 하반신 마비가 된 환자가 있었는데, 나는 그의 소변을 네 시간마다 뽑아 주는 일을 하게 되었다. 하반신 마비가 되면 대소변 보는 신경도 당연히 마비되므로 그가 다시 척수의 기능을 회복할 때까지 네 시간마다 소변을 뽑아 주라는 것이었는데, 그 일의 의학적 합리성은 내가 알고 있는 바로는 전혀 없었다. 물론 담당 스태프에게 그 일의 의학적 근거를 묻는 조금은 당돌한 질문을 던져 보았으나, 그는 아무것도 대답해 주지 않았다.

　말이 네 시간 간격이지 그 시간에 맞추어 병실에 꼬박꼬박 나타난다는 것은 끔찍하게도 힘이 들었다. 새벽 여섯 시에 시작되는 소변 뽑기는 오전 열 시, 점심 먹고 두 시, 여섯 시, 밤 열 시로 이어지고 다시 새벽 두 시가 되어야 하루가 가고, 다시 새벽 여섯 시는 금세 찾아 왔다. 어쨌든 나는 그 환자의 마지막 소변을 빼 주지 않고는 안전한 잠자리에 들 수 없었다. 가장 긴 휴식이래야 네 시간을 넘길 수는 없었지만 말이다. 그나마 환자의 소변을 두 시간마다 뽑아야 되는 것이 아니라는 사실이 다행이었다.

이 환자의 담당 주치의는 회진 때면 언제나 네 시간마다 기록해 놓은 소변량을 검토하였고, 그가 소변을 스스로 볼 수 있게 되었는지가 가장 중요한 관심사였다. 당시의 나는 나의 수면 시간을 늘리기 위해 여덟 시간 만에 소변을 빼내고 그것을 적당히 둘로 나누어 기록해 둘 꾀 같은 것은 생각해 내지도 못했고, 그러기 이전에 담당 간호사는 자기 밥 찾아 먹는 시간보다도 더 철저히 내가 소변을 뽑아야 할 시간이 되었음을 일러 주었다. 친절도 하지.

내가 나의 대소변을 조절하고 있는 순간에도 삐삐는 열심히 울어 대었고, 내가 꿈속에서 그녀를 만나고 있는 중에도 어김없이 삐삐는 비명을 질렀다.

그러던 어느 날이었던가. 새벽 여섯 시, 병실 창문으로는 갓 건져 낸 햇살의 붉은 너울이 넘실거리며 들이닥치고 있었고, 잠에서 깨어 분주히 움직이는 보호자들 사이에서 나는 여느 때처럼 그의 방광에서 마지막 한 방울까지 남김없이 짜낼 듯이 그 환자의 아랫배를 눌러 대고 있었다. 이어 벽에 붙여진 그의 소변 차트에 소변량을 기록하고 돌아서 병실을 나가려 할 때였다.

"오줌 빼는 아저씨, 우리는 언제 해 주실 건가요?"

의사인 나를 그렇게 불렀다. 아무런 거리낌도 없이. 햇살은 병실 가득히 퍼져 흐르고 있고, 오줌 빼는 아저씨는 순간 자신이 선 자리가 어디인지 몰라 허둥대고 있었다.

동료들이 아저씨나 '이봐'로 불렸던 사실을 이야기할 때나, 여자 동료 의사들이 '아가씨'로 부르는 보호자 때문에 속이 상했다는 말을 들을 때는 설마하면서 내 일이라고 실감하지 못하겠더니, 나는 지금 졸지에 '오줌 빼는 아저씨'가 되었구나!

그날 밤, 내가 당직실 한구석에서 깡통 맥주를 한두 개 마셨었는지는 기억이 확실하지 않지만, 처음 들었던 '선생님' 아닌 호칭에 꽤 당황했던 것은 분명한 일이다.

의과대학에서는 다른 단과대학과는 달리 교수님이라는 호칭이 별로 쓰이지 않는다. 물론 직책상으로는 분명히 교수, 부교수, 조교수의 구분이 있지만 조교부터 학장까지 공통된 호칭으로 아무런 어색함이 없이 부를 수 있는 말이 '선생님'이다. 병원에서도 마찬가지다. 인턴이 주임교수를 부를 때나 병원장이 전공의를 부를 때나 같은 호칭으로 부르고 불리는 것이 하나도 이상하지 않다. 다만 윗사람이 아랫사람을 지칭할 때는 '님'자가 빠지는 정도의 구별만이 있을 뿐이다.

사회 구성원들 대부분의 용인하에 '선생님'으로 불리는 직업은 진짜 선생님과 '의사 선생님'뿐이다. 처음 의사가 되어 나이 많은 환자나 보호자들로부터 '선생님' 소리를 들을 때, 스스로 쑥스럽고 어색하면서도 공연히 어깨가 으쓱해지는 경험을 하고 나면, 다음부터는 그 호칭에 너무도 익숙해지는 것이 의사들이다. 하지만, 언제부터 의사가 '선생님'이 되었는지, 그 호칭이 합당한 것인지, 더 나아가 자신이 그렇게 불릴 자격이 있는지에 대해서는 별로 생각하지 않는다. 그러다가 갑자기 '아저씨'나 '아가씨'로 자신을 부르는 환자를 만나면 당황하게 되고, 어떤 이는 '당신은 당신의 생명을 지금 아가씨에게 맡기고 있느냐?'는 식의 비논리적인 대꾸로 신경질을 부리기도 한다.

그러나 채혈을 하고 수술을 위해 관장을 시키고, 어느 구석에 처박혀 있는지 알 수 없는 엑스레이 필름을 찾아서 온 병원을 이 잡듯이 뒤지고, 그러다가 가끔씩 '아저씨'가 되어 있는 자신을 발견하고는 스스로도 '내가 정말 의산가?' 하는 생각을 하게 된다. 게다가 세월이 갈수록 의사들을 바라보는 일반인들의 시선이 곱지 않아지는 것을 의사들 스스로도 잘 알고 있기에, 특히 젊은 의사들일수록 환자들로부터 소위 '의사 대접'을 못 받는 경우가 생기더라도 감수를 해야 한다는 생각이 퍼져 가고 있다.

호칭은 중요한 것이 아니다. 누구나 거리낌 없이 의사를 '선생님'이라고 부르던 시절이 분명 있기는 했는데 지금에 와서 사정이 달라진 것은 사람들이 바뀌었기 때문이라기보다는 오히려 그 '선생님'들이 선생 역할을 잘 수행하지 못해 왔기 때문이 아닌가?

의사의 사회적 지위가 많이 하락했다고들 하지만, 그런 것과 무관하게 의사가 여전히 고달픈 직업인 것만은 분명하다. 내 경험에 비추어서도 분명 그렇다. 하지만 의사라는 직업의 보람은 '선생님'으로 불리는 것에 있지 않고, 그 고달픔을 기꺼이 자신의 임무로 받아들이는 데서 생긴다. 의사로부터 보람을 앗아 가는 제도적인 문제가 많은 것도 사실이지만, 그래도 의사로서의 삶의 보람은 자신이 잠을 줄이고 편안함을 포기함으로써 누군가에게 도움을 줄 수 있는 능력이 있다는 데서 찾을 수 있다. 나는 그래서 내가 이 길을 걷게 된 것을 다행으로 생각하고 있다.

'오줌 빼는 아저씨'의 매력은 오줌을 잘 뽑는 데 있는 것이 아니라 오줌을 빼야 함을 결정하고 그 일을 아주 자연스럽게 익숙하게 잘할 수 있으며, 그 일로 인한 고단함에 하루의 잠을 달게 잘 수 있게 되는 데에 있는 법.

시체 해부해 봤어요?

의대생이 미팅에 나가서 가장 흔히 받는 질문이 '시체 해부해 봤어요?'이다. 해부학은 대개 본과 1학년 때에 배우게 되므로 아직 해부학 실습에 들어가 보지 못한 예과생들이 선배들에게 가장 많이 하는 질문 또한 비슷한 종류의 것이다.

그만큼 사람의 시신을 해부한다는 것은 특히 유교적 전통이 강한 우리나라에서는 특별한 일이다. 어떤 사람에게는 공포스러운 일이기도 하고, 해부학이 끔찍해서 의과대학에 입학하지 않았다는 사람도 있다. 해부학 실습을 맞이하는 대부분의 학생들도 사람의 죽은 몸을 구경도 못 해 본 경우가 많아서, 첫 해부학 실습 시간은 극도로 긴장되는 순간이며, 그래서 가장 오래 기억되는 순간이기도 하다.

해부학 실습은 의학을 공부하는 첫걸음인 동시에 의사로서 기본적으로 갖추어야 할 생명에 대한 경외심을 배우는 기초이기도 하다. 그래서 각 대학에서는 처음 해부학 실습을 하기에 앞서서 학생들에게 경건한 마음을 갖게 하는 간단한 행사를 하기도 한다. 꼭 종교적이지 않더라도, 불과 몇 년 전에 우리와 꼭 같은 공기를 숨 쉬며 활동했던 사람이 지금 차가운 실습대 위에 딱딱하게 누워 있다는 것을 생각하면 누구나 엄숙함을 느끼게 된다. 특히 시신의 얼굴을 보아야 할 때는 그런 모든 감정들이 더 고조되기 때문에 교육과정상 목 윗부분의 해부는 해부가 꽤 진행된 후에 하도록 짜여져 있기도 하다.

그곳에 있는 시신들 중에서 의학의 교육과 발전에 기여하고자 스스로 자신의 죽은 몸을 내놓은 경우는 불행하게도 그리 많지 않다. 대부분의 경우가 쓸쓸히 거리를 떠돌다 이런 저런 이유로 목숨이 끊어진, 그래서 신원도 밝혀지지 않은 사람들이다. 과거의 언젠가는 이 세상 어딘가에서 무언가 의미 있는 일을 하였을, 때로는 울기도 웃기도 하며 살아 숨 쉬었을 사람들이 단지 세상에 더 이상의 인연의 끈을 남겨 두지 못한 이유로 하여 이렇게 죽어서까지 '험한 꼴'을 당하고 있는 것이다.

학기가 끝나고 마지막 실습 시간에는 그 떠도는 영혼들을 위한 위령제가 열린다. 교육을 위해, 앞으로 다른 생명을 구하는 임무를 충실히 수행할 것을 온몸으로 가르치기 위해 파헤쳐졌던 시신들은 다시 수습된 후 화장되어 한줌의 재로 돌아가지만, 그렇게 공부했던 학생들은 그 기억들을 죽을 때까지 잊지 못한다. 그것은 말로 표현하기 어려운 죄의식이기도 하다.

사회가 발전하면서 예전처럼 무연고 시신의 수는 점차 줄어들어서 의과대학의 실습용 시신이 많이 부족하다고 한다. (그래서 외국에서 시체를 수입해다가 쓴 적도 있었다.) 죽은 사람의 육신을 소중하게 여기는 우리의 낡은 관습 때문이라지만, 누구나 자신이 죽은 다음에 시신을 기증하겠다는 약속을 하는 것은 말처럼 쉽지 않은 일이다.

평생을 다른 사람의 죽은 몸을 갖고 연구하는 해부학 교실의 교수님들이 스스로 시신 기증 서약서를 만들어 서명을 하는 일은 그래서 존경스럽다. 그분들은 늘 우리가 먼저 하겠다고 하지 않고서 누구에게 강요할 수 있겠냐는 말씀을 하신다. 의사들이 먼저 나서서 자신의 몸을 기증하는 일이 늘어나야만 일반인들의 인식도 바뀔 수 있고, 그것이 의사가 사람들로부터 존경받을 수 있는 오히려 쉬운 방법이 아니겠느냐고 말이다.

의과대학 학생들이, 스스로 후배들을 위해 자신의 몸을 내놓은 까마득한 선배들을 해부하면서 배울 수 있는 것이 단순히 교과서에 나와 있는 인체의 구조뿐만이 아닐 것은 너무도 당연하고도 분명한 일이다. 어떤 선생님들은 해부학 선생님을 만나면 슬슬 피해 다니시기도 하지만, 그런 분들을 비난할 수는 없는 것이 의사도 의사이기 이전에 사람이기 때문일 것이다. 내가 서명했으니까 너도 해야 한다는 식의 억지로 되는 일이 아니다.

어쨌든 오늘 나는, 졸업한 지 몇 년 만에 모교를 찾아가서 내게 해부학을 가르쳐 주신 은사님을 찾아뵙고 "내가 언제 죽을지는 모릅니다만, 그날이 오면 내 몸을 후배들을 위해 내놓겠습니다." 하고 약속을 했다. 약간은 의아해하시며 어떤 계기로 갑자기 마음의 결정을 했느냐고 물으시는 선생님께는, 그저 싱겁게 웃으면서 "늘 말씀하시지 않으셨습니까." 했지만, 사실은 이유가 있었다.

엊그제가 내가 잊지 못하는 한 선배의 기일이었다. 나도 날짜를 잊고 있었지만 난데없이 꿈에 나타난 그의 모습에 옛날 기억을 더듬어 보니 그랬다. 내가 그 선배를 잊지 못하는 것은 해부학 실습에 관하여 나누었던 이야기 때문인데, 그것은 지금 생각하면 가슴 아픈 기억이다.

언젠가 술자리에서 죽은 다음 시신을 기증하는 문제가 화제로 올랐던 적이 있었다. 나를 비롯한 대부분의 참석자들은, 아직 너무도 먼 훗날의 일이라고 생각했기 때문일까, 명확한 입장 표명을 하지 못한 채 속으로는 나름대로의 끔찍한 상상을 하고 있었고, 일부는 술기운에 힘입어서인지는 몰라도 자신은 시신 기증을 약속하겠노라 말하고 있었던 때였다.

그 선배는 진지한 목소리로 자신은 그러지 않겠노라고 했다. 자신은 그 문제를 많이 생각해 보았지만 아무리 생각해도 용기가 나지 않는다고 했다. 그의 결정의 이유라는 것은 심각하게 말하는 태도에 비추어 조금은 터무니없는 것이었기에 모두들 웃고 말았지만, 그에게는 그것이 진심이었다.

발가벗고 실습대 위에 올라가야 하는 것이 싫다는 것이었다. 자신은 화장도 뜨거울 것 같아서 싫다면서, 시신을 기증하는 것은 절대로 싫다고 했다. 자연과학을 공부하는 사람으로서 그런 생각이 얼마나 비과학적인가는 스스로 잘 알고 있지만, 왠지 그럴 것 같은 느낌은 지울 수가 없다고 했다. 자기는 의학 발전에 기여할 뜻이 전혀 없었을지도 모르는 사람의 육신을 바탕으로 공부를 하면서도, 스스로는 의학 발전에 공헌할 기회와 영관을 모조리 사양하는, 명분과 실제의 이 엄청난 간극은 우리 모두가 어쩌면 외면하고 싶은 현실이기도 하다.

몇 년 후, 그 선배는 사고로 세상을 떠났고, 아직 미혼이었던 그의 시신은 생전의 뜻과는 무관하게 화장되었다. 그때 나는 많이 울었었지만, 그것이 그가 화장당했기 때문만은 아니었다.

해부학을 공부한 사람은 누구나 조금씩은 가슴속에 빚이 있다. 오늘, 내 이름을 쓰고 나오는 나의 발걸음은 가벼웠지만, 내 마음속의 빚은 아직도 남아 있는 듯하다. 나는 아마도 내가 세상에 진 빚을 모두 다 갚고 가지는 못할 것이다.

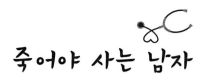

죽어야 사는 남자

내가 사람이 죽는 순간을 처음으로 목격한 것은 국민학교 2학년 때였다. 하굣길에 불과 몇 미터 앞에서 벌어진 끔찍한 교통사고였다. 친구들과 떠들면서 길을 걷는 참에 트럭 한 대가 인도로 뛰어들었고, 나의 눈앞에서 중년의 어느 아저씨가 온몸이 망가진 채 그 자리에서 목숨을 잃는 장면은 오랫동안 나를 악몽에 시달리게 했었다.

사람이 죽는다는 것에 대해 전혀 모르고 있던 시절은 아니었지만, 당시의 나로서는 누군가가 실제로 숨이 끊어져서, 다시는 먹지도 말하지도 걷지도 못하게 된다는 것이 쉽게 상상할 수 있는 일은 아니었다. 세월이 흐르면서 나는 몇 사람의 죽음을 겪었지만, 모두가 장례식에 참석하거나 무덤에 대고 절을 하는 정도였지 그때처럼 끔찍한 순간을 직접 체험한 일은 거의 없었다.

그 일이 있고 난 후 그렇게도 많은 밤을 악몽에 시달리느라 잠을 설쳐야 했던 나는 어느 정도 시간이 흐르면서 점차 평원을 되찾을 수 있었고, 여느 고등학생들과 마찬가지로 진로를 선택해야 하는 순간에 이르렀다. 막연히 '의사'가 되고 싶다는 생각을 품고는 있었지만 막상 구체적으로 의과대학 진학을 고려하기 시작했을 때, 처음 떠오른 것은 한동안 잊고 살았던 그 끔찍한 죽음의 현장이었다. 나는 주춤했고, 하얀 가운보다 먼저 떠오르는 검붉은 핏자국이 나를 고민하게 했다.

이런 내게 막 의대를 졸업한 사촌 형님의 격려는 큰 힘이 되었다. 형님은 나에게 "그때 그 순간 네가 하얀 가운의 의사로서 현장에 있었다고 생각해 봐라. 그랬다면 그 아저씨를 살릴 수도 있지 않았겠냐?"라면서 어깨를 툭 쳐 주었고, 그 말 덕분인지는 모르지만 나는 아득한 기억 속의 그 사고 현장에서 내가 입은 하얀 가운이 피로 물드는 당혹스런 꿈을 몇 번이가 꾼 끝에 이 길을 선택했다.

이토록 피와 죽음과 시체에 대한 두려움을 겪고서 입학한 의과대학. 그러나 최초로 시체를 만진 셈인 해부학 실습은, 생각보다 싱거웠다. 워낙 오래 전에 사망한 시신인 데다가 많은 화학약품으로 보존 처리를 한 터라서, 눈이 따가울 정도의 포르말린 냄새가 오히려 괴로운 일일 뿐 나는 다시 악몽을 꾸거나 하지는 않았다. 외과 계열의 강의를 들으며 수없이 많은, 일반인들이 보기에는 끔찍한—그러나 우리에겐 암기의 대상인—사진들을 보아도 나는 충격을 받거나 고통스러워하지 않았고, 오히려 무감각해지기까지 했다.

하지만, 의과대학과 병원은 하늘과 땅만큼이나 다른 곳이었다. 강의실에는 움직이지 않는 사진들과 숫자들, 수많은 용어들, 그래프들,

방사선 사진들만이 춤을 추었지만 병원은 그런 곳이 아니었다. 그렇게 '끔찍함'에 길들여져 있다고 자부해 온 나에게 병원은 생각했던 것보다 훨씬 더 끔찍한 곳이었던 것이다.

피를 철철 흘리는 교통사고 환자나, 고통에 겨워 진통제를 요구하는 환자나, 항암제 투여로 얼굴이 반쪽이 되고 머리카락이 몽땅 빠져 버린 환자조차도 나에겐 전혀 끔찍한 일이 아니었지만, 병원은 분명히 끔찍한 곳이었다. 그곳에는 '죽음'이 있기 때문이다.

내가 의대생의 신분으로 임상 실습을 위해 병원에 머물렀던 1년 남짓한 기간 동안 내 눈으로 직접 목격한 죽음의 순간만도 무려 수십 차례였다. 그 순간순간들이 나에게는 왜 그렇게 고통스러웠는지 모른다. 다들 너무나 익숙해져 가는 죽음의 순간이었지만 나에게는 언제나 낯설고 당혹한 순간이었던 것이다.

학교를 졸업하고 '의사'의 신분으로 맞는 죽음의 순간은 또 다른 것이었다. 옆에서 지켜보기만 하면 되었던 순간들이, 이제는 내가 입을 열어 죽음을 선언해야만 하는 순간들로 돌변한 것이다.

내가 인턴으로서의 근무를 시작한 지 채 스무 시간이 지나기 전에 한 사람의 환자가 세상을 떠났고, 아직 마음의 준비를 하지 못하고 있던 나는 불안에 떨고 있는 보호자의 눈에다 대고 '사망'을 선언해야만 하는 상황에서 어쩔 줄을 모르고 있었다.

텔레비전에서는 마지막 힘을 다해 유언을 남긴 환자의 고개가 베개 옆으로 떨어지면, 보호자들은 그의 죽음을 확인하며 오열하고 의사는 담담한 얼굴로 그의 죽음을 '의학적으로' 다시 한번 확인해 줄 뿐이다.

따라서 그것은 매우 간단한 일처럼 보이지만, 실제의 상황은 전혀 딴 판이다. 많은 중환자들은 몇 시간, 혹은 며칠 동안이나 수없이 많은 기계들과 더 많은 라인^{line}들, 주사액들, 인공호흡기에 의존한 채로 삶과 죽음의 갈림길을 헤매다가 그렇게 세상을 뜨기도 하고 다시 얼마간의 생명 연장을 허락받기도 한다.

대학병원의 복잡하다 못해 화려하기까지 한 숱한 의료기기들에 일말의 기대를 갖고 환자의 소생을 바라고 있는 가족들에게 무슨 말로 환자의 죽음을 설명해야 할지 아득했던 내가 '돌아가셨습니다.'라고 했는지, 아니면 텔레비전에서처럼 '운명하셨습니다.'라고 했는지는 기억도 할 수 없다. 나는 '처음' 겪는 상황에 그저 당황했을 뿐이었다.

그러던 나는, 인턴에게 최악의 달인 3월을 보내고 난 후, 달라졌다. 그 3월 한 달 동안 나는 하루 평균 두 시간도 채 자지 못했고, 그 결과 중환자실에서 끈질긴 생명력을 보이고 있는 환자의 고통은 나에게도 그저 고통일 뿐이었다. 중환자는 말 그대로 잠시도 마음을 놓을 수 없는 상태의 환자이기 때문에, 나는 그가 상태가 좋아지거나 아니면 세상을 뜨기 전까지는 무작정 그의 옆자리를 지키고 있을 수밖에 없는 상황이었던 것이다. 밥을 먹는 것은 바라지도 않고 잠깐이라도 허리를 펴고 눕고 싶은 심정을 그저 소망으로 그치게 하는 것은 그 중환자였다. 나는 정말로 죽을 지경이었다.

나는 정말로 고백하건대, 그 환자가 빨리 세상을 뜨기만을 기원하며 그의 옆에 앉아 있었던 것이다. 그는 사실상 소생할 가능성이 거의 없는 환자였지만, 아직은 살아 있는 '인간'이었고, 그의 생명은 인간의 힘으로 어찌할 수 없는 곳에 놓여 있는 것이었다. 나는 그가 죽어야 살아나는 역설 속에서, 그게 역설이라는 사실도 인식하지 못한 채 그저 그가 어서 죽기만을 기원하고 있었다.

의사의 몸으로 하얀 가운을 걸치고서 환자가 죽기를 간절히 기원하고 있었던 상황에는 어린 시절, 낯선 죽음의 현장에서 느꼈던 충격이나 그 충격에도 불구하고 의사가 되고자 마음먹었던 순간의 단호함은 이미 없었다. 내가 그런 생각을 했었다는 사실을 깨달았을 때, 그 환자는 이 세상 사람이 아니었고 나는 다른 곳에서 또 다른 죽음을 '선언'하고 있었다.

그렇게 타성에 젖어 가는 나의 어처구니없음을 비로소 인지하게 된 것은 얼마 후, 또 다른 죽음의 선언 현장이었다. 그날도 나는 끝없는 당직에 지친 몸으로 어느 할머니의 사망 선고를 내렸는데, 애타게 바라보고 있던 어느 젊은이가 얼굴이 벌게져 가지고는 불만과 불신에 가득 찬 목소리로 나를 다그쳤다.

"정말 죽은 거요? 다시 살아나면 어떡할 거요?"

순간, 나는 '정말로 다시 살아나면 어떻게 하지?' 하는 생각을 하였고, 나는 그 상황에서 환자의 죽음을 그런 식으로 받아들이고 있는 나 자신이 두려울 정도로 싫어졌다. 의사가 죽음 앞에서 초연한 것이 하나의 덕목이어야 한다면, 의사라는 직업은 어쩌면 너무 비정한 직업인지도 모르겠다. 나는 몇 달 동안의 미몽에서 깨어나, 이제는 모든 죽음을 치열하게 맞고 싶다.

코 삐뚤어진 의사

응급실 입구가 부산했다. 자정이 훨씬 지난 시각이었는데, 30대 남자가 체한 것 같으니 소화제나 좀 달라며 응급실로 들어온 것이다. 외과 레지던트인 S가 당직을 서고 있던 날이었다. 그 환자는 사흘 전에도 같은 증세로 외래에 와서 소화기 계통의 약을 받아먹었고, 한 달쯤 전에도 같은 증세로 내원하여 내시경 검사까지 했으나 특별한 소견이 없어 기능성 장애로 투약받은 바 있었다. 보름 전에는 같은 증세로 모 대학병원 응급실을 찾은 적이 있으나 복부 엑스선 촬영 후, 간단한 소화제로 잘 나았다고 했다.

"틀림없이 체한 거라고요. 전에도 맨날 이랬거든."

"어쨌는데요?"

여러 해 전부터 술과 음식을 많이 먹으면 윗배가 심하게 아프면서 어깨가 불편했고, 무릎을 꿇는 특징적인 자세를 취하면 통증이 완화

되곤 했다고 한다. 그때마다 손끝을 따거나 소화제를 먹으면 금방 좋아졌고, 병원에도 여러 번 갔었으나 특별한 말을 들은 적은 없었다고 했다. 그 흔한 심전도 한번 찍어 본 적이 없었다.

그날도 부인과 친구 부부와 함께 술을 마시다가 갑자기 예의 증상이 나타났는데, 시간이 늦어 약국들도 문을 닫은 데다가 손끝을 따려고 해도 마침 바늘이 없었던 그 환자는 가까운 응급실을 찾은 것이었다.

"생각 같아선 바늘이나 하나 줬음 싶구만. 병원이라고 왔으니 소화제나 좀 주쇼."

그러나 S는 여느 의사들이 다 그런 것처럼, 환자가 배가 아프다는 말만을 믿고 체한 것이려니 하며 소화제를 처방하지는 않았다. 가만히 환자의 이야기를 들어 보니 단순히 소화기 계통의 이상이라고 보기에는 무언가 석연치 않은 점이 있었다.

"가슴은 아프지 않으세요?"

새파랗게 젊은 의사가 소화제를 복잡하게 줄 모양으로 생각한 환자는, 귀찮은 생각이 들기는 했지만 기분 좋게 술 한잔 걸친 날이고 하니 비교적 자세하게 자신의 증상을 설명했다. 설명의 대부분은 자신의 증상이 체했기 때문이라는 자신의 신념을 의사에게 확인시키는 것이기도 했다.

그런데 의사라는 작자는 그가 그렇게 열심히 증상을 설명했는데도 들은 척도 하지 않더니 대뜸 니트로그리세린 어쩌고저쩌고 귀신 씻나락 까먹는 소리를 하면서 절대로 소화제 같지 않게 생긴 알약을 혀

밑에 집어넣으란다. 그래도 의사니까 일단은 입에 넣었다. 침대에 누우란다. 심전도라는 검사를 하겠단다. 소화제만 팔아서는 수지가 안 맞나? 돈이 아까운 것은 아니지만 짜증도 나고 괘씸하기도 하다. 신참 의사가 잘 알아들을 수 있도록 '체한 것이니 소화제를 달라.'는 이야기를 또 했지만, 이놈의 의사는 막무가내다. 빨리 소화제는 먹어야겠고 배가 아파서 죽을 지경인데, 이 자식은 사람 겁주면서 시간 끌고 그나마 무릎을 꿇고 있어야 덜 아픈 것을 그러지도 못하게 침대에 올라가란다. 그래도 의사가 겁을 주니 한편 켕기기도 하고, 결과가 금방 나온다니 그래 네 말이 맞는지 내 말이 맞는지 어디 보자. 아이고 아파라, 소화제 주는 절차가 너무 복잡해서 나 죽겠다. 성질나서 바늘이나 좀 달랬더니, 달라는 바늘은 안 주고 즈그들 돈 받을 수 있는 주사만 놓고 간다. 데메롤인지 제미랄인지, 진통제란다. 이걸로 아픈 거나 빨리 나았으면. 빌어먹을 기계는 삑삑, 돈돈 하며 돌아가고, 아파서 죽겠는데 간호사년들은 움직이지 말라고 소리 지르고, 야, 이거 환장하겠구나. 어쩌구.

시끄럽기 짝이 없는 환자를 달래 가며 실시한 심전도에선 별다른 이상을 발견할 수 없었다. 환자는 이제 통증을 호소하지 않고 대신에 오심^{메스꺼움}만을 호소했다. S는 이젠 단순한 소화기 장애일 가능성을 함께 생각하고 맥소롱을 한 앰플 주사했다. 잠시 후, 환자는 모든 증세가 가라앉았고, 환자와 보호자들은 집으로 돌아갈 준비를 하고 있었다.

그러나, 약간은 강박적 성격의 소유자인 S는 환자의 입원을 권유

했다. 그것도 심전도가 완전히 정상이라는 설명과 함께 말이다. 이 때가 대략 환자가 내원한 지 15분쯤 되었을까. 심장에 문제가 있어서 온 통증이라면 심각하니 검사를 해야 한다고 하더니, 검사 결과는 정상이지만 그래도 걱정이니 입원을 하라는 권유는 환자 측에서는 납득하기 어려운 일이었을 것이다. 하지만, S로서는 교과서에 나와 있는 전형적 심근경색의 증상과 닮은 점이 있는 환자를 소화제만 투여하고 집으로 돌려보내는 일은 의사로서 무책임한 일처럼 느껴졌기 때문이었다.

"입원 치료 도중에 하시라도 급사할 수 있습니다."

S가 조금만 대범한 성격의 소유자였거나, 조금만 덜 자상한 의사였더라면 이런 말까지는 하지 않았을 것을. 환자 측에서 속으로 어떻게 생각했는지 몰라도, 설왕설래 의논하더니 결국 '야, 급사할 수도 있단다.', '그래, 그러면 입원하지 뭐.' 하면서 입원 쪽으로 결정을 내려 가는 참이었다. 순간, 환자가 다시 아프다고 비명을 지르기 시작했다. 일이 십 초나 지났을까, 갑자기 환자가 쓰러졌다. 응급실에 들어온 지 30분 만의 일이었다.

S는 의국에 전화를 하여 "CPR!"이라고 외쳤고, 동료 의사가 얼른 뛰어내려와 응급처치를 하기 시작했다. 두 사람의 의사가 CPR을 시작하자마자, S의 이름을 자신들이 잘 외고 있는지를 확인한 보호자들은 여기저기에 전화를 걸어 친지들을 불러 모으기 시작했다.

"빨리들 와! 병원에서 사람 죽였어!"

"주사 잘못 맞아 우리 형님 죽었네!"

급체한 사람이 병원에서 주사 잘못 맞고 죽었다는 그 흔한 일이 그 흔한 교통사고처럼 공교롭게 S에게 닥친 것이었다. S는 그날 결국 생애 최악의 순간을 보내야만 했다. 멱살을 잡히고, 벽에 떠밀리는 것부터 시작하여 아무 말도 하지 못한 채 한참을 보호자들에게 두들겨 맞았다. 182센티의 키에 88킬로의 거구가 말이다. 옆에서 동료 의사와 간호사들이 뜯어말리려 하였지만, 보호자들의 기세는 온 병원을 금세 난장판으로 만들기에 충분한 것이었다. 결국 S는 그날, 코뼈가 부러져서 응급실 침대 한 칸을 차지하고 누워야만 했다.

진료기록을 탈취해 간 환자의 가족들은 S의 진료에는 아무런 하자가 없다는 자문이라도 어디에선가 받았던지, 다음 날부터는 병원만을 공격 목표로 삼았다. 무조건 때려 부수고 보는 것이었다. 병원 입구에 빨간 스프레이를 뿌리고, 현관 유리창을 깨는 것은 물론, 원장실의 집기를 들어내고 의사들이 입원 환자를 진료하는 것을 방해하기까지 했다. 이러한 수라장이 다시 안정을 찾은 것은 한참이 지난 뒤, 부검 결과가 나온 다음이었다. 좌우 관상동맥이 모두 여러 단면에 걸쳐 막혀 있었다는 결과였다. S의 '혹시나'가 맞았던 것이다.

물론 의사의 부주의라든가 판단 착오가 의료사고를 초래하는 경우도 있다. 그러나 어떤 경우라도 의사는 환자가 잘못될 원인을 제공하지 않아야 한다는 것은 기본일 뿐만 아니라 상식이다. 그러나 최선을 다했음에도 불구하고 두들겨 맞고 말로는 차마 할 수 없는 모욕을 받은 의사가 어디 하나둘이랴. 문제의 보호자들은 병원 측에 손해배상을 청구하기가 어렵게 되자 사과라든가 기물 파괴에 대한 보상은커녕 "앞으로 잘해!" 따위의 폭언을 남기고는 썰물처럼 빠져나가 버렸고, S에게는 상처받은 자부심과 인간에 대한 공포감만이 남았다. 그는 이후 꽤 오랫동안을 방황했었고, 한동안은 병원을 쉬기도 했었다. 평소에도 말이 없던 사람이 더욱 과묵해진 것도 그 사건 이후의 변화였다.

그러나 그는 결국 그 사건의 후유증을 잘 극복했고, 학생 때부터 소망했던 일반외과를 전공하기 시작했고, 그 사건 이후 약간 빠지는가 싶던 체중도 다시 원상을 회복하기 시작했다. 그가 앞으로 어떤 의사가 될 것인지는 신만이 아시겠지만, 그러나 뼈아픈 경험을 딛고 일어선 만큼 훨씬 지혜롭게 처신하리라는 것만은 확실하다.

S의 코는 지금도 자세히 보면 약간 삐뚤어져 있다. 아직도 미혼인 S는 코가 삐뚤어져서 장가를 못 가는 것이 아니냐는 장난스런 질문에, 이제는 웃으면서 농담으로 대꾸하는 여유를 가지게 되었다.

"코가 삐뚤어진 남자가 정력이 좋은 것도 모르냐?"

하지만 내막을 알고 있는 사람들은, 그의 웃음 속에 감추어진 쓸쓸함을 안다.

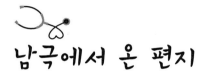

남극에서 온 편지

    여기는 남극, 세종기지.

    이곳은 서울에서 17,000킬로미터도 더 날아와야 도달할 수 있는 곳으로 아마도 지구상에서 한국과 가장 멀리 떨어진 곳일 게다. 우편물이 오고가는 것도 그야말로 기약이 없고, 전화비 또한 분당 만 원이 넘으니, 참으로 멀고도 답답한 곳이다. 우편물은 한 달에, 혹은 두 달에 한 번씩 오는 부정기적 비행기 편에 의존하고 있으며, 그것도 날씨가 안 좋으면 어찌 될지 모른다.

    여기는 모든 것이 반대다. 한국이 밤일 때 이곳은 낮이고, 한국이 여름일 때 이곳은 겨울이다. 한국의 겨울과 이곳의 여름이 비슷하다고 생각하면 된다. 생각만큼 추운 편은 아니지만, 바람이 몹시 분다. 제주도는 상대도 안 된다. 인근 폴란드 기지에선 지프차가 굴렀다고 하는데, 우리는 그렇게까지 심하지는 않다. 그저 드럼통이 구르거나,

가끔 날아다니는 정도이다.

우린 벌써 다섯 달째 기지에 고립되어 있다. 행동반경이 10리에도 못 미치고, 보이는 얼굴은 나까지 총 열두 명의 시커먼 남정네들뿐이다. 처음 사람들을 만났을 때처럼 모두가 웃는 것도 아니고, 워낙 많은 시간을 함께 지내다 보니 서로에 대해서 너무나 잘 알기 때문에 오히려 할 말도 없다. 완전히 발가벗고 사는 것처럼 서로의 인간성을 적나라하게 드러내 놓고 산다는 것이 쉽지만은 않다.

음식은 육류가 주식이다. 야채나 과일, 김치도 물론 있지만, 도무지 '싱싱'이나 '신선'과는 거리가 먼 것들뿐이다. 김치와 과일은 모두 깡통에 들어 있는 것들이다. 더구나 김치라는 것이 한 번 삶아서 깡통에 넣어 놓은 것이라 이젠 냄새조차 맡기 싫다. 육식을 좋아하는 이들이나 소말리아 사람들이 들으면 부러워할지 모르지만, 지금 대원들 중에서 이빨이 성한 사람이 하나도 없을 지경이다.

남극에는 세계 각국에서 많은 기지들을 건설해 놓고 있어서 옆에 있는 다른 나라 기지로 마실이라도 가면 덜 심심할 것으로 생각하겠지만, 그건 남극 대륙의 크기를 모르고 하는 말씀이다. 여기와 가장 가까운 곳에 있는 기지도 헬리콥터를 타지 않고는 이동할 꿈도 못 꾼다. 창문 밖을 내다보면 얼음과 펭귄뿐이라서 이젠 펭귄들 얼굴도 알아볼 정도다.

남극, 이 남극이란 두 글자는 역마살이 끼어 있는 나를 흥분시키기에 충분했다. 내가 남극에도 공중보건의사가 파견된다는 놀라운 사실을 안 것이 본과 3학년 때. 남극행을 위해 치밀한 계획을 세운 뒤 하나하나 실천에 옮겨 나갔다.

수영은 기본이고 다이빙도 배우고 인명구조원 자격증도 땄다. 언제 써도 써먹겠지 하는 생각으로 컴퓨터와 영어회화도 틈틈이 공부를 했다. 심심할 때면 시간을 보내기 위한 수단으로 예과 때 치다가 그만둔 당구도 다시 연습을 했다.

하지만, 머리보다 신체가 월등히 좋은 죄로, 인턴을 하고 훈련소로 갔다가는 영락없이 군의관으로 끌려갈 것이 뻔했다. 결국 인턴 시험도 안 보고 공중보건의사로 직행하고 보니 아뿔싸, 이번엔 인턴을 안 하고 온 것이 결격사유가 되었다. 보통 남극에는 2년차가 가는 것인데, 내가 한 번 떨어지고도 하도 부지런히 여기저기 찾아다녔더니, 남들이 모두 인턴, 레지던트 시험 공부하느라 바쁜 3년차를 나는 이곳 남극에서 보내게 되었다.

지성이면 감천이라.

인턴 시험을 1년 더 미루는 엄청난 희생을 감수하면서까지 이곳에 와 보니, 온통 눈과 얼음으로 뒤덮여 있는 광활한 벌판이며, 뭐라 설명할 수 없는 짙푸른 하늘빛이 그야말로 장관이었다.

하지만 막상 남극 생활을 시작해 보니 그게 아니었다. 오면 무조건 좋을 줄 알았는데, 멋있으면 뭐하나, 별장이나 지어 놓고 1년에 며칠씩 쉬고 간다면 몰라도 여기서 1년 이상을 지낼 만큼 좋은 곳은 못 된다.

생활의 대부분은 말 그대로 노는 것이 일인데, 종류가 한정되어 있으니, 3개월만 지나면 가능한 모든 오락은 완전히 마스터한다. 컴퓨터의 오락 프로그램도 모두 다 암기할 정도이고, 여기 있는 비디오테이프는 모든 대사를 다 외울 지경이다. 아무 데나 나가서 타면 되는 스키 실력도 이젠 상당한 수준이 되었고, 혼자서 당구대를 붙잡고 하루 종일 보내는 것도 안 해 봐서 그렇지 못할 짓이다.

그나마 아직도 재미있는 일은 다른 곳에서는 할 수 없는 '고기 건지기'이다. 고기 건지기란 플라스틱 통에다 낚싯줄을 감고 미끼를 달아 넣으면 팔뚝만 한 고기가 달려 나오는 것으로, 낚싯바늘을 두 개 달면 두 마리가, 세 개 달면 세 마리가 달려 나온다. 그래서 낚시가 아니라 고기 건지기이다. 미끼는 쇠고기를 쓰는데 닭고기, 돼지고기, 골뱅이 등등 다 써 봤지만 다른 것은 안 먹는다.

이건 낚시가 아니라 쇠고기를 갖고 가서 생선으로 바꿔 오는 일이다. 그래서 다른 말로는 '고기 바꾸기'라고도 한다. 어떻게 생각하면 허망하기 짝이 없는 이 일이 그래도 재미있는 이유는 낚시 자체보다는 외출의 의미가 더 크기 때문이다.

나는 남극에 있는 유일한 한국인 의사이다. 졸업한 지 얼마 안 된 풋내기 의사이다. 하지만, 이곳에서 의사로서의 일은 사실 별로 없다. 열두 명의 신체 건강한 남자들이 전부라서 특별히 환자가 생길 일도 없다. 기껏 할 수 있는 일은 소화제나 가끔 주거나, 아니면 작업 중에 긁히거나 찢어진 상처를 치료하는 것 정도이다. 더 이상 할 수도 없고, 해서도 안 된다. 적어도 내가 알기로, 의사는 자기의 능력을 초과해서는 안 되기에 말이다.

인간의 몸이란 참으로 신통방통하여 위중한 일이 벌어지지 않는 것이 다행이기는 하지만, 조금은 섭섭한 마음도 든다. 그것은 내가 공중보건의 생활 중의 1년을 산부인과에서 수련을 했는데도 불구하고 실력 발휘할 기회가 전혀 주어지지 않기 때문이다.

이곳의 대원들은 엄청나게 몸조심을 하는 편이다. 믿을 만한 의사도 없을뿐더러 다치면 본인만 손해라는 것을 너무나 잘 알고 있기 때문이다. 오히려 건강염려증이라고 할 만한 정도인 경우도 있다. 불면증을 호소하는 대원에게 소화제를 처방하면서 '자꾸 약에 의존하면 안 된다.'는 말을 덧붙이면, 다음 날 아침 아주 잘 잤다는 인사를 듣는다. 책에서 배웠던 플라세보효과를 실감한다.

나는 이곳에서 또 한 가지 실습을 한다. 대원들을 제물(?)로 하여 평소에 관심이 있어 틈틈이 연마해 둔 침술 요법을 시행해 보는 것이 그것이다. 침을 놓다가 염증이 생기거나, 뜸을 뜨다가 화상을 입는 부작용이 생기면 본래의 전공으로 치료해 주겠다며 꼬드겨서 꽤 많은 환자를 치료했건만 아직은 부작용이 없다. 치료 효과도 괜찮은 편인데, 그것이 내가 잘해서인지 침술 요법 자체가 신비한 것인지 대원들이 갖는 전통 의술에 대한 심리적 효과 때문인지는 확실하지 않다.

이제 얼마 남지 않은 남극 생활을 뒤돌아보면, 아쉬운 점도 많지만 내가 이번 기회가 아니면 평생 언제 남극 대륙을 밟아 보리 하는 단순한 생각으로 이곳을 지원했을 때를 생각하면 예상하지 못했던 많은 것을 배우고 가는 것 같다. 사람은 외로움을 느껴 봐야 철이 드는가 보다.

서울의 병원으로 되돌아가면 이곳의 한가함과는 너무도 대조적인 복잡함에 한동안 적응을 못하고 헤맬 것이 뻔하지만, 젊은 날, 남극에서 보낸 1년은 영원히 잊지 못할 소중한 기억으로 남을 것이다.

나도 애 낳아 봤다고요!

Y는 산부인과 레지던트 3년차로 아직 미혼인 여의사다. 학교 다닐 때부터 외과 쪽에 흥미가 있어, 결국 산부인과를 택한 소신파이기도 하다. 그가 병원에 머무르는 시간의 거의 절반은 분만실에서 흘러간다. 한 시간에도 몇 명씩 태어나는 아기들을 받다 보면 바쁜 것을 넘어 지긋지긋한 생각이 들 때도 있긴 하지만, Y는 병동에서 근무하는 것보다 분만실에 있는 것을 더 좋아한다. 그것은 분만실만의 독특한 분위기를 사랑하기 때문이다. 분만실에서는 보통 여러 명의 산모가 동시에 진통을 겪는데, 당연히 시끌벅적하다 못해 아수라장에 가깝다. 소리를 지르고 온몸을 뒤흔드는 것은 다반사이고, 진통이 심한 경우에는 아이의 머리가 반쯤 나왔는데도 도저히 못 참겠다면서 엉엉 울며 제왕절개를 부탁하는 산모도 있다.

아이를 낳는다는 것은 경험해 보지 못한 사람들이 생각하는 것보다 훨씬 처절한 일이다. 산고를 이기려고 입술을 깨물어서 피가 철철 나는 산모도 있고, 눈의 실핏줄이 다 터져서 흰자위가 온통 붉게 물드는 경우도 있다.

또, 여러 명의 산모가 함께 있다 보니 분만실 전체의 분위기가 개개인의 산모들에게도 영향을 끼쳐서, 비교적 조용하다가도 어느 한 산모가 소리를 지르기 시작하면 대부분의 산모들이 동시에 소리를 질러 분만실이 들썩이기도 한다.

아는 사람은 다 아는 얘기지만, 정상 분만의 경우 아이는 머리부터 나오는 것이고, 그렇기 때문에 분만 중에 산모가 고통을 이기지 못하고 일어나 앉기라도 하면 아이의 숨골이 막혀서 아이에게 나쁜 결과를 초래할 수도 있다. 그럴 때면 힘으로 산모를 밀어 눕히는 것도 중요하지만, 산모를 잘 설득해서 올바른 자세를 갖도록 유도하는 것이 더 중요하다. 진통 중에 의사의 말이 귀에 들어오겠느냐고 생각할지도 모르지만, 진통이 끊임없이 계속되는 것이 아니라 몇 분간 진통이 왔다가 또 몇 분간은 수그러들었다가를 반복하는 것이기 때문에 잠시 진통이 잦아졌을 때 산모의 귀에다 대고 외치는 말은 경우에 따라서는 생각보다 큰 효과를 볼 수도 있다.

산부인과 의사가 정상 분만 중의 진통을 겪는 산모에게 용기를 줄 수 있는 말은 무엇이 있을까?

"소리 지른다고 안 아픈 게 아니에요."

"조금만 더 참으세요, 애기 머리가 보여요."

"힘줘요, 힘. 다 됐어요."

이런 말들은 아무리 해 봐야 효과가 없다. 특히 남자 산부인과 의사가 하는 말은 산모의 입장에서는 더욱 귀에 들어올 리가 없다. '남자들이 어찌 이 고통을 알리요?' 하는 생각이 앞서기 때문이다.

젊은 여자 의사가 서 있어도 사정은 크게 달라지지 않는다. Y가 1년 차 때, 조금만 더 참으면 된다고 역설하고 있는 Y에게 어느 산모가 반문했다.

"선생님은 아기 낳아 봤어요?"

지금도 미혼인 Y가 당시에 출산 경험이 있을 리 없었고, 머뭇거리는 Y의 태도에 산모는 남자 의사의 '속 모르는 소리'나 Y의 이야기나 그게 그거라고 여기는 눈치였다.

세상의 어느 곳에서나 한 가지 일을 오래 하다 보면 남모르는 요령들이 생기게 마련이듯이 Y도 수많은 산모들을 경험하면서 산모를 달래는 갖가지 '기술'들을 익혀 나갔다. 3년차가 된 지금의 Y는 '도대체 당신은 이 고통을 당해 보기나 하고 나더러 참으라는 말이냐.'라고 항의하는 산모들에게 해 줄 말이 늘 준비되어 있는 것이다.

"그럼요, 둘이나 낳아 봤지요. 본래 다 그런 거예요."

천연덕스럽게 이야기하는 Y도 Y지만, 옆에 있는 동료들이 한술 더 뜬다.

"이 선생님 첫애 낳을 때 제가 옆에서 봤는데, 찍소리도 안 내시더라니까요."

그렇게도 소리를 지르고 눈물을 흘리며 제왕절개를 해 달라고 요구하던 산모가 자신을 돕고 있는 여의사가 출산 경험이 있다는 말에 용기백배하여 훨씬 의연한 모습을 보이는 것을 보면 참 신기하다는 생각도 든다.

"저도 예전에 다 겪어 봤어요. 그래서 저는 환자분의 심정을 잘 알아요."

다른 과에서는 가끔 가다 환자분이 중매를 서서 의사가 결혼 상대자를 찾는 경우가 생기기도 하지만, 산부인과 여의사는 그러기는 영 틀렸다.

산부인과 의사를 하다 보니, Y에게는 세상의 모든 어머니가 다 위대해 보였다. 어머니가 자식을 위해 애쓰시는 것이 어찌 한순간의 출산의 고통뿐이요만은, 그렇게 고통스러워하던 산모가 건강한 아이를 출산하고 난 뒤 병실에서 만났을 때는 어느새 그 아픔은 기억에서 사라졌는지 환한 얼굴로 '도와주셔서 고맙다.'고 한다. '많이 고생하셨어요.'라고 말을 해도 오히려 의사들이 더 고생했다고 인사를 하는 것이다.

백일잔치를 하는 풍속이 생겨난 것이, 옛날에 예방주사가 없던 시절에는 신생아 감염이 흔해서 아이가 백일을 넘겨야지 비로소 성장기까지 잘 자랄 수 있는 첫 고비를 넘겼기 때문이라는 것이 정설이지만, 산부인과 의사의 입장에서는 다른 해석도 가능하다. 그것은 출산 후 백일이 지나야지 산모가 산고를 잊어버리게 되고, 다시는 아이를 갖지 않으리라는 맹세도 그와 함께 없어지기 때문이라는 것이다. 이 말이 의학적으로 근거가 있는 말은 물론 아니다. 100일 동안 자라서 재롱을 부리는 자신의 분신을 보면, 어머니는 누구나 바보스러울 만큼 행복해지는 것을 일컫는 말이리라. 산부인과 의사를 하다 보면 효자, 효녀가 될 수밖에 없다.

오늘도 분만실에서 한 산모에게 멋있게 거짓말을 하고 나오는데, 아랫년차의 남자 선생 하나가 Y에게 싱글싱글 웃으면서 말을 건넨다.

"Y선생님, 그렇게 말은 하지만, 나중에 진짜 아이를 낳을 때, 소리 안 지를 수 있겠어요?"

Y는 빙그레 웃고 말았지만, 속으로는 뜨끔했다.

'내가 분만실에 누워 있을 때는, 어느 여의사가 다가와 자기도 애를 낳아 봤노라고 아무리 그래도 안 믿을 텐데…….'

남편 의사와 아내 의사

화장품이나 여성 의류의 광고에 소위 '전문직 여성'이 등장한 것은 그렇게 오래된 일이 아니지만, 그런 류의 광고가 매출액의 증대에 도움을 주는 것만은 분명한가 보다. 요즘 텔레비전의 화면을 장식하는 광고들을 보고 있노라면, 대한민국은 사회의 각 분야에서 여성들의 활약이 매우 두드러지는 나라라는 생각이 든다.

여성이 직업을 갖는 일에 대해서, 가계에 보탬이 된다는 이유로 찬성하는 남성들이 늘고 있다고 하는 말도 들리고, 평범한 가정주부로 살고 있는 여성들 중의 상당수가 자신의 '일'을 하고 싶다는 소망을 갖고 있다는 통계도 있다.

바로 그 '전문직 여성'이 되기 위한 관문을 일찌감치 통과한 의과대학의 여학생들. 그러나 비슷한 경우인 사범대학 여학생들과는 달리 이 '전문직 여성'들은 결혼 상대자로서는 별 재미가 없다. 원래 전문직이라는 것이 지닌 속성이 단순히 직장을 가진다는 개념과 좀 달라서 시간과 정열을 다 바쳐야 하긴 하지만, 그 가운데서도 의사란 아예 자기 시간이 없는 직업이기 때문에 수많은 시간과 정열을 똑같이 요구하는 '주부'라는 또 다른 '전문직'을 병행하기가 불가능해 보이기 때문이다. 그래서인지 의과대학 여학생들은 입학해서부터 짧게는 6~7년, 길게는 10년 가까이를 '여의사는 남자 의사와 결혼하는 게 좋다.'는 말을 싫도록 듣게 된다.

듣기 좋은 말도 자꾸 들으면 질리는 법인데, 은근히 자존심을 건드리는 이런 이야기를 집에서도 듣고 학교에서도 듣고 하다 보면, 귀에 못이 박히고 의사를 남편으로 맞이하지 않겠다는 오기 비슷한 감정도 갖게 된다. 남자 교수님이 말씀하시는 거야 남존여비의 구시대적 사고방식에 찌들어 버린 결과라고 무시한다고 해도, 믿었던 여자 교수님의 입에서도 "여학생들은 신랑감을 이 중에서 골라 보는 것이 좋아." 하는 식의 말이 나올 때면 예비 여의사들은 답답함을 느끼곤 한다.

'여의사의 최상의 결혼 상대자는 동료 남자 의사이고 남자 의사의 최악의 결혼 상대자는 동료 여의사이다.'라는 모순된 명제(?)가 엄연히 존재하는 가운데, 어떤 경로를 거쳐서든 실제로는 많은 의사 부부가 존재하고 있고, 그 수는 점차 늘고 있는 것처럼 보인다. 분명 '전문직 여성'이기는 하나 광고에 나오는 방송작가나 디자이너처럼 화사하게 꾸미기보다는, 혹독한 수련 과정을 밟으며 병원에서 시달리는 신혼의 여의사들, 특히 의사를 남편으로 둔 여의사들은 어떻게 살고 있을까?

처녀 시절의 여의사는 많은 야망이 있다. 훌륭한 의사가 되고 싶어 하고 전문 과목에 대해서 많은 공부도 하고 싶고, 병원에서 여의사가 아닌 '의사'로서 인정받고 싶어 한다. 실제로 의과대학의 여학생들의 평균 성적은 남학생들의 그것보다 훨씬 높은 것이 보통이며, 과에 따라 약간의 차이는 있을 수 있지만, 의사로서의 업무 수행 능력도 남자들에게 뒤지지 않는다.

하지만 결혼을 하고 나면 곧바로 '충분히 예상했던' 일들이 일어난다. 기본적인 의식주의 안정적 해결을 결혼의 중요한 목적으로 생각하는 남자들에 대한 아내로서의 '의무'를 다하기에도 상당한 제약이 따르는 것은 물론이고, 남편 의사의 이해와 도움이 없이는 아예 가정 생활 자체가 유지되지 못하는 경우도 있다.

잦은 당직 속에서 여의사는 남편의 저녁 식사를 차려 주지 못하는 날도 있고, 양복을 다려 주지 못하기도 하며 피곤할 때에는 남편에게 설거지를 부탁하기도 한다.

앞치마를 두른 남편의 자상함을 아내 의사는 한없이 '고마워'하며, 남편 의사는 중성세제의 거품 속에서 스스로를 선진적인 남성으로 자부하기에 충분히 타당한 이유를 제공받는다.

많은 남편 의사들은 말한다. 처녀 시절의 꿈을 꺾지 말라고. 집에 와서도 공부를 열심히 하고, 의국 일도 열심히 하고, 너무 집안일에 신경 쓰지 않아도 된다고.

거기에 용기를 얻은 아내 의사는 나름대로 많은 노력을 한다. 커다란 상을 사이에 두고 남편과 함께 공부도 하고 토론도 한다. 그러다 남편이 이야기한다. "커피 한잔 마실까."

아내 의사는 커피를 끓여 오고, 같이 마신다. 밤이 깊으면 남편이 또 이야기한다.

"야식 좋은 거 뭐 없을까."

인스턴트식품이라도 전자레인지에 넣을 참이면 갑자기 잘 자던 아기가 울기 시작한다. 배가 고파 우는 것일까. 아내 의사는 우유를 끓이고 아이가 잠들 때까지 토닥거려 준다. 남편이 자리에서 일어나 서성이며 묻는다.

"대신 해 줄까?"

"괜찮아, 내가 해."

아내 의사의 일은 대신 해 줄 수 있어도, 어머니 의사의 일은 얘기가 다르다. 모성애라는 이름의 더 무거운 굴레가 어머니 의사의 머리에 씌워진다.

남편이 아기를 보고 자신은 공부를 할 때, 그것은 가시방석이다. 똑같이 당직을 서더라도 아이가 부모 없는 집에 혼자 있다는 사실은 아버지 의사보다는 어머니 의사에게 훨씬 더 큰 죄의식으로 다가온다.

새벽이면 남편보다 먼저 일어나 아침을 준비하고 남편을 깨우는 것도 신혼 초 얼마간의 이야기이지 바빠서 식사를 거르는 아침이 점차 많아진다. 아주 '너그러운' 남편 의사는 아침 식사는 굳이 챙기지 말고 각자 병원에서 해결하자고 제안하지만 아내의 마음 한구석은 불편하기 짝이 없다.

아내 의사는 병원에서 혹은 동창모임에서 이야기한다. (동창모임은 남편이 당직이고 자신은 당직이 아닌 날에 열릴 때만 참석이 가능하다.) 우리 남편은 나에게만 집안일을 맡기지 않는다. 설거지도 하고 옷도 스스로 다려 입고 아기를 봐 주기도 한다. 그것은 아내 의사에게는 남편에 대한 큰 '자랑'이다.

남편 의사는 아내가 밥도 하고 빨래도 한다고 어느 자리에서도 말하지 않는다. 아내 의사가 '집안일을 열심히' 하는 것은 자랑거리가 못 되기 때문에 그런 말을 술자리에서 하는 남자는 바보 취급을 받는다.

이 글은 남편 의사들을 성토하기 위해서 쓰는 것이 아니다. 그래도 그들은 평범한 아내가 아닌 의사 아내를 만나 많은 부분을 노력하고 희생하며 살아가고 있다.

신세대 의사 부부. 그들은 나름대로 아내 의사와 남편 의사 각자의 생활을 존중하며 서로의 것을 지켜 주기 위해 노력하는 동반자이다. 예전에 비해서 맞벌이 부부가 엄청나게 많아진 요즘, 의사 부부가 겪는 어려움들이 여느 맞벌이 부부가 겪는 그것들과 특별히 다르지 않다고 생각하면 문제는 단순할 수도 있다. 맞벌이의 흔한 형태가 아니라 부부가 다 의사이기 때문에 생겨나는 골칫거리들을 오히려 같은 길을 가는 동료이기 때문에 얻을 수 있는 즐거움과 보람으로 바꾸는 것이 신세대 의사 부부들의 책임인 것이다. 선배 부부 의사들이 과거의 시대 상황 속에서 어려움을 딛고 당당히 서로를 지켜 낸 정신이 있었던 것처럼, 변화한 현재의 상황에 걸맞은 의사 부부의 전형을 만들어 낼 책임은 그들에게 있는 것이다.

비록 힘겹게 당직 날짜를 조절해 가며 겨우 일주일에 한 번 부부생활(?)을 영위하는 그들일지라도 서로를 북돋우며 훌륭한 의사가 되도록 노력하는 열정이 있고, 여성과 남성이라는 사회의 편 가르기가 여전할지라도 부부애와 동료애의 이중의 사랑으로 맺어진 끈끈한 믿음이 있는 그런 모범들이 바로 신세대 의사 부부들의 몫이기를 기원하는 마음은 곧 그들에게 거는 우리 모두의 기대라고 해도 다른 표현이 아닐 것이다.

일하는 여성이 아름다운 이유는 그 일이 화려하기 때문도 아니고, 그 일과 집안일을 모두 완벽하게 처리하는 슈퍼우먼이기 때문도 아니다. 비록 궂은일이라도 자신의 일을 열심히 하고, 때로는 설거지가 밀리기도 하여도 자신의 능력과 젊음을 낭비하지 않는 패기와 당당함이 있기 때문인 것이다.

진영이의
완쾌를 빌며

인턴 생활 중반에 접어들던 초여름.

안과에 있을 때였다. 안과는 입원 환자가 많지 않아 주로 외래에서의 업무가 많은 편이다. 외래에서의 인턴 업무는 초진 환자에 대한 주요 증상과 병력을 청취하고 시력 측정을 하는 것이다.

어느 날 20대 초반의 선반 작업을 하는 노동자가 찾아왔다. 작업 중 쇳가루가 튀어 눈에 들어간 것 같다고 했다. 그 환자의 오른쪽 눈은 그냥 보더라도 눈의 충혈이 매우 심해 보였다. 레지던트 선생님이 세극등검사^{가느다란 빛을 쏘아 안구를 검사하는 것}를 받아야 할 것 같다고 했다. 수술을 안 받을 경우 시력 상실도 가능하다고 했다. 그 노동자는 매우 난처한 표정을 지으며 수술비가 얼마나 들겠는가부터 물어 왔다. 레지던트 선생님이 안쓰러운 표정으로 30~40만 원 정도 들지 않겠느냐고 말하고는 가 버리자 그 노동자는 낙심한 표정으로 대기 의자에 쓰러지듯 주저앉았다.

그 대기석에는 두개인두종^{Craniopharyngioma}이라는 희귀한 뇌종양으로 진단받고 입원하여 방사선 및 화학요법을 받고 있는 안과 단골손님인 진영이가 엄마와 함께 앉아 있었다.

진영이는 멀리 제주도에서 올라와 적지 않은 치료비를 들여 가며 생존을 위한 투병 생활을 하는 다섯 살 먹은 아이였다. 나와는 신경외과에 있을 때부터 알고 지내던 사이라 반갑게 인사를 나눴다. 뇌종양에 걸린 아이들은 대부분 매우 예쁘다는 속설이 있는데 진영이 역시 그말이 틀림없음을 입증하듯 굉장히 잘생긴 아이였다. 왕방울만한 눈이 호수처럼 맑고 영화배우 뺨칠 만큼 잘생긴 얼굴에 솜털이 뽀송뽀송한 것이 정말 귀여운 아이였다.

한참 동안 고개를 떨구고 있던 그 노동자는 절망적인 표정으로 병원 천장을 올려다보더니 한숨을 쉬며 일어나 밖으로 나갔다. 돈 때문에 고민하던 그의 축 처진 어깨가 마음에 걸려, 나의 빠듯한 인턴 월급이라도 떼 주고 싶다는 생각을 하고 있을 때였다.

진영이 엄마가 소리 없이 곁에 다가와 방금 나간 그 청년의 자초지종을 물었다. 나의 얘기를 들은 진영이 엄마는 진영이를 내게 맡기고 쫓아 나갔다. 잠시 후 진영이 엄마랑 같이 들어오는 그 청년의 햇빛보다 더 환한 미소를 보는 순간 난 모든 것을 알았다.

나중에 전해들은 얘기로는 그 청년이 지니고 있던 10만 원에 나머지 금액을 진영이 엄마가 보태기로 하고, 빌린 돈은 나중에 그 청년의 병이 완쾌되어 다시 돈을 벌 수 있을 때 조금씩 갚아 나가기로 했다고 한다. 어떻게 그런 결심을 하게 되었느냐는 주위의 물음에 진영이 엄마는 그 청년의 성실해 보이고 진실된 눈매에 믿음이 갔다고 했다. 아무리 그렇다고 하더라도 생전 처음 보는 사람의 치료비를 몇십만 원씩 선뜻 내놓는다는 것은 말처럼 쉬운 일이 아니다. 더구나 자신의 아들이 난치병에 걸려 있는 진영이 엄마의 입장에서는 대단한 마음 씀씀이가 아닐 수 없는 일이다. 이 광경은 병원의 모든 사람을 감동시켰다.

결국 진영이 엄마의 따뜻한 마음씨 때문에 무사히 수술을 마쳐 시력을 되찾을 수 있게 된 그 청년은 다시 일터로 돌아갔고, 그동안 진영이와도 친해져 친 동기간처럼 잘 지내고 있는 모습을 심심찮게 볼 수 있었다. 진영이도 엄마의 아름다운 마음씨 덕에 하느님의 가호가 있었으면 좋으련만 예후가 그다지 좋지 않아 가슴이 아플 뿐이다.

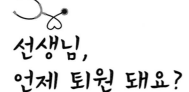

선생님,
언제 퇴원 돼요?

레지던트가 되고 숨 가쁜 3개월의 시간이 지나던 작년 5월 중순. 환자와의 면담이 끝나고 난 후, 나는 몹시 피곤한 것을 느꼈다. 하루에 두어 시간씩 자면서 살아온 것이 벌써 몇 달째인가를 생각하면 그 피곤함은 당연한 것이었다. 곧 좋아지겠지 하면서 며칠이 더 지났는데도 평소보다 심한 피곤이 계속되길래 이것이 이른바 '1년차 증후군'이구나 하면서 피식 웃고 말았었다.

그런데, 며칠이 더 지나고 나니 이젠 심호흡을 할 때마다 오른쪽 가슴 쪽에 거북함이 느껴지는 것이었다. 별거 아니겠지 하면서도 마침 시간이 나서 흉부 X선 촬영을 해 보았다. 다음 날, 손에 쥔 필름상에 활동성 늑막염이 나타나 있는 것이 아닌가. 늑막에 물이 고여 있다는 방사선과 선생님의 목소리가 갑자기 아득하게 들리면서 나는 속으로 '설마 저게 내 사진이란 말인가.', '아닐 것이다.'라고 되뇌고 있었다.

이 시점에서 아프다니, 그건 정말 말도 안 되는 소리라고 나는 생각했다. 나뿐만 아니라 누구나 병에 걸렸다고 하면 우선 부정이라는 방어기제를 써 대는 법이긴 하지만 나는 특히 그랬다. 사진이 혹시 바뀐 게 아닌가 하고 몇 번씩 확인을 하고, 그래도 모자라서 한동안 덮어 두었던 방사선과 교과서를 펼쳐 보기도 했다. 혹시 사진 찍는 동안에 기계가 잠시 고장 난 것은 아닐까? 너무 목욕을 안 했더니 땟자국이 찍힌 것은 아닌지? 말도 안 되는 가능성들이 모두 배제되고 난 후에야 나는 그것이 분명한 내 사진이라는 것을 인정할 수 있었고, 사진을 들고 내과에 있는 동기들을 찾아가야만 했다. 먼저 사진을 보여 주고 판독을 부탁하면, 무심히 형광등에 비추어 보며 '별거 아니잖아.' 하던 녀석들이 그게 내 사진이라는 걸 말한 다음에는 태도가 백팔십도로 바뀌었다.

민간인(?)들은 누가 아프다고 하면 병원에 가 보라고 하지만, 병원에 있는 사람들은 누가 아프다고 하면 집으로 가라고 하며 당직을 바꾸어 준다. 그러나, 나의 경우는 집으로 가서 하룻밤 자는 것만으로는 치유되지 않는 병이었기에 입원을 해야만 했다. 나는 며칠이나 입원해야 하느냐고 수없이 질문을 던졌지만 모두들 빙글빙글 웃기만 했다. 일이 주일 푹 쉬게 되어서 좋겠다고 축하(?)를 해 주지를 않나, 오히려 부럽다고 하지를 않나.

분명 그것은 오랜만의 휴가였으나 입원하기 위해 환자를 인계하는 내 마음은 즐거운 것보다는 왜 그런지 빨리 돌아와서 다시 이 자리에 서야 한다는 마음만이 앞섰다. 입원실을 배정받고 들어가는 데에만 하루 종일 걸렸다. 동료, 선배들이 엄청난 압력을 행사했음에도 불구하고 이렇게 입원실 구하기가 어려운 것을 보면, 종합병원에 입원하기가 하늘의 별 따기라던 환자들의 불평을 실감할 수가 있었다.

저녁이 되어서야 주치의를 볼 수 있었고, 내겐 하얀 가운 대신 푸른색 환자복이 입혀졌다. 환자복이 무척이나 얇게 느껴졌다. 흉막천자를 받고 침대에 누워서도 계속 '곧 돌아갈 수 있으리라.'는 생각만 했다. 하지만 상태가 좀 좋아지는가 싶다가도 다시 나빠지면서 입원 기간은 예상을 넘겨 계속 늘어나기만 했다.

처음에는 농담을 하던 주치의가 '곧 좋아지겠지 뭐.' 하며 안쓰러운 표정을 지을 때면 교과서에서는 그렇게 외어도 외어지지 않던 환자의 불안 상태가 그대로 내게 일어나는 것을 느낄 수 있었다. 입원 기간이 길어질수록 불안은 가중되고 별별 피해망상이 다 떠오르곤 했다. 한계를 모르고 기다리기만 해야 한다는 것, 이것이 얼마나 불안을 배가시키는 것인지 예전엔 정말 몰랐다. 답답한 마음에 학생 때 보던 원서를 펼쳐 나의 병에 관한 부분을 읽어 보기도 했지만, 그 유명한 내과 교과서에도 내가 언제 퇴원할 수 있는지는 쓰여 있지 않았다.

이런 상황이다 보니, 내가 늘 대답하기 곤란해하던 환자들의 질문인 '선생님, 언제쯤 퇴원할 수 있죠?' 하는 말을 하고 있는 나 자신을 볼 수 있었다. 그것이 얼마나 답답한 질문인가를 알면서도 말이다.

입원 기간 동안 가장 기다려지는 시간은 회진 시간이었다. 늘 하는 일로 여겨 아무 생각 없이 하던, 가끔은 한없이 귀찮게만 느껴지던 회진 시간을 막상 환자가 되어서는 얼마나 기다렸는지, 회진하러 주치의가 나타나면 나는 나 자신이 아직 잊힌 존재가 아니라는 사실을 느끼며 안도했다. 놀랍게도 그것은 희망을 가질 수 있는 유일한 기회였다. 하루 종일 검사대에 올라서거나 아니면 침대에 누워 있어야만 하는 사람 앞에 나타난 주치의의 모습이 얼마나 크게 느껴졌는지 모른다.

학생 시절에 강의를 들으며 환자들의 심리 상태는 극히 불안하며 부자유스럽고 어쩌고 하는 대목에서 '그거야 뭐, 당연히 그렇겠지.' 하고 말았던 것이, 내가 환자가 되어 보니 당연함이 아니라 절박한 몸부림임을 깨달은 것이다. 사람들이 자신의 실패에서 성공의 비결을 배운다고 하는데, 나는 나의 질병으로 인해 환자를 더 잘 이해할 수 있게 되었다고 할까.

한 달이 조금 넘는 입원 기간이 끝나고 퇴원이 결정되던 날, 기뻐 날뛰는 내 모습이란, 아마 정신과 선생님이 보았다면 조증 상태가 심각하다고 판단하고 퇴원을 다시 고려했을 것이다.

오늘 아침도 나는 회진을 위해 병동문을 들어선다. '선생님, 언제 퇴원 돼요?' 하고 물어 오는 내 환자들을 만나기 위해서다. 내가 비록 그들에게 언제 퇴원할 수 있는지를 속 시원히 말해 줄 수는 없지만, 회진 시간을 애타게 기다리며 자신이 잊혀 가는 것이 아닌가 하는 불안에 사로잡혀 있을 환자들에게 못생긴 내 얼굴을 보여 줄 수는 있기에, 이제는 회진 시간이 나에게도 기다림의 시간이 되었다.

비 올 확률
50퍼센트

언제부터인가 일기예보 방식이 바뀌었다. '한때 흐림'이라거나 '곳에 따라 비 옴'이라는 식의 예보가 애매한 표현이라서 과학적인 수치로 바꾸어 발표하기 시작한 것이라 한다. 사실 처음에는 '일기예보가 얼마나 안 맞으면 저렇게까지 속 보이는 짓을 하나.' 하는 생각을 하기도 했었지만, 생각할수록 괜찮고 부러운 방법이다.

백분율이라는 것은 판단의 근거만을 제시할 뿐 판단 자체를 유보한다는 점에서 합리적인 면이 있다. 예를 들어 비 올 확률 50퍼센트라는 일기예보를 듣고서, 누군가는 우산을 준비할 것이고, 또 다른 누군가는 비가 오지 않을 확률 50퍼센트를 믿고 예정대로 등산을 떠날 것이다. 기상대에서는 비 올 확률이 70퍼센트가 넘으면 우산을 준비하는 것이 현명한 일이라고 친절하게 안내해 주지만, 지금 당장 비가 내리지만 않으면 30퍼센트 미만의 확률을 보고 우산을 지참하지 않는 나 같은 사람도 있으니 이건 어디까지나 개인의 판단에 작은 도움을 줄 뿐이다.

병원의 전공의인 나로서는 사실 일기예보라는 것이 별 필요가 없다. 비가 오면 어떻고 눈이 오면 어떤가. 어차피 병원에서 의식주를 해결하는 전공의에게 비가 와서 특별히 못 하는 일은 없다. 아무리 날씨가 좋아도 당직을 빼먹고 야간 개장을 광고하는 공원에 갈 수 없는 것과 마찬가지로, 아무리 천둥번개가 치더라도 당직만 아니라면 뭐든지 할 수 있다. 운항만 한다고 하면 한강유람선이라도 타겠다.

그렇기는 하지만, 어쩌다 일기예보라는 것을 보면 언제나 비 올 확률을 퍼센트로 나타내는데, 적어도 나는 단 한 번도 100퍼센트라는 수치를 만나 본 적이 없다. 가뭄이 한창일 때도 비 올 확률이 10퍼센트는 되고, 장마철에도 비 올 확률이 100퍼센트는 아니다. 잘해야 90퍼센트일 뿐이다.

사람들은 거기에 대해서 아무런 불만도 갖지 않는 것 같다. 다시 말해서 기상대에다 대고 '내일, 100퍼센트 비 옴'의 예보를 기대하지는 않는 것이다. 이것이 일기예보 방식에 대해 내가 부러워하는 이유다.

병원에 오는 환자들은 하나같이 100퍼센트를 요구한다. 내가 기상학에 대해서는 전혀 아는 바가 없지만, 적어도 대기나 비구름의 움직임이라는 것이 사람의 몸만큼 복잡하고 오묘하지는 않을 것이라고 생각한다. 그런데도 사람들은 병원에만 오면 100퍼센트 확실하냐고 묻는다.

"아니 여보, 피검사랑 엑시레이랑 다 찍고도 맹장인지 아닌지 몰라요?"

"누가 모른다고 해요? 100퍼센트가 아니라고 했지요."

"그게 그거지 뭐. 내참, 기가 막혀서. 이봐, 싸게 짐 싸서 다른 병원으로 가자고. 모르면 모른다고 할 것이지, 원."

환자와 그 가족들은 기만 원의 검사비가 아깝지도 않은지, 다른 병원으로 가겠다고 한다. 이때 다른 병원에 가려면 얼마든지 가라는 식으로 보냈다가는 나중에 무슨 일이 생길지 모른다. 가는 동안 맹장이 터지기라도 하면 모든 책임은 처음 그 환자를 본 의사의 책임이므로 '자의퇴원각서'를 받아야 하는 것이다. 이미 화가 날 대로 나 있는 환자나 보호자에게 이런 제목의 '각서'를 내밀면 개XX는 보통이다. 한참 옥신각신하다가 결국 동물농장이 연출되고 나서야 손에 인주를 묻히고, 얼굴색이 그 인주색만큼이나 붉어진 채로 그들이 병원 문을 나서게 되는 것이다.

이런 일이 있으면 응급실 당직의사로서는 안타까운 심정을 금할 길이 없다. 뻔히 눈뜨고 알면서도 환자의 불신을 해소하지 못해, 치료 시간이 지연되는 것은 물론이고 다른 병원에 가서 똑같은 검사를 반복하는 낭비를 막지 못하는 것이다. 특히나 흔한 병, 잘 알려진 병일수록 환자들의 100퍼센트에 대한 집착은 커진다. 모든 일에 있어서 100퍼센트란 얼마나 힘든 일인지를 잘 알면서도 유독 병원에서만큼은 '100퍼센트 확실하냐'고 물을 만큼 의사들이 국민들의 신뢰를 받지 못하고 있다는 사실이 앞으로 평생 의사의 길을 가기로 한 젊은 의사의 마음을 무겁게 짓누르는 것이다.

아주 쉬운 예를 들어 보자. 환자가 어느 기생충에 감염된 것이 강하게 의심이 가고, 증상이나 다른 모든 검사 결과가 그럴 가능성을 뒷받침한다고 해도 대변 검사에서 기생충을 확인하기 전에는 '100퍼센트'는 불가능하다. 하지만, 열 번을 검사해도 아무것도 발견되지 않을 경우가 많다고 영어로 된 2천 페이지짜리 교과서에도 나와 있는데 어쩔 것인가. 그런 경우에 환자에게 '100퍼센트 확실하지는 않지만, 기생충약을 한번 먹어 보라.'는 식으로 얘기해서는 환자가 따를 리가 없다. "암이 아닐 확률도 20퍼센트 가량 되지만, 일단 배를 열고 들어가 봅시다."라고 말해서는 수술에 동의하지 않을 환자도 많을 것이다. 그렇지만, 수술을 하지 않아 환자의 상태가 나빠지면 그 책임도 모두 의사의 것이기 때문에 문제가 생기는 것이다.

그렇기 때문에 굳이 '100퍼센트'를 요구하는 환자를 다루는 방법에 대해서는 의사들끼리 논쟁을 벌이기도 한다.

"환자에게 곧이곧대로 말했다가는 수술승낙서를 한 건도 못 받을 것이다."

"나도 그렇게 생각했지만, 한번 큰일을 치러 봐라, 생각이 달라진다."

"아무리 그래도, 사실대로 말하는 것이 최선일 뿐이다."

환자가 사망한 뒤에 부검을 해도 정확한 병명을 알 수 없는 경우도 있는 것이 의학의 참모습이다. 현대 의학의 수준이 그 정도라고 해도 좋다. 하지만, 우리는 우리가 알고 있는 지식을 총동원하여 가장 합리적인 방향으로 치료할 뿐이고, 예기치 못한 사고의 위험을 '제로'로 만들 수 있는 유일한 방법은 의사 노릇을 그만두는 길밖에 없다. 세상에 자기가 맡은 환자가 잘못되기를 바라는 의사는 없다. 다만, 오랜 기간에 걸쳐 의사와 환자 사이에 형성되어 있는 불신의 벽이 가장 현명하고 합리적인 방법을 오히려 어렵게 만들고 있을 뿐이다.

누구의 잘잘못을 가리기 이전에, 이렇게 된 모든 책임은 의사들 스스로가 져야 한다는 주장이 젊은 의사들에 의해 제기되고 있는 것은 다행이라고 생각된다. 나부터도 '100퍼센트는 아니지만, 이것이 최선의 선택'이라고 말하는 나의 말을 환자들이 믿을 수 있게 하기 위해서는 평소에 환자에게 신뢰를 주는 일이 가장 중요할 것으로 생각한다. 신뢰의 회복이라는 것이 얼마나 거창한 일인지는 모르겠지만, 못생긴 얼굴이나마 병실에 한 번이라도 더 들이미는 일과 감미롭지는 않은 목소리지만 한마디 설명이라도 더 해 드리는 것이 나의 몫이라 생각하며, 오늘도 병실로 향한다.

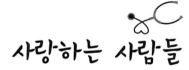

사랑하는 사람들

인턴 R은 Y를 아무리 이해하려 해도 이해할 수 없었다. 아니 충분히 이해는 하면서도 서운했다. 처음 Y가 떠나겠다는 말을 했을 때만 해도 농담인 줄로 생각했던 R은 하루가 멀다 하고 삐삐를 울려 대던 그녀의 돌연한 침묵에 착잡한 마음을 가눌 길이 없었다.

한편 Y는 자신의 행동이 순간의 감정을 절제하지 못한 데서 나온 경솔한 것이 아닌가 하는 생각을 하면서도 몇 번씩 자신의 결정이 옳은 것이었음을 스스로에게 확인시키고 있었다. 진작 그렇게 하지 못했던 것을 후회하면서도 수시로 밀려오는 그리움에 마음이 아팠다.

두 사람은 이미 5년이나 사귀어 온 사이였다. 친구들이 모두 부러워할 만큼 서로는 잘 어울리는 한 쌍이었고, 시간이 흐를수록 '언제 국수 먹여 줄 거냐?'는 질문을 던지는 사람들이 늘어 갔다.

R은 올봄에 의대를 졸업한 대학병원의 인턴이었고, R이 예과 1학년 때 고3이었던 Y는 작년에 대학을 졸업하고 지금은 어느 출판사에서 기획 일을 하고 있었다. 그들이 처음 만났을 때 Y가 R을 부르던 호칭은 '선생님'이었다. 대학 입시를 6개월 앞두고 수학을 가르치는 과외선생님과 제자의 관계로 두 사람은 처음 만났던 것이다.

과외가 효험이 있었기 때문인지는 미지수이지만 고3병으로 시들어 있던 Y는 원했던 국문과에 진학을 했고, 같은 대학생의 신분으로 R을 다시 만났을 때의 Y는 문학을 전공하는 발랄한 대학 2년생이었다. R이 본과에 진입하여 막 해부학을 공부하기 시작할 때의 일이다. 한동안 만나지 못했던 그들이 다시 만난 것은 R의 대학축제에서였다. 그 우연한 만남을 Y가 '의도' 했었는지도 모른다.

한참의 세월이 지난 다음에야 서로가 주고받은 이야기지만, Y는 처음부터 R에게 마음이 끌렸었고, R은 꽤 시간이 흐른 후에야 '여자'의 모습으로 자신의 마음속에 자리 잡고 있는 Y를 발견하고 깜짝 놀랐었다.

R과 Y는 전공은 달랐지만, 서로 통하는 점이 많았다. 의대생이면서도 문학을 좋아하고 시를 끄적인 경험이 있는 R은 Y를 통해서 늘 잊고 지내던 친구를 갑자기 만난 듯한 반가움을 느꼈었고, 삭막하리라고만 생각했던 의대생이면서도 의외로 따뜻하고 세심한 면이 있는 R에게서 Y는 인간에 대한 애정을 배울 수 있었다.

여느 대학생 커플처럼 그들은 자주 만났고, '선생님'이라는 호칭은 '오빠'로 바뀌었다. 함께 영화를 보고 한참을 토론하기도 하고, 비 오는 날이면 R의 커다란 우산은 가방 속에 접어 둔 채 Y의 작은 우산을 함께 쓰고 시내를 돌아다니기도 했다.

R이 들려주는 병원에서 일어나는 갖가지 사건들은 글을 쓰는 Y에게 많은 소재를 제공하기도 하였고, 공부에 지친 R에게는 Y의 툴툴거리는 모습까지도 힘이 되었다.

R은 약속 장소에 늦는 일이 흔했다. 의과대학이라는 것이 언제 수업이나 실습이 끝날지 아무도 예상하지 못하는 경우가 많기 때문이었다. 한두 번도 아니고 만날 때마다 30분 이상씩 늦게 허겁지겁 나타나는 R을 향해 Y가 잔소리를 해 댈 때의 R의 대응 방식은 늘 같은 것이었다.

"야, 처음 만났을 때만 해도 코 찔찔 흘리던 애가 참 많이 컸구나!"

그러면 Y는 별로 힘이 들어가지 않은 주먹으로 의대생의 평균치만큼 앞으로 튀어나온 R의 배를 쿵쿵 쳤고, 그것으로 늦은 것에 대한 징계는 끝이었다.

R이 무사히 의대를 졸업하던 날, 이미 대학을 졸업하고 직장 생활을 하고 있던 Y는 거금을 털어 축하의 선물을 했다. 외과 의사가 꿈이었던 R이 꼭 희망을 이루라는 뜻으로 특별히 주문 제작한, 금으로 된 수술용 메스의 모형이었다.

그날로부터 꼭 8개월이 지난 후, Y는 R에게 결별을 선언했다.

일이 그렇게 된 근본적인 이유는 R의 신분이 인턴이었기 때문이었다. 인턴이 병원 밖으로 나올 수 있는 시간이 일주일에 하루씩만 주어진대도 세상의 모든 인턴들이 감격해할 만큼 인턴에게 주어지는 여유는 적다. 어쩌다 오프를 받고 병원 문을 나선다 해도 대부분의 시간은 자질구레한 일을 처리하기에도 빠듯한 것이다. 이발도 해야 하고 속옷이나 양말도 좀 사야 한다. 오랜만에 집으로 가서 부모님께 자식 노릇도 해야 하고, 빨랫감도 처리해야 한다. 담배도 두어 보루쯤 사다가 저장해야 하고, 자동차가 있는 인턴이라면 병원 주차장에서 먼지가 뽀얗게 쌓인 차를 세차장으로 끌고 가는 일도 해야 한다.

당연히 학생 시절과는 비교도 안 될 만큼 서로 만날 시간이 부족하다. 연애도 좋고 사랑도 좋지만, 사람이 최소한은 자야 하고 최소한은 먹어야 하고 최소한은 입어야 한다. 곳간에서 인심 난다는 말처럼 노는 것도 힘이 있어야 가능한 것이다.

R이 인턴으로 병원이라는 이름의 감옥에 수감된 후 2개월 동안은 Y의 얼굴 한 번 보지 못했고, 그런 종류의 이별에 익숙하지 않은 두 사람은 자연 괴로울 수밖에 없었다. 가끔씩 떨어져 있어 봐야 상대방의 소중함을 알게 된다는 말이 있지만, 눈에서 멀어지면 마음도 멀어진다는 말도 있다.

R과 Y가 서로 대화하는 시간은 하루 평균 3분을 넘지 못했다. 그것도 얼굴을 마주 보고 하는 대화가 아니라 전화선을 통해 오고 가는 목소리뿐인 만남이었다. 인턴 R의 일상적인 잡일이 끝나는 시간은 아무리 빨라야 밤 열 시는 넘어서이고, 자정이 넘도록 해야 할 일이 남아 있는 경우도 비일비재하기 때문이다.

수화기를 통해 들려오는 R의 목소리는 피곤하기 그지없는, 따뜻함

보다는 아주 오래된 연인들의 '의무감'으로 가득 찬 것으로 점차 변해 갔고, 그것은 Y의 기분을 아주 조금씩이나마 상하게 했다.

세상의 어느 여자가 자신과 전화하면서 1분이라도 더 짧게 통화를 끝내고 잠자리에 들고자 하는 기색이 역력한 남자를 예뻐하리요. 전화를 끊고 나서 생각하면 오죽 피곤하면 그랬을까 하는 생각에 측은하기까지 하지만, 막상 잠자리에 들어서 생각하면 잠이 오기에 앞서 표현할 수 없는 서운함이 찾아오는 것을 어쩔 수가 없었다.

사람의 감정이라는 것이 이성과는 별개의 것이라는 말을 예전에는 미처 이해하지 못했던 Y였다. 분명히 차근차근 생각해 보면 충분히 이해가 가고도 남는 일이었지만, 마음속 저 깊은 곳에서부터 일어나는 일말의 서운함을 완전히 억누를 수는 없었다. 여자는 매일이라도 사랑한다는 말을 듣고 싶어 한다던가. 유치한 주간지에나 나오는 말인 줄 알았던 이런 얘기들이 지금의 자신의 모습으로 비치기 시작하는 게 영 마음에 들지 않았던 것이다.

Y의 서운한 마음이 R에게도 마음으로 전해졌을 때, R은 그런 Y를 충분히 이해하고 남음이 있음에도 불구하고 똑같이 서운한 감정을 느껴야만 했다. 병원을 원망한다는 것도 그럴 듯한 대응 방법이 못 되었고, R 스스로도 정말로 '어쩔 수 없이' 예전만큼의 관심을 보이지 못하는 것인데 그것에 대해 노골적으로 불만을 표시하는 Y의 태도가 철이 덜 난 아이의 그것처럼 생각되었다.

한두 달 만난 사이도 아니고 서로에 대해서 너무나 잘 알고 있는 터에, 애정이나 관심을 표현하는 방법이 꼭 많은 말을 하거나 많은 시간을 함께 보내야만 가능한 것은 아니라고 R은 생각했다. 어린아이처럼 보채는 Y의 불만 섞인 목소리가, 이제는 조금 더 성숙한 사랑을 하고 싶은 R에게는 못마땅한 일이었던 것이다.

R도 그렇고 Y도 그랬다. 서로가 머리로 생각하면 충분히 상대방을 이해할 수 있었지만, 그보다 앞서는 사람의 감정이라는 것은 훨씬 민감하게 반응하여 '이해해 줄 수 있는 일을 이해하지 못한다.'는 생각을 하게 만들었다. 하루에도 열두 번씩 '이해해야지.' 하는 생각과 '그래도 그렇지 너무하다.'는 생각이 반복되었던 것이다.

그렇게 물밑에서부터 쌓여 가던 불만이 별안간 물 위로 떠오른 것은 Y의 생일을 지나면서였다. 무슨 일이 있더라도 병원을 빠져나와 함께하기로 굳게 약속했던 Y의 생일날, R이 Y를 '바람맞힌' 것이 사건이었다. R은 그 약속을 지키기 위해 며칠을 계속 밤을 새워 당직을 서야만 했고, 너무 무리하게 강행군을 하다 보니 피로에 지칠 대로 지친 R이 약속 시간을 얼마 남겨 두지 않은 시각에 곯아떨어진 것이었다.

전후 사정이야 어찌 되었든지 자신의 생일날 세 시간씩이나 기다리다 그냥 집으로 들어간 Y는 무척이나 마음이 상했고, 더구나 그 시간에 '아무리 피곤했다고는 해도' R이 잠을 자고 있었다는 것이 더욱 Y를 실망시켰던 것이다. 측은한 마음이 들지 않은 것은 아니지만, 사랑에 빠진 사람에게는 감정이 우선이고 작은 '상징'은 중요한 것이기에 Y는 결국 '더 이상 너를 기다리지 않겠다.'는 말을 하고 만 것이었다.

두 사람이 다시 만난 것은 인턴이 거의 끝날 무렵 함박눈이 펑펑 내리던 다음 해 2월이었다. 서로의 자존심 때문에라도 먼저 다시 만나자는 말을 하지 못하고 지나간 기간은 100일을 조금 지나서 끝이 났다. R은 확실하게 오프를 받을 수 있는 날을 만들어 놓고, Y에게 전보를 쳤다. 편지를 쓸까도 했었지만, 한 번도 Y에게는 쳐 본 적이 없는 전보를 택했다.

약속 장소에는 이미 Y가 와 있었다. 눈이 많이 오는 바람에, 여유 있게 출발했던 R은 또 늦을 수밖에 없었다. 머리와 어깨에 잔뜩 눈을 묻히고 들어서는 R을 보고는 Y가 의도적으로 고개를 돌려버렸다. 몇 분 동안 서로 서먹하게 말없이 앉아 있다가 먼저 말을 꺼낸 것은 R이었다.

"너, 고3 때 어땠는 줄 아니?"

Y는 마치 울음을 터뜨리듯 피식하고 웃으면서 평소보다 훨씬 힘을 주어 R의 배를 향해 주먹을 날렸고, R은 실제로 좀 아프긴 했지만 입가에는 빙그레 미소가 흐르고 있었다.

R과 Y의 친구들은 그해 봄, 오랫동안 기다리던 국수를 먹을 수 있었다. 사랑은 느낌이다.

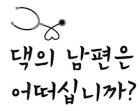

댁의 남편은
어떠십니까?

그는, 정말로 솔직히 말해서, 어머니가 의대에 가라고 해서 의대에 입학했다. 가장 고생스러웠던 본과 1학년 때에는 마마보이답게 "이 모든 고생은 엄마 때문이야."라고 징징거리기도 했고, 심각하게 휴학을 고려하기도 했었다. 당시 어머니가 그의 휴학을 극구 말리시기만 했더라면, 그는 어떻게 해서라도 학교를 1년 쉬었을 것이다. 입학도 어머니의 뜻을 따랐기에, 늦게나마 청개구리처럼 순전히 그 자신의 선택을 해 보고 싶은 마음이 있었기 때문이다. 하지만 예상과는 달리 고생하는 아들의 모습이 안쓰러웠는지, 그의 어머니는 선선히 휴학을 해도 좋다고 허락했다. 오히려 싱거워진 그는 휴학할 재미도 없어져 버렸고, 결국 어찌어찌해서 6년 만에 졸업을 하고 의사가 되었다.

고등학생도 아닌데 성적표에 석차까지 찍혀 나오지 않나, 비인간적으로 계속되는 시험 때문에 수없이 많은 밤을 지새워야 하질 않나,

그런 극심한 스트레스에 시달리던 학창 시절엔 그를 의과대학에 보낸 어머니를 원망도 많이 했다. 그럴 때면 그녀는 언젠가 나중에는 자신을 고맙게 생각하게 될 거라고 자신 있게 말씀하고는 대견스럽다는 듯이 웃는 것이었다.

임상 실습을 돌면서는 생각보다 즐거운 일들도 많았지만, 어머니가 고맙게 여겨진 적은 없었다. 그러다 인턴이 되어 본격적으로 환자들을 만나게 되면서 어머니에게 진심으로 감사하는 마음이 생겨난 것은, 그가 생각해도 이상한 일이었다. 모르긴 해도 어머니가 스스로 장담할 수 있었던 것은 안정된 직장과 높은 수입 등이 큰 이유였겠지만, 요즘은 의사들의 지위가 옛날 같지 않을뿐더러 그런 것과는 거리가 먼 인턴 신분으로도 어머니에게 감사를 느낄 수 있었던 까닭은 다른 이유가 있어서였다.

부처님께서 말씀하셨던가? 인생이란 생로병사, 희로애락이라고. 병원은 세상의 어느 곳보다도 인생의 단면들을 많이 발견하게 되는 곳이다. 잘 짜여진 허구보다 훨씬 더 감동적이고 인간적인 일들이 일어나는 곳이 병원이고, 그는 이곳에서 인생의 의미를 배우고 있는 것이다. 그런 의미에서 그는 여느 기업이나 관청과는 다른 이곳이 그의 일터임을 다행스럽게 생각하고, 어머니께 감사함을 느끼는 것이다.

그런 그가 내과 병동을 돌 때였다. 유방암으로 수술을 받았으나 전이가 되어 항암 치료를 받게 된 할머니가 있었다. 여러 해 전에 환갑을 넘긴 그 할머니의 보호자는 남편이었다. 완전한 백발과 흰 수염이 멋있는 할아버지였다. 할아버지는 아침저녁으로 항암제를 투여하러 갈 때나, 혈관이 안 좋아 정맥주사를 다른 곳에 옮겨 놓아야 할 때면, 그의 옆에 서서 테이프도 뜯어 주고 유심히 관찰하곤 했었다. 매번 하도 진지한 표정으로 열심히 들여다보시길래 그가 한마디 했다.

"할아버지, 그렇게 자꾸 쳐다보시면 제가 부담스러워서 혈관주사 잘 못 놔요."

"이봐 의사 선생, 내가 배워서 직접 해 줄 수 없을까 해서 그런 거니 너무 탓하지 말게나."

속으로는 '할아버지, 혈관주사 놓는 일이 그렇게 쉬운 줄 아세요?' 했지만, 그저 빙그레 웃고 말았었다.

그런데, 며칠을 지내면서 보니 그 할아버지가 할머니를 위하는 것이 이만저만이 아니다. 밥을 떠 주는 것은 물론이고, 혈관주사 때문에 부은 손을 찜질해 주고, 변기로 소변도 받아 낸다. 그것도, 침대가 6인실의 입구 쪽에 있어서 할머니가 소변볼 때 부끄러워하신다고 이불을 들어 가려 가면서 말이다. 할머니가 심심할까봐 돋보기안경을 쓴 채로 신문을 읽어 주는 할아버지를 보면서 여선생들과 간호사들은 '맞아, 저런 남편을 얻어야 해!' 하며 부러움 섞인 탄성을 연발했고, 같은 병실에 아내를 입원시킨 남편들은 그 할아버지와 비교되는 것을 노심초사해야만 했다.

항암 치료의 한 주기가 끝나고 나서 그 노부부는 손을 꼭 잡고 퇴원을 했고, 그의 기억 속에서 할아버지의 백발이 조금씩 지워져 가고 있던 어느 날이었다.

병동으로 할아버지가 딸로 보이는 중년 부인과 함께 급하게 찾아왔다. 할머니가 소변도 못 보고, 밑이 빠지도록 아프다는 것이었다. 담당이었던 그를 붙잡고는 원망 어린 눈초리로 쳐다보는 할아버지의 눈가에, 차츰 눈물이 차오르고 있었다.

'방광까지 전이돼서 그래요.'라는 말이 목구멍까지 올라왔다가 다시 목 안으로 기어들어 갔고, 코끝이 시큰해졌다.

몇 주 후, 그는 다른 과를 돌고 있다가 우연히 그 할머니의 소식을 들었다. 이미 세상을 떠났다고 했다. 다시 할아버지의 흰 눈썹 아래로 흐르던 눈물이 생각나서 잠시 숙연해졌다.

병원에 있다 보면, 갖가지 유형의 보호자들을 만난다. 솔직히 말해서 '저래도 되나.' 할 만큼 무심한 보호자들도 있지만, 대개는 환자들보다 더 고생이 심한 사람이 보호자들이다. 자식을 간호하는 부모나, 부모를 간호하는 자식이나, 혹은 남편을 간호하는 아내의 모습들도 감동적이기는 하지만, 아내를 극진히 간호하는 남편의 모습만큼 아름다운 것은 없다. 다른 경우가 어쩌면 당연한 것으로까지 생각되는 데 비해서 마지막 경우가 유난히 더 감동적인 이유를 그는 잘 알 수가 없다.

어쩌면 그 모습이 가장 슬퍼 보이기 때문인지도 모르고 어쩌면 다수의 남편들이 그만큼 무심하기 때문일지도 모른다. 배우자의 질병이나 사망에 대해 남편의 감정 표현이 그렇게 풍부하지 못했던, 아니 오히려 감정 표현을 하지 않는 것이 미덕이던 시절을 살아오신 우리의 부모 세대에서 그 할아버지의 눈물이 그만큼 예외적이었기 때문일지도 모른다. 솔직히 말해서 그는 아직 엄마 치맛자락에서도 겨우 갓 나온 장가 안 간 인턴이기 때문에 부부 관계에 대해서 더 모르는 점도 많을 것이다.

그는 오래전에 어느 텔레비전 프로그램에서 설문 조사 했던 것이 생각났다. 한국의 중년 여인에게 가장 슬픈 일은 자식의 죽음이고, 한국의 중년 남자에게 가장 슬픈 일은 배우자의 죽음이라고 했었다. 자식을 사랑하는 마음이 어머니가 훨씬 더 강하다는 것은 모두가 인정하는 사실이지만, 이걸 가지고 아내의 남편에 대한 사랑보다 남편의 아내에 대한 사랑이 더 강하다고 말할 수 있을까?

아직 변변한 여자 친구도 없는 그에게는 너무 어려운 인생 문제다. 병원은 삭막하기 이를 데 없는 곳이지만, 꾸밈없는 인생의 단면들이 있어서 평생의 일터로는 나쁜 곳이 아니다. 그는 이번 주말에 오프를 받을 수 있다면, 어머니께 속옷이라도 몇 장 사다 드려야겠다고 생각을 했다.

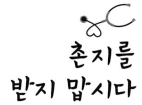

촌지를
받지 맙시다

돌려줄까, 말까! 어제 저녁 특실에 입원한 67세 남자 환자의 아들이 건네준 흰 봉투 속의 10만 원짜리 수표 세 장은 여전히 그를 괴롭히고 있다.

입원하자마자 돈을 준 의도가 검사를 빨리 하게 해 달라든지, 병원 규정을 꼭 지키지 않아도 되는 특례를 달라는 의도가 아닌지 의심스럽기도 하고, 무엇보다도 돈을 받은 이후부터는 평소 상당히 자부해 왔던 그의 친절도 돈 때문일 것이라고 생각할까봐 마음에 걸린다.

30만 원은 사실 레지던트인 N의 월급 70만 원에 비하면 적은 돈이 아니다. 늘 아랫년차들과 식사라도 한번 하고 싶었지만 주머니 사정이 허락지 않았고, 의학 도서를 구입하기에도 월급은 항상 부족했었다. 견물생심이라더니! 회진 때마다 환자의 얼굴을 똑바로 보기가 어려웠고, 병실로 돌리는 발걸음도 무겁다.

지난해 N의 친지 한 분이 우리 병원에 입원했을 때 여러모로 도움을 주신 선생님들과 간호사에게 감사의 마음을 표현할 적절한 선물을 찾느라 적잖이 마음에 부담이 되었던 것이 기억이 난다. 그냥 넘어가기도 미안하고 선물을 하자니 당장 백화점에 나갈 시간도 없어서 차일피일하다가 결국 아무런 선물을 하지 못했었다. 받을 때는 퇴원하며 건네주는 환자의 성의가 주어서 기쁘고 받아도 부담 없는 표현인 줄만 알았던 것이, 주는 입장이 되어 보니 경제적으로든 정신적으로든 부담이 됨을 알 수 있었던 기억이 자꾸 떠올랐다.

결국, 만 하루가 지나고 나서 돈을 던지다시피 환자의 침대 위에 놓아 주고 돌아 나올 때의 그 상쾌함이란! 그러고 나니 그 환자를 보기가 전혀 부담스럽지 않아 좋았고, 환자는 그 이후부터 그의 말을 더 신임하는 듯하였다.

의사 초년생이면 누구나 한 번쯤은 촌지의 유혹을 받는다. 어떤 이는 주는 촌지는 받되, 그것이 그 환자에 대한 특별한 대우로 연결되는 것은 아니므로 문제가 되지 않는다고 하기도 하고, 과에 따라서는 모아서 전체 회식이나 도서 구입 등에 쓰니까 어느 정도의 촌지는 박봉의 레지던트로서 거절하기 어렵다고도 한다.

그러나 촌지는 직접 촌지를 주고받은 의사—환자 관계뿐만 아니라 전체 의사와 환자 사이의 불신감을 조장하여 치료를 어렵게 한다. 촌지를 준 환자는 그에 부응하는 특별 대우를 기대하게 되고, 촌지를 줄 수 없는 환자들은 미안해하면서도 자기들이 부당한 대우를 받는다는 근거 없는 생각에 매달리게 되는 것이다. 또한 의사 스스로는 돈의 노예가 된 듯한 기분에 사로잡혀서 환자를 제대로 볼 수 없는 경우가 많다.

그래도 이 정도의 촌지 문제는 애교스러울 정도이고, 모 선생님의 수술을 받기 위해선 병원비 말고도 백여 만 원을 따로 준비해야 한다는 말들이 환자들 사이에서 공공연히 나도는 경우도 있다. 이러한 말들을 병실에서 나누는 환자들이 과연 의사의 바람이 자기가 진료한 환자가 건강한 모습으로 퇴원하는 것이라는 이야기를 진심으로 받아들일 수 있을까 의심스럽다.

우리는 참교육을 실천하기 위해 모든 촌지를 거부하는 선생님들의 모습에서 어두운 사회를 비춰 주는 어떤 빛을 본다. 그리고 언론사 기자들이 촌지 문제를 거론할 때면 그 기자들이 쓴 모든 기사에 대해 의심을 갖게 된다.

우리들이 무심코 받게 되는 촌지가 치료의 가장 기본이 되는 의사—환자 관계를 무너뜨리고 병원 내에서까지 환자들이 빈부의 격차를 느껴야 한다면, 그냥 받아서 조금 유용한 정도가 아닐 것이다.

"의사들은 촌지를 주어도 받지 않더라."

이 조그마한 경험이 '허가받은 도둑놈, 의사'에서 '봉사하는 의사, 깨끗한 의사'로 인식이 바뀌기 시작하는 작은 계기를 사람들에게 마련해 줄 수 있지 않을까.

이제부터는 촌지를 받지 맙시다. 퇴원하는 환자의 아주 작은 선물이라도 촌지를 받지 않는 기풍을 만들 때까지 모든 촌지를 거절해 봅시다.

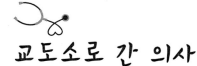

교도소로 간 의사

굵은 철장으로 만들어진 정문을 통과하니 크고 높다란 벽이 나를 맞는다. 이 벽의 한 부분이 또 하나의 문인데 안에서 열어 주어야만 열린다. 조금 더 걸어 들어가면 보안과 건물이 있고, 그 건물 안으로 들어가기 위해서는 다시 철문을 통과해야만 한다. 음침한 분위기의 복도를 따라서 조금 더 걸으면, 다시 굳게 닫힌 철문이 나타나고, 그 문 옆에는 교도경비대가 서 있다. 그들이 '충성' 하는 구호를 외치며 경례를 하고 문을 열어 준다. 여기서부터는 재소자들과 만날 수 있는 지역이다. 푸른 죄수복을 입은 재소자들이 이상한 눈빛으로 쳐다보는 것이 어색하기도 하고 약간은 겁이 나기도 한다.

쭉 이어진 복도는 정확히 그 간격은 모르겠지만, 대략 30미터 정도마다 철장문이 있고 모두 경비교도대가 지키고 있어 이들이 열어 주도록 되어 있다. 외정문, 내정문, 보안과 건물에 이어진 문, 겹겹

이 있는 문을 통과해서 한 10분을 걸어 들어가면 드디어 의무과에 당도한다.

공중보건의로서의 첫 부임지로 교도소 의무과를 배정받은 나의 첫날 일과는 이렇게 많은 문들을 통과하는 데서 시작되었다. 의무과의 직원은 주임과 교사, 교도 등의 정복직원 세 사람과 간호사가 전부이다. 거기에 공보의가 하나 있고, 위촉의인 의무과장이 있다. 그리고 재소자 중에서 죄질이 괜찮은 사람을 골라 의무과 일을 돕게 하는 '간병'이 있다.

약간은 얼떨떨해 있는 나에게 교도소의 직원들이 도움을 준답시고 해 주는 말들은 오히려 나를 더 긴장되게 했다. 가장 주의해야 할 일은 재소자와의 불상사라는 것이다. 그렇지만, 며칠이 지나자 이런 것들은 별 문제가 아니라는 사실을 깨달았다. 교도소도 사람이 사는 곳이었고, 특별히 이상한 곳이 아니었기 때문이다.

교도소에 근무하는 공보의의 하루 일과는 대개 비슷하다. 출근을 해서 한 시간 정도는 커피를 마시고 신문을 읽고 하는 일을 한다. 출근하자마자 휴식 시간을 갖는 것이 스스로 미안한 마음이 들면 진료기록부를 뒤적이거나 약국에 있는 약들을 점검하고 새로 필요한 약들의 목록을 만들기도 한다.

10시쯤 되면 사방 순회 진료를 나간다. 출력 나온 재소자들의 공장을 일주일 단위로 계획을 짜서 진료하러 나가는 것이다. 순회 진료를 돌고 나면 11시가 조금 넘고, 잠시 쉬었다가 점심을 먹는다. 오후에는 복잡한 절차를 거쳐 의무과까지 온 환자 몇 명을 진료한다. 환자가 없으면 책을 읽거나, 졸거나, 직원들과 이런저런 이야기를 나누다가 적당한 시간이 되면 퇴근한다. 업무상으로는 특별한 일이 생길 구석이 거의 없다.

교도소 안에는 물론이고 밖으로 나온다고 해도 낯선 도시이니 이야기 상대가 없는 것이 제일 견디기 어려운 점이다. 가장 많은 이야기를 나누게 되는 사람은 당연히 교도관들이다. 교도관들의 근무 여건은 너무나 열악한 편이어서 스스로의 처지가 재소자들과 다를 바가 없다고 자조적으로 말하는 교도관의 심정을 어느 정도 이해할 수 있었다. 직업을 물으면 자신 있게 교도관이라고 말하지 못하고 늘 머뭇거리게 된다고 했다. 어떤 직업이나 만만한 것은 아니겠지만, 자신의 직업에 보람과 자신감을 느끼지 못하는 것이 얼마나 불행한 일인지 모른다.

이야기를 나눌 수 있는 재소자는 '간병' 말고는 '소지'라고 부르는 독보가 가능한 몇몇 재소자들뿐이다. 이들을 통해서 교도소의 정복 직원들에게는 들을 수 없는 재소자들의 세계에 관한 이야기를 듣게 된다. 직원들의 말과는 주로 상반된 이야기가 많아서 약간의 혼란이 생기기도 하지만, 재소자들의 처지가 상상 외로 나쁜 것은 쉽게 알 수 있었다.

교도소 환자들을 진료하는 데 있어 어려움은 크게 두 가지인데, 그 첫째는 소위 꾀병 환자들의 분별이다. 재소자들에게 의무과에 한 번

오는 일은 산뜻한 외출과도 같아서 꾀병 환자가 많은 것이다. 이런 꾀병 환자들을 식별하기 위해서 사용하는 직원들의 방법도 교도소식이다. 정말 아픈 거냐고 윽박지르거나, 만일 의사가 진찰하고 나서 괜찮다고 하면 가만두지 않겠다는 협박은 그래도 양호한 편이다. 물론 전부 그런 것은 아니지만, 어떤 때는 내가 보기에 꾀병 같은 생각이 들어도 재소자를 위해서 간단한 처방을 해 주기도 한다. 그럴 때는 재소자의 귀에다 이번 한 번뿐이라고 근엄하게 이야기하는 것을 빠뜨리면 안 된다. 꾀병 환자가 너무 많아지면 곤란하기 때문이다.

재소자들이 꾀병을 부리는 일이야 어떻게 보면 인간적이고, 그렇게라도 철창 밖에 나오고 싶어 하는 마음을 나중에 출소한 뒤에도 잊지 말아서 다시는 이런 곳에 들어오지 않았으면 하는 마음이 들기도 한다.

교도소 진료의 두 번째 어려움은 '진짜' 중환자가 발생했을 때 외부 병원으로 이송되기가 어렵다는 것이다. 시설도 시설이려니와 근무하고 있는 의사의 수준도 수준이라서, 급성맹장염 환자만 생겨도 이곳에서는 중환자지만, 행정절차 때문에 밖으로 나가기까지 많은 시간을 허비해야 하는 것이 안타까운 일이다. 예전에 한번은 급성맹장염인 환자가 복막염이 되도록 꾀병 판정에 시간을 보내고, 서류들에 도장 찍는 일로 한참을 보낸 적도 있다고 한다.

일반인들은 내가 교도소에 있다고 소개를 하면 잠시 의아해하다가, 사정을 알고 나면 마치 내가 이상한 나라에서 오기라도 한 것처럼 호기심 어린 눈으로 이것저것 물어보곤 한다. 하지만, 교도소도 교도소 나름대로의 법과 질서에 의해 움직이는 하나의 사회일 뿐이다. 방장의 권력, 재소자 간의 서열, 물품을 조달하는 방식, 조직 간 관계 등의 내부 관계뿐만 아니라 하루 운동 시간 30분과 공장에서 일하는 출력 시간, 오후 다섯 시부터 다음 날 아침 일곱 시까지의 사방 생활을 운영하는 재소자들대로의 다양한 생활 경영이 있는 곳이다. 사람들의 자유가 제약을 받는 다는 것 외에는 특별히 이상한 것이 없다.

이런 기관에서 한 명 있는 공보의는 가장 이질적인 존재이다. 한시적이기도 하고, 공감대를 이룰 무언가를 찾으려 해도 그럴 만한 여지가 별로 없다. '큰집'이라고 불리는 그 그늘진 구역에서 한 젊은 공보의는 우리 세계가 닫아 놓은 추방된 자들의 세상을 들여다볼 뿐이다. 그리고 그들 중의 부상당한 일원을 조금 도와주는 역할 이상도 이하도 아니다. 그들과 오래 생활을 같이 한 의무과 직원들이 오히려 그들에게 더 도움을 많이 준다고 해도 과히 틀린 말은 아니다.

하지만, 몇 달을 지내면서 열심히 찾아보니, 아무리 알량하다고는 해도 그래도 의사로서 내가 해야 할 일을 발견할 수 있었다. 그것은 진료 중 될 수 있으면 재소자들과 많은 대화를 하는 일이었다. 바깥세상의 병원에서도 환자들이 가장 원하는 의사는 많은 이야기를 해 주는 의사라는 것이 통념인데, 갇힌 몸으로서야 얼마나 많은 고민들이 있을 것인가. 꼭 질병과 관련된 것이 아니더라도 많은 이야기를 나누도록 노력했고, 재소자들은 자신의 어려움을 들어 준 새파란 의사의 따뜻한 말 한마디에 눈물을 글썽이기도 했다.

한번은 이상한 환자가 있었다. 50대 아저씨였는데, 갑작스레 배가 불러 온 것이다. 복수가 찬 것 같지도 않았고, 장폐색도 아닌 것 같았다. 직원들은 꾀병이라고 우겼지만, 내가 보기에는 분명히 무언가 이상이 생긴 것이었고, 결국 강력히 우겨서 밖에 있는 모 종합병원의 내과 진료를 받도록 했다. 진단 결과는 신경성 장운동장애였다. '신경성'이라는 것이 참으로 애매한 말이라서 직원들은 거 보라며 그를 환자 취급도 하지 않으려 했지만, 직원들을 내보내고 개인 면담을 해 보니 집안에 문제가 생겨서 심한 스트레스를 받고 있는 환자였다.

정신과 공부를 열심히 하지도 않았던 내가, 꼬박 사흘 동안 진땀을 흘리며 그 환자의 모든 이야기를 들어 주고, 나름대로 열심히 설명을 했다. 신경성도 병이지만 마음의 안정을 찾으면 낫는다고 안심을 시키려는 나의 노력이 효과가 있었는지 불러 왔던 배가 정상으로 돌아왔고, 나는 태어나서 처음으로 '은인'이라는 말을 들었다. 환자들에게 진정으로 필요한 것은 무엇인지, 의사가 꼭 해야 할 일이 무엇인지에 대해서 많은 것을 생각하고 배울 수 있는 계기였다.

나는 교도소에서 1년을 보내고 다른 보건지소로 자리를 옮겼지만, 돌이켜 생각해 보면 내가 그들에게 해 준 것보다는 내가 그들에게서 배운 것이 더 많은 시간이었다.

병동에서
바라본 세상

꼬치꼬치 묻기를
잘하는 사람들

– 어느 내과 의사의 세상 읽기

맥 하나만 짚어 보고도 천하의 모든 병을 알아맞히는 것이 우리가 알고 있고 일반 국민들이 생각하는 전통적인 명의의 모습이라고 한다면, 현대의 내과 의사는 단 한 가지를 물어보고도 병에 대한 '인상'과 '예후'를 짐작할 수 있는 사람들이다. 요즈음은 각종 첨단 진단기기가 발달해서 이전에는 엄두도 내지 못했던 인간 육신의 깊은 곳까지 속속들이 파헤쳐 알게 되었지만 그래도 환자를 제 갈 길로 찾아 이끄는 것은 의사의 경험과 판단력이다. 검사 방법이 너무 예민해진 탓에 오히려 고생을 많이 하게 되는 경우가 병원에서는 왕왕 있다. 아무런 문제가 되지 않을 신체적 '이상'이 발견되어 환자의 주요한 문제와는 상관없이 의사들의 관심과 호기심을 자극하여 환자가 전혀 딴 길로 가게 되는 경우도 없다고는 못한다. 그래서 초년의 의사들에게 대부분의 경험 많은 의사들이 강조하는 것은 철저한 병력 청취다. 환자가 언제부터 아팠으며 어떻게 아팠는지를 알아내는 것만으로 병의 90퍼센트는 이미 알고 들어간다는 것이다.

  중년의 어느 부인이 주기적으로 붓는다는 증상을 호소하여 병원에 입원했다. 물론 외래에 처음 왔을 때 시행한 검사는 모두 정상이었다. 당뇨병이 있었지만 정도가 경미하였고 합병증에 의해 콩팥이 나빠져 있는 상태도 아니었다. 흔히 생각할 수 있는 신체적 원인이 있을 가능성은 거의 없었다. 그런데 이 중년 부인이 붓는 이유는 아주 단순한 데 있었다.
  부인의 고민은 1년여 전부터 살이 찌는 것이었다. 큰아들을 힘겹게 대학에 보낸 것까지는 좋았으나 남편이 가끔 바람을 피우고 돌아다니는 것이 말도 못 할 불만이었다. 불만이 쌓이다 보면 대개의 사람들이 자신도 모르게 많이 먹는 것으로 해소하는 경우가 많은데 이 부인도 그러한 경우였다. 몸매가 뒤틀어지면서 이 부인은 살을 빼야 된다는 결심을 하게 되었고, 그렇게 시작한 에어로빅은 그러나 실망만 안겨 주었다. 딸내미뻘 되는 아이들의 늘씬한 몸매를 보고 있자면 날로 처지기만 하는 아랫배의 군살이 한없이 원망스러울 뿐이었다. 처녀 때의 매력적인 몸매를 떠올리며 한탄해 본들 뚜렷한 수가 없었던 것이다. 그래서 시작한 것이 살 빼는 약이었다. 오래 먹으면 부작용이 있다고 하여 가끔 복용하였는데 놀랍게도 효과가 좋았다. 그런데 이때부터 주기적으로 붓기 시작한 것이다.
  '부으면 콩팥이 문제라는데.'

이 부인은 그만한 나이에 흔히 가질 수 있는 건강에 대한 불길한 생각을 떨쳐 버릴 수 없었고 이렇게 병원을 찾아오게 된 것이다.

여기서 유능한 내과 의사라면 이 부인이 자주 붓는 이유가 장기 복용해 온 이뇨제 때문이라는 것을 금세 알아차릴 수 있다. 그러나 이러한 사실을 알지 못했다면 환자는 상당한 고생을 했을 것이다. 알려진 어떤 종류의 콩팥병에도 딱 들어맞는 것을 찾기는 하늘의 별 따기만큼 어려웠을 테니까 말이다.

이와 비슷한 경우는 젊은 여자들에게서 나타나는 무월경증이다. 젊고 매력적인 여성이 이유를 알 수 없이 월경이 없어졌다고 찾아왔을 때, 물론 제일 먼저 감별·진단해야 할 것은 임신이지만, 조심스럽게 물어보아야 할 것은 역시 이 중년 부인처럼 열심히 살을 빼고 있지는 않았는지 하는 것이다. 특히 결혼을 앞둔 여성이라면 예민해진 신경 탓에 저절로 살이 빠지기도 하지만, 일생에 한 번뿐일 결혼식에 맵시 있는 몸매로 나타나기 위해 살을 빼야 하는 일이 당연한 것으로 여겨지고 있기 때문이다.

내과 의사는 꼬치꼬치 캐묻는 일을 너무도 당연한 자신의 의무로 생각하는 사람이다. 그러나 다른 과의 의사들이 보면 내과 의사란 퍽이나 느긋한 사람들로 보인다. 밤을 새워 수술을 하는 것도 아니고 최첨단 기계에서 뽑아내는 가지가지 사진들을 해석하여 읽어 내는 것도 아닌, 이들 내과 의사들이 하는 일이란 대개의 경우 아침저녁으로 회진을 돌며 환자들과 몇 마디 주고받는 것이 일의 전부인 것처럼 보이니 말이다. 그리고 그들이 가진 진단 도구라고 해야 청진기뿐인데 잘도 환자를 돌보는 것이다. 내과 의사도 물론 여러 가지 시술을 하지만 끼니를 굶고 대소변도 참아 가며 열두 시간씩 걸려서 하는 수술에 비길 바는 아닌 것이다. 그런데 이 내과 의사들이 참으로 고민하며 대부분의 시간을 써먹는 일이 바로 꼬치꼬치 캐묻는 일이다. 언제부터 증상이 시작되었느냐, 혹시 이런 증세는 없었느냐, 담배를 피우느냐, 담배를 피웠으면 하루에 몇 개비나 피우느냐, 생리는 하느냐, 겨드랑이나 사타구니에 혹시 털이 다 빠져 나가지는 않았느냐, 직업은 무어냐 같은 것들이다. 아침에 발기는 되느냐, 부부생활은 되느냐와 같은 질문에 이르러서는 더러 민망해하는 환자들이 있을 정도로 내과 의사들은 참으로 많은 것을 물어본다. 처음 병원에 입원하는 환자들 중에는 귀찮을 정도로 집요하게 물어보는 의사에 대해 신경질을 부리는 경우가 종종 있다. 우리나라 환자들 중에는 반(半)의사가 되어 있는 환자들이 꽤 많다. 여기저기서 주워듣거나 이런저런 책들에서 본 지식을 가지고 내 병은 내가 안다는 식으로 처신하는 것이다. 그런 환자들에게 시시콜콜한 것까지 물어보는 의사란 참으로 딱해 보이기까지 하는 것이다. 듣기로는 40만 원짜리 첨단 영상 진단 장비가 있다는데 그것 하나 찍어 주었으면 하는 것이 바람이고, 그 검사 하나면 다 될 텐데 하는 심사를 가진 환자에게 자신이 푸줏간에서 고기 써는 일을 하는 것이 무슨 상관이 있겠느냐 하는 심보다. 그러나 아무런 상관이 없어 보이는 그런 자질구레한 사실들이 진단에 결정적인 역할을 할 때가 많다.

이런 환자가 있었다. 감염성 심내막염이라는 병이 있다. 쉽게 말해 이 병은 심장에 세균감염이 생긴 것으로 그냥 놔두면 심장 기능에 이상을 초래하여 몹시 숨이 차게 될 뿐만 아니라 생명까지 위험해지는 병이다. 문제의 환자는 이상하게도 심장의 오른쪽 심실에 이 병이 와 있었다. 대개의 심내막염은 판막에 이상이 있거나 좌심실과 우심실을 나누는 심실중격에 구멍이 나 있게 마련이다. 마약이 남용되는 미국에서라면 정맥주사를 많이 놓는 경우에 이렇게 우측 심장에 병이 생길 수도 있지만, 도대체 그런 증거라고는 눈을 씻고 찾으려야 찾을 수가 없는 것이었다. 그런데 이 환자의 한쪽 손에 조그만 상처가 나 있었다. 하는 일을 물어보니 수산시장에서 생선을 만진다고 했다. 얼마 전에 생선을 다듬다가 실수로 다쳤다는 것이었다. 뭐 그게 대수겠느냐 하며 환자는 시큰둥한 표정을 지었지만, 그 순간 내과 의사는 입가에 미소를 흘리며 진단을 붙이고 있었다. 이 환자의 병은 흔하게 볼 수 있는 것이 아니지만, 이렇게 고기나 생선을 다루는 사람에게서 가끔 생기는 것으로 알려져 있다. 그 환자가 완치되어 가벼운 걸음으로 병원 문을 나서게 된 것은 물론이다.

그러나 이러한 '실력'은 어느 날 갑자기 얻어지는 것은 아니다. 한 가지를 묻기 위해서 백 가지를 공부해야 한다고 해도 그리 틀린 말은 아니다. 그래서 내과 의사들은 바쁘다. 이 병실 저 병실 쉴 새 없이 들락거리는 내과 의사가 하는 일이 고작 밥은 먹었느냐, 똥은 쌌느냐, 잠은 잘 자고 있느냐와 같은 문안인사에나 어울릴 만한 것일지라도, 그 '사소해 보이는' 질문들은 온갖 검사를 하고 있는 것과 마찬가지이다.

갓 의사가 된 사람들은 나이 지긋한, 경험 많은 의사가 겨우 '대변 봤느냐.' 하는 것만 묻고 병실에서 돌아서 나올 때 의아해하지 않을 수 없다. 환자를 제대로 파악하지 못하고 있는 것은 아닌가 하는 당돌한 의구심을 품기까지 하는 것이다. 그러나 솜털이 보송보송한 이 신출내기 의사도 얼마 안 있어 대변봤느냐 하는 것만 묻게 된 자신을 발견하게 된다. 백 가지를 공부한 탓이다.

이렇게 병력을 자세히 아는 것도 중요하지만 신체검사를 잘하는 것도 내과 의사가 갖추어야 할 중요한 '기술' 중의 하나이다.

우리나라에서 흔히 보는 원인을 잘 알 수 없는 고열을 동반하는 질환 중에는 진드기에 의해 발생하는 쭈쭈가무시라는 병이 있다. 이 병은 진드기에 물린 자리에 특징적인 피부 병변이 생기는데 이 피부 병변은 아무 데나 생기기 때문에 환자를 팬티 하나 입히지 않고 벗겨 놓은 채 검사하는 것이 중요한 신체검사 요령이다. 대개의 초심자들은 이러한 사항을 모르거나 귀찮아서, 혹은 환자가 싫어서 빼놓기 때문에 진단이 늦어지는 경우가 많다. 그런데 이 병은 진단만 되면 이틀 이내에 열을 떨어뜨릴 수 있고 환자의 거의 모든 증상을 호전시킬 수 있으므로 평범한 의사를 '명의'로 만들어 주는 대표적인 질환 중의 하나이다.

이와 비슷한 예로 혈관이 좁아지는 병이 있는데 이 병은 대동맥에서 나가는 혈관들의 일부가 좁아져서 양팔에서 잰 혈압이 차이를 보이는 것이 특징으로 되어 있다. 그런데 이 병은 여러 가지 전신 증상이 동반되기 때문에 흔히들 이러한 전신 증상에 현혹되어 여기에 매달리다 보면 진단을 못 내리게 되기 일쑤이다. 몇 개월 동안 이 병원 저 병원을 전전하는 환자를, 어느 젊은 의사가 단순히 혈압을 양쪽 팔에서 재어 본 것만으로 진단을 붙일 수 있었다는 일화는 의사들 사이에서는 널리 알려진 이야기이다.

따라서 내과 의사들은 이것저것 묻기를 좋아하는 사람들이고 또 그렇게 훈련받은 사람들이다. 시시콜콜한 것까지 묻는 내과 의사를 만난다면 일단은 의사를 잘 만난 것이라는 생각을 해도 좋다.

앞에서도 말했지만 환자들 중에는 최신의 검사 방법이라면 뭐든지 해결해 줄 것이라는 맹목적인 신념을 갖고 있는 경우가 많다. 몇 십만 원짜리 검사를 했는데 당연히 무엇인가 해결이 되어야 한다는 생각은 의학에서는 금물이다. 자동판매기라면 모르겠지만. 아무리 좋은 검사도 그것을 개개의 환자에게 맞추어 생각하지 못한다면 그림의 떡이다. 아무런 검사 없이 내과 의사는 '꼬치꼬치 캐어 물음'으로써 환자를 충분히 만족시켜 줄 수 있다. 그것 또한 내과 의사의 자부심이다.

지금 환자이거나 장래 환자가 될지도 모르는 독자 여러분들께 말하고 싶다. 귀찮을 정도로 많이 물어보는 내과 의사를 만난다면 '좋은 의사를 만났구나.' 하고 생각하라고.

칼잡이, 술, 그리고 자존심

- 어느 외과 의사의 세상 읽기

피가 솟는다. 메쩬바움^{장기를 자를 때 쓰는 수술용 가위 이름}이 실핏줄을 자른 모양이다. 엉겁결에 움찔 몸을 뒤로 뺀다. 나의 미동이 집도하고 있는 스태프 선생의 신경을 거슬리게 했는지 슬쩍 눈을 들어 째려본다. 수술실에서 급작스러운 몸동작은 금기이기 때문이다.

나는 피가 솟을 때면 등줄기를 흐르는 야릇한 희열이 느껴진다. 그것은 하나의 충동을 일으키기 때문이다. 외과 의사가 피를 흘리는 것을 무서워한다면 수술실은 공포의 대상이 될 것이다.

수술실에 들어서면 나는 마치 어머니 자궁 속으로 들어온 듯 아늑함을 느낀다. 그러나 채 다섯 평이 안 되는 공간을 꽉 채운 것은 끝없는 긴장과 전투와 아우성이다. 물론 그 아우성은 오직 칼을 잡은 집도의의 목소리로만 표현되지만. (수술실에서는 집도의만이 이야기할 수 있도록 되어 있다. 아주 예외적인 경우에만 보조하는 다른 의사들이 말을 할 수 있다.)

203

나는 이러한 수술실의 풍경이 아름다웠다. 손가락이 위아래로 움직이면서 꽂아 넣는 타이^{Tie: 실로 혈관이나 장기를 묶는 매듭}가 하나의 예술로 느껴지지 않았다면 나는 굳이 힘들다는 일반외과를 선택하지 않았을 것이다. 단 2분의 1초 동안도 정신을 놓을 수 없는 그 치열한 긴장 또한 아름다웠다. 그래서 수술실은 100미터 단거리 경주를 연상시킨다. 가끔 400미터나 3천 미터 달리기가 되기도 하지만.

외과는 수술실에서 모든 것이 결판난다. 수술을 준비하는 과정이나 수술 후의 경과를 제대로 관리하는 것 역시 매우 중요하나 이는 달리기에 들어가기 전의 워밍업이나 경주 후의 체력 관리와 비슷한 비중을 가질 뿐이다. 예를 들어 암환자를 수술할 때, 종양 덩어리와 주변 임파선을 떼 낼 수 있는 만큼밖에 들어내지 못했어도 그 다음의 항암 치료는 더 이상 외과 의사들의 영역이 아닌 것이다. 이 '전부 아니면 무無'의 법칙이 외과 의사를 외과 의사답게 하는 기질적 바탕이다. 나는 이 외과 의사의 명쾌함을 좋아한다. 그래서 이럴 수도 있고 저럴 수도 있는 상황에서 하나를 선택해야만 다음 단계로 진행되는 수술의 현장은 우리를 항상 긴장시킨다. 한번 잘린 혈관은 다시 이을 수 없기에.

사실 사람들에게 일반외과라고 하면 도통 개념이 잡히지 않는 모양이다. 늦은 나이에 아직 장가를 못 간 탓에 부모님의 성화에 못 이겨 선보는 자리라도 나갈 때면 일반외과는 뭐고 정형외과니 성형외과니 하는 것은 어떻게 다른 거냐는 질문을 항상 받으니 말이다.

그럴 때면 그냥 쉽게 하는 이야기가 일반외과는 똥과 가장 친숙한 과라고 대답한다. 일반외과에서 다루는 질병 중의 대부분이 사람의 창자, 즉 위장을 다루는 것이기 때문이다. 장폐색증으로 응급실에 실려 온 환자의 응급수술이라도 들어가면 소장과 대장은 온통 배설되지 못한 똥으로 가득 차 있다. 장이 터져 복막염 증세를 동반해 있는 경우라면 더욱이 수술실은 똥 냄새로 가득하다.

오늘도 수술실은 온통 똥으로 뒤범벅이다. 장이 터져 버린 환자의 배 속은 완전히 떡이 되어 형체를 알아볼 수 없을 정도이다. 이 지경에 이르도록 집에서 끙끙 앓다 온 환자가 미련스럽게 느껴진다. 하지만 이제 나에게 똥은 너무도 친숙한 인체의 일부다. 인턴 시절 일반외과를 돌 때 관장을 하기 위해 환자의 항문을 벌리고 관을 쑤셔 넣는 일이 제일 끔찍하게 느껴졌지만 이제는 항문을 들여다보는 일보다 더욱 친숙해진 것이다.

일반외과는 소위 오장육부를 주로 다룬다. 배 속이 주요한 영역인 것이다. 원래 외과^{Surgery}라는 학문은 현대에 들어와 각 영역이 전문화되어 분지를 내기 전에는 내과^{Medicine}와 함께 의학의 유이^{唯二}한 분야였다. 하지만 뼈와 근육을 다루는 정형외과가 팔, 다리를 가져가고 중추신경계를 다루는 신경외과가 머리와 척추를 가져가고 심장과 폐를 포함하여 흉곽 안을 다루는 흉부외과가 가슴팍을 가져가고 피부를 다루는 성형외과마저 분리해 나간 뒤 일반외과는 나머지를 차지하였다. 물론 종기를 째는 일이나 어디에도 속하지 않는 유방이나 갑상선도 일반외과의 몫이다.

하지만 일반외과는 병원에서 근무하는 모든 의사가 인정하듯 병원 안의 '해결사'다. 환자의 전신적 상태가 위급해져 수술을 해야 할 때 일반외과를 거쳐 가지 않는 환자는 드물기 때문이기도 하지만 응급 수술의 거의 태반은 일반외과 의사들의 몫이기 때문이다. 하지만 이 일반외과는 최근 우리나라에서 가장 인기가 없는 과목으로 전락해 버렸다. 소위 3D 현상의 여파와 낮은 의료 수가 때문에 근래에는 웬만한 소신파가 아니면 선뜻 지원하지 않는다.

그러나 나는 이 어렵고 더럽고 위험한 직종을 즐기고 있다. 사실 어느 과라고 레지던트가 편할까마는 아랫다리에 몰린 피가 뒤꿈치 감각을 마비시킬 만큼 열 시간이 넘게 꼿꼿한 자세를 유지하는 것이 익숙해질 때면 우리는 숙취조차 수술실에서 땀을 흘리는 것으로 푸는 방법을 이미 터득하게 된다.

그래서 일반외과 의사들은 스스로의 이니셜인 GS$^{General Surgery}$를 Great Surgery라 부르며 특별한 자부심을 가지고 있다. 수련 과정에서도 흉부외과나 성형외과는 최소 몇 개월 이상을 일반외과로 파견되어 외과 일반을 반드시 수련받아야 한다.

오늘 수술이 끝나고 회진을 마치고 나면 우리들은 분명히 술을 마시러 나갈 것이다. 화장실에서 자신의 변 냄새에조차 비위를 상할 만큼 난리굿 판을 벌이고 난 날이면 우리들은 그 냄새를 독한 술로 지운다. 창자를 전기 칼날로 지져 댈 때 피어나는 냄새가 곱창에 소주를 떠올린다고 껄껄거릴 수 있는 여유는, 사실은 수술에 부과되는 스트레스에 대한 자기방어에 다름 아니다.

　이놈의 술은 우리 외과 의사들에게는 하나의 상징이 되어 버렸다. 술을 잘 못 마시거나 술을 즐기지 않는 외과 의사는 무척 드물다. 그 술은 외과의 미학美學과 닮아 있다. 화통함과 팀워크를 생명으로 하는 외과 의사에게 술을 먹는 행위는 유사한 집단적 경험을 병원 밖에서 제공하기 때문일까?

　원래 외과 의사들은 의학이라는 학문적 영역이 근대에 수립되기 이전에는 사실상 이발사Barber와 동종의 직업이었다. 고름을 째고 사혈瀉血을 하는 이발사로부터 외과가 독립해서 내과와 대등한 위치에 서기까지는 16세기의 해부학의 발달, 18세기의 병리학과 실험의 뒷받침, 그리고 20세기 마취와 무균처리 개념의 발전이 없이는 불가능했다. 지금도 이발소 앞에 빙글빙글 돌아가는 청, 홍, 백의 상징은 동맥, 정맥, 붕대를 뜻했던 것이다.

　내과가 이론Theory을 뜻하고 외과가 치료Cure를 뜻했던 100년 전의 이야기는 누구나 분자생물학을 가장 첨단의 의학적 기초로 삼아야 하는 현대 의학에서 별 특별한 구분점을 지니고 있지 않지만, 아직도 우리 외과 의사Surgeon들은 내과 의사Physician와는 다른 정서와 세계관을 가지고 있는 듯하다. 이론적으로 유식하기로야 내과 의사를 따라갈 수 없는 외과 의사들은 무식한 칼잡이로 불리지만, 이 칼잡이의 세계는 자신의 독자적인 자질과 미덕Merit and Virtue을 지니고 있다.

　마치 무협지에서 중원을 헤매는 고수들의 세계만큼 그 자질과 미덕은 끝이 없다. 나는 끝없는 수기手技의 반복과 기초 이론의 체화를 소림사에 입문한 동자승만큼이나 진지하게 받아들인다. 지금의 레지던트 수련 과정은 그 동자승의 마당 쓸기이다. 전문의를 따고 나간 선배들은 강호에서 숱한 대련을 통해 또 다른 내공을 연마하고 있는 협객들일 것이다.

칼잡이의 세계는 그래서 자신의 역사와 전통이 있다. 그리고 그 뒤에는 자부심이 도사리고 있다.

이 칼잡이들은 토끼 같은 손과 독수리 같은 눈과 사자 같은 심장을 가질 것을 요구받는다. 이미 이 무협지의 이야기는 서양에서도 고대 로마시대의 유명한 의학자인 셀수스Aurelius Cornelius Celsus에 의해 기막히게 표현되고 있다. 20세기의 외과 의사들은 시대를 넘어 아직도 그 긴 도정에서 스스로를 수련하고 있는 것이다.

"외과 의사는 자신의 나이보다 젊어야 한다. 아니 최소한 젊음에 가까워야 한다. 그는 결코 떨리지 않는 강하고 안정된 손을 가져야 한다. 그리고 그는 왼손을 오른손만큼 자유자재로 쓸 수 있어야 한다. 외과 의사는 날카로운 눈과 좋은 시력을 가져야 한다. 그리고 맑은 정신을 항상 지녀야 한다. 외과 의사는 환자를 대할 때 연민으로 가득 차 있어야 한다. 그러나 그는 환자의 울음소리에 흔들리지 않아야 한다. 그래야 너무 빨리 서두르지 않을 수 있으며 필요한 것보다 모자라게 자르지 않을 수 있다. 그럴 때만이 통증으로 소리 지르는 환자 때문에 아무런 감정의 동요를 일으키지 않고 모든 일을 처리할 수 있는 것이다."

의사는
가정파괴범?

– 어느 산부인과 의사의 세상 읽기

갓 환갑을 넘겼을까 말까 한, 할머니라고 했다가는 호되게 야단맞을 성싶은 아주머니가 진료실로 들어온다. 어제 저녁에 입원한 산모의 보호자이다. 그 산모는 난산이어서 정상 분만이 힘들 것 같다. 나는 재빨리 그 아주머니의 얼굴을 살피며, 산모의 얼굴과 대비시켜 본다. 얼굴이 꼭 닮았다. 산모의 친정어머니임이 분명하다.

"아주머니, 따님의 골반이 작아서 아무래도 제왕절개 수술을 해야 할 것 같습니다."

그러자 그 아주머니의 얼굴이 묘하게 찌푸려진다. 한참을 우물대다가 결국 수술승낙서에 손도장을 찍고는 돌아서는 모습이 약간은 예상을 빗나간 것이다. 설마, 못마땅한 것이 아니라 걱정스러운 표정이 그렇게 보이는 것이리라.

불과 30분이나 지났을까, 다른 할머니 한 분이 황급히 들어온다. 누구시냐고 묻는 나의 말이 채 끝나기도 전에 먼저 신분을 밝힌다.

"나, 이경숙이 애미요, 애미."

'아뿔싸! 아까 그 아주머니는 시어머니였구나! 근데 며느리와 시어머니가 왜 그렇게 얼굴이 닮았지?'

시어머니임을 알았더라면 이렇게 말했어야 했다.

"손자가 아주 장군감이네요. 머리도 크고, 골격이 좋습니다. 기쁘시겠어요. 근데 애가 너무 커서 수술하는 것이 나을 것 같은데요, 어떻게 할까요?"

이런 사건은 비단 나뿐만 아니라 산부인과 의사라면 누구나 다 몇 번씩은 겪게 되는 일이다. 처음 이런 입장에 놓이게 되면 "한국 여자들 참 이상하네!" 하는 소리가 절로 나온다.

딸네 집에 놀러 가서 사위가 설거지를 하고 있는 모습을 보면 '사위 잘 봤다.'고 칭찬을 입이 마르도록 하면서도, 앞치마 두른 아들의 꼴은 눈 뜨고 못 보는 게 한국의 시어머니들이다. 아들에게 설거지를 맡긴 며느리는 '여우다, 구미호다, 가정교육에 문제가 있다.' 비난이 끊이지 않는다. 그러다 보니 산부인과 의사가 지녀야 할 중요한 덕목 중의 하나는 '말조심'이다. 말을 함부로 해서는 결코 좋은 산부인과 의사가 될 수 없을 뿐만 아니라 멀쩡한 집안에 평지풍파를 일으키는 가정파괴범이 되기 십상이다.

그 산모의 나이가 서른세 살이었으니, 산모의 나이 치고 적다곤 할 수 없었다. 그녀는 서른 살에 결혼을 했고, 만 2년이 넘어 어렵게 임신을 하고 출산을 앞두고 있었다. 나는 산전 진찰에서 그녀가 이미 출산 경험이 있음을 알게 되었고, 그녀는 오랫동안 머뭇거리다가 아픈 과거의 기억을 말해 주었다. 그녀는 갓 여고를 졸업한 열아홉 살 때 어느 피서지에서 윤간을 당했던 것이다. 그 충격에서 벗어나지 못하고 헤매다 보니 이후 7개월이 지나도록 임신이 된 사실을 몰랐다고 했다. 어찌할 수 없는 상황이라서 결국 출산을 했고, 불행 중 다행인지 사산이 되었지만, 결국 그 상처는 10년 이상 남아 그녀가 정상적인 가정을 가지는 것을 늦어지게 했던 것이다. 그녀는 한때 정신과 치료를 받았던 적이 있는 환자였고, 출산 예정일이 다가올수록 점점 예민해지는 통에 나는 정신과에 협의진료를 신청하기도 했었다.

그 산모도 난산이었다. 비정상적인 임신의 후유증이 아직 남아 있었기 때문인지도 몰랐다. 남편은 그런 부인의 과거를 모르고 있었고, 나는 그 사실을 숨겨야 한다고 생각했다. 그녀의 불행이 꼭 그녀의 책임은 아니었기 때문이다. 세상에는 모르는 것이 약이 되는 경우가 많지 않은가.

문제는 어느 간호사의 실언에서 비롯되었다. 진통을 겪는 산모에게 '초산도 아니면서 뭘 그리 고통스러워하느냐.'는 말을 한 것이 남편의 귀에 들린 것이다. 내가 아무리 나서서 '이 간호사가 뭘 잘못 알고 한 말이다.'라고 이야기를 했지만, 남편은 나의 말을 믿지 않았다. 건강한 아이를 낳기는 했지만, 마음이 약한 그 산모는 처음에는 부인했지만 결국 남편의 계속되는 추궁에 모든 것을 털어놓고 말았다. 결과는 이혼이었다.

 나중에 그 간호사는 그런 과거까지는 모르고 한 말이었다고 많은 후회를 했지만, 이미 엎질러진 물이었다. 내가 남의 일이라고 말을 쉽게 하는 것인지도 모르지만, 사랑하는 여인의 불행했던 과거를 감싸 주지 못한 그 남편의 처사가 원망스러웠고, 지금은 연락이 끊어진 그 산모가 어떻게 살고 있을지 가끔씩 생각이 나면 마음이 무거워진다.

 하지만, 정반대의 경우도 있었다. 이번에 입을 잘못 놀린 쪽은 나였다. 그 산모 역시 소파수술 경험이 있었다. 그녀는 내게 그 이유를 '속도위반' 때문이었다고 말했고, 나는 그것이 당연히 현 남편과의 문제일 것이라 단정해 버렸다. 그녀가 진작 사실대로 말해 주었더라면 내가 그런 엄청난 실수를 하지 않았으련만. 사건은 그녀가 어느 날 시어머니와 함께 진료실에 나타난 것에서 시작되었다.

 "아들인지 딸인지 미리 알면 안 되나요, 선생님?"

 약간 수다스러워 보이는 시어머니는 한국의 시어머니들이 으레 묻게 마련인 이런 질문부터 시작하여 별의별 이야기를 다 늘어놓았다. 가뜩이나 빠듯한 진료 시간에 쫓기던 나의 인내심은, 그이가 '손을 보려고' 명산 대찰에 불공을 드리러 가서 차린 음식 목록에 이르러 바닥이 나고야 말았다. 나는 시어머니의 말허리를 뚝 자르며,

 "그러게, 생긴 애를 지우긴 왜 지웁니까?"

 라고 해 버렸다. 아차 싶었지만 이미 엎질러진 물, 이미 새하얗게 질린 산모의 얼굴이 시야에 들어왔다.

 그런데, 그때까지만 해도 단순히 소파수술의 후유증으로 인해 아이

가 늦게 들어선 것이 문제라고 생각했었다. 손이 귀한 집에 들어와서는 배 속에 생긴 애를 지워? 입을 가볍게 놀린 것은 잘못이지만 '야단 맞아도 싸지 뭐.' 싶은 용심도 약간은 있었다. 그러나 사실은 용심으로나마 미봉해야 할 만큼 나는 부끄러웠던 것이다.

노발대발하시는 시어머니를 간청하다시피 끌고 나간 며느리가 다시 나를 찾아온 것은 그로부터 며칠이나 지나서였다. 약간 허탈한 표정으로 그녀가 전해 준 사건의 전말은 이러했다.

그녀는 결혼 전에 남편 아닌 딴 남자와 깊은 사이였던 적이 있었다고 했다. 소파수술을 받은 이유는 그 남자와 헤어진 뒤 아이가 생겼음을 알고서였다고. 물론 남편에게도 그 사실을 숨겼던 것이다.

"진작 내게 그런 사실을 말해 주셨어야죠!"

한편으론 놀랍고 한편으론 어이가 없고 난감해서 책망하듯 내가 말하자 그녀는 담담히

"소문내고 다닐 일이 아니라서요."라며 쓸쓸히 웃었다.

나는 눈앞이 캄캄해졌다. 비록 그녀의 솔직하지 못함에 일차적인 책임이 있긴 하지만, 환자가 자신의 이야기를 있는 그대로 털어놓을 만큼 내가 믿음직스럽지 못했던 탓도 있었다. 아닌 게 아니라 나는 얼마나 입이 가벼웠던가.

내 얼굴에 떠오른 자괴의 표정을 읽었는지, 그녀가 말을 이었다.

"염려 마세요. 잘 해결됐어요."

그이의 얘길 들어 보니, 그 여인의 남편은 참으로 너그러운 사람이었다. 펄펄 뛰시는 어머니에게 자신이 결혼 전에 실수로 그랬던 것이

며, 당시에는 나이도 어렸고 양가 부모님의 허락도 받기 전이라서 할 수 없이 그랬던 것이니 오해를 푸시라고 말한 것이다. 결정적인 순간에 부인의 편에 선 것이다. 어떤 분들은 그 남편을 정신 나간 사람이라고 생각할지도 모르고 불효자라고 생각할지도 모르지만, 같은 남자로서 나는 그가 한없이 멋있어 보였다. 죽을 뻔한 목숨을 구해 주다시피 한 남편에 대한 그녀의 존경과 감사의 마음이 얼마나 클 것이며, 비록 과거의 잘못이 있었을지라도 앞으로는 얼마나 좋은 아내와 좋은 어머니가 될 수 있을 것인가.

관계가 관계이다 보니 그 이후로 그 남편을 한 번도 만난 적은 없지만, 다른 일로 만났더라면 가끔씩 소주라도 함께 하고 싶은 그런 사람이었다.

산부인과 의사는 하루도 빠짐없이 피를 보고 살아야 하고, 그래서 발톱 사이에 끼인 검은 피딱지가 지워질 날이 없지만, 보람 있는 직업이다. 단, 말을 조심해야 하고 뚜렷한 철학이 있어야 한다.

엄지 이야기

– 어느 소아과 의사의 세상 읽기

새벽 3시 당직실을 울리는 전화벨 소리에 깨고 보니 잠든 지 아직 한 시간도 채 지나지 못했다. 언뜻 전화의 출처가 혹시 분만실이 아닐까 하는 불길한 예감이 스쳐 지나갔다. 소아과 레지던트 2년차인 나는 작년 한 해 동안 1년의 절반을 당직으로 지냈기 때문에 이제는 전화벨 소리만 들어도 감이 척 올 만큼 내공이 증가된 것 같다.

"소아과 당직 선생님이세요? 여기 분만실인데요 1킬로그램짜리 프리머처^{Premature: 미숙아}가 금방 나왔는데 호흡이 불안정해요. 벤틸레이터^{Ventilator: 인공호흡기} 걸어야 할 것 같으니 빨리 좀 와 주세요."

역시 불길한 예감은 적중했다. 오늘밤 잠자는 것은 아예 다 틀렸다는 생각에 비번이었던 어제 집에 가서 공연히 동생과 수다를 떠느라 잠을 못 잔 것이 후회가 되기 시작했다.

출생 시 신생아의 몸무게가 2.5킬로그램 이하이면 미숙아로 분류

하는데 1.0킬로그램면 분명히 아직 27주도 안 되었을 것이다. 29주
나 되어야 폐에 계면활성제가 생기기 시작하기 때문에 그 전에 아기
가 세상에 나오면 폐가 제대로 펴지지 않아 인공호흡기로 남은 만삭
기간만큼 연명해야 한다. 물론 그 와중에 폐렴이라도 걸리거나 유리
질막증이라도 생긴다면 결국 아기는 죽게 되지만. 하지만 내가 유난
히 심란했던 이유는 그렇지 않아도 신생아실에 인공호흡기를 걸고
있는 아이들이 다섯 명이나 되어 하루 종일 옆에서 집중 간호를 해
야 하는데 이 아기는 다른 다섯 명의 아이들보다 훨씬 더 미숙아이
기 때문이다.

산부인과에 대한 못마땅한 마음이 다시 도지는 것 같다. 신생아실
을 도는 소아과 레지던트는 너나 할 것 없이 업무상 산부인과가 제일
밉살스럽게 느껴진다. 왜냐하면 산부인과에서는 분만까지만 책임지
면 되지만 일단 아기가 출생하면 그 다음은 아기 상태가 어찌 되었든
지 소아과에서 책임져야 하기 때문이다. 오늘 이 아기의 산모도 분
명히 양수막이 일찍 터져 어쩔 수 없이 유도분만을 했을 것임이 틀
림없다.

아니나 다를까 분만실에 도착해 보니 꼭 팔뚝만 한 아기가 새파랗
게 질려 헐떡거리는 모습이 눈에 들어왔다. 마스크로 산소를 주고 있
던 간호사에게 아기를 인수받은 나는 정신없이 뛰어 아기를 분만실
옆 신생아실로 옮겨 놓고 인공호흡기를 걸었다. 실처럼 가는 동맥을
찾아 가까스로 동맥관을 잡아 놓고 응급 검사를 내놓고서야 비로소
아기에 대한 신상 파악을 할 수 있었다.

산모는 나보다 나이가 두 살이나 어린 스물다섯 살 미혼모였고 예상대로 26주 만에 조기양막 파열증으로 유도분만을 응급으로 해서 세상에 나온 이 아기는 아프가 스코어^Apgar score*가 4밖에 되지 않았다. 아직 이 나이가 되도록 제대로 연애 한 번 해 보지 못하고 어느덧 노처녀 소리를 듣게 된 나로서는 어린 나이에 미혼모라는, 책임지지도 못할 임신을 해 대는 여자들이 경멸스럽게 느껴지지 않을 수 없다.

아직도 숨을 제대로 쉬지 못해 갈비뼈 사이가 쏙쏙 들어가는 이 아기는 울 힘조차 없어 보채지도 못하고 늘어져 있다. 그날부터 나는 3개월간 이 아기 때문에 당직 날이면 제대로 허리를 펴고 잠잘 수가 없었다. 그 무엇도 먹일 수가 없는 아기들은 결국 주사로 영양을 공급해 줘야 하기 때문에 매일 전자계산기를 놓고 아기의 몸무게가 조금씩 느는 만큼 필요한 영양분을 계산하고 수액량을 조절하느라 곱셈 나눗셈을 반복해야 한다. 아기들의 혈관은 유난히도 잘 붓기 때문에 손등과 발등에 있는 혈관이 멍이 들어 더 이상 찌를 데가 없어지면 머리를 깎아 두피에서 실핏줄까지 찾아 헤매야 했다.

무려 3개월간 고생한 덕분에 아기는 조금씩 몸무게가 늘어 갔고 폐기능도 정상아 수준으로 호전되어 갔다. 아직 이름이 없어 누구씨 아기로 계속 불리는 것이 안타까웠던 나는 내가 제일 좋아하는 이현세

---

* 1952년 미국의 V. Apgar가 고안한 것으로, 출생 후 1분 내지 수분이 지난 신생아의 활력을 나타내는 수치로, 맥박수·호흡·근긴장·자극에 대한 반사·피부색 등 5개 항목에 0(불량), 1(약간 불량), 2(양호)로 점수를 매겨 10점 만점에 7점 이상이면 정상, 6점 이하면 신생아 가사假死라고 하며 중증인 경우에는 뇌 등에 후유증이 남을 가능성이 있다.

만화의 주인공 이름을 따서 '엄지'라는 이름을 임시로 지어 주었다. 신생아실 간호사들도 날이 갈수록 사람의 형색을 갖춰 가는 이 아기를 '엄지'라 부르는 데 다들 익숙해졌고, 아기 엄마도 적당한 이름을 지어 올 만큼 여유가 없는지라 엄지라는 이름이 그리 싫지 않은 모양인지 하루에 한 번 면회 올 때마다 엄지를 찾았다.

엄지는 태어나자마자 다른 아기들보다 고생을 많이 해서 그런지 그 눈망울에 어딘지 모르는 서글픔이 서려 있었다. 물론 그것은 내가 주관적으로 느끼는 것일 수도 있겠지만. 하루에 한 번 면회 오는 엄지 엄마보다 태어난 이후 훨씬 많은 시간을 같이 보낸 나에게 엄지는 더욱 친근감을 보여 주었다. 엄마가 안아 주면 울던 엄지도 내가 토닥거려 주면 금세 울음을 그치니 간호사들도 농담 삼아 날더러 엄지 엄마라고 놀려 댔다.

아직 시집도 안 간 처녀가 아기엄마라고 불리는 것이 계면쩍었지만 그 호칭이 그리 기분 나쁘지만은 않았다. 더욱이 엄지 덕분에 내가 기저귀를 차고 있을 때 우리 어머니는 어땠을까 하는 생각에 잠기기도 했다. 하기스나 펨퍼스 같은 일회용 기저귀도 없던 시절 찬물에 똥 기저귀를 빨아 댔을 엄마를 생각해 보곤 하면서 집에 가서 부리던 짜증도 줄어들었다.

그러나 엄지가 2.2킬로그램이 되어 이제 퇴원을 해도 좋을 만큼 상태가 좋아지면서 내게는 또 다른 고민이 생겼다. 그것은 다름 아니라 3개월간 엄지가 중환자실에 있으면서 입원비가 2천만 원을 넘게 되었고, 엄지 엄마 역시도 주위에서의 압력 때문에 엄지를 키울 의지를 상실했기 때문이었다. 사실 우리나라에서 미혼모가, 그것도 특별한 생계 수단이 마련되어 있지 않은 여자가 주위의 눈총과 질책을 받아 가며 아기를 키운다는 것은 거의 불가능한 일이기도 하였다.

결국 엄지 엄마는 친권을 포기하고 엄지를 아동복지 재단에 넘기겠다는 쪽으로 생각이 기울고 있었다. 엄지와 같이 신생아 중환자실에 장기 입원하면서 지불해야 하는 경제적 비용을 도저히 감당할 수 없어서, 아니면 언청이 등과 같은 선천성 기형아이기 때문에 아기를 병원에 남겨 두고 도망가거나 친권을 포기하는 부모들을 지난 2년 동안 처음 경험해 본 것은 아니었다. 이러한 경우에는 대부분 아동복지 재단으로 아기가 넘겨져 입양이 되든지 복지 재단에서 알아서 처리하게 되는데, 엄지처럼 엄마가 미혼모이기 때문에 아기를 포기하는 경우는 사실 이번이 처음이다. 이렇게 아동복지 재단을 통해 입양되는 아이는 거의 대부분이 해외로 입양되었다. 물론 우리나라에 입양되는 경우도 있긴 하나, 아직도 입양에 대한 사회적 의식이 낮아 그 수효는 거의 미미한 것이 현실이다. 우리나라가 아동 수출국 1위라는 부끄러운 사실은 국내 입양도 입양이지만 미혼모를 냉대하는 사회적 분위기도 한몫하는 것이다. 물론 미혼모를 권장할 이유야 없지만, 이미 발생한 현실이라면 그 사실을 기피하거나 쉬쉬하려고만 할 것이 아니라 그에 맞는 대비책을 강구해야 할 것이다.

엄지를 아동복지 재단에 넘기기 위한 수속 절차에 주치의로서 도장을 찍어야 했을 때 나는 정말 눈물이 핑 돌았다. 그렇다고 내가 데려다 키울 수도 없지만, 어영부영 이름까지 지어 주게 된 엄지가 아동복지 재단에 넘겨지게 되었을 때는 마치 내가 친권을 포기하는 듯한 좌절감을 느끼지 않을 수 없었다.

엄지가 아동복지 재단에 넘겨지고 난 후 나는 신생아실에서 날밤을 새는 것이 그전보다 훨씬 힘들어졌다. 특별히 일이 많아지거나 달라진 것이 없었음에도 유달리 힘들고 허전한 것은, 엄지가 있는 동안 고생스럽고 많이 힘들긴 했지만 시간이 흐를수록 체중이 불어나고 나날이 건강을 회복하는 모습을 보는 것에 신바람 났던 재미가 다른 아이들에게서 똑같이 느껴지지 않아서였던 것 같다.

그렇게 엄지가 떠나간 후 계절이 몇 번 바뀌고 나는 이제 밤 당직을 서지 않아도 되는 3년차가 되었다. 스물여덟이 되어서도 아직 애인조차 없는 나를 걱정하는 부모님의 잔소리가 늘어 갔지만, 만나는 남자라고 해 봐야 아기 환자 아빠이니 다른 과와 같이 환자나 보호자와 눈이 맞아 결혼했다는 로맨스조차도 생각할 수 없는 것 아닌가?

이제는 병실이나 신생아실을 지키는 일 대신 외래에서 진료를 하게 된 나는 어느 날 신환 차트를 받아 보고 화들짝 놀랐다. 그 아기 이름이 엄지였기 때문이었다. 그러나 십중팔구는 독일이나 미국쯤으로 입양되었을, 작년 신생아실에서의 엄지는 아마 아직 제대로 걷지도 못할 나이일 것이라 생각하니 나는 공연히 우울해졌다. 이런저런 생각에 잠겨 있는데,

"선생님, 이 애기 못 알아보시겠어요?"

하는 아기 엄마의 목소리가 잠시 상념에 젖어 있던 나의 시선을 뺏

어 갔다. 엄마 무릎에 앉아 있는 엄지는 그동안 살이 많이 붙어 얼른 알아보기 힘들었지만, 그럼에도 옛 얼굴이 그대로 남아 있었다.

"아니, 이게 어찌된 일이에요? 엄지는 그때 아동복지 재단에 입양……."

의아스런 나의 표정을 읽었는지 엄지 엄마는 그동안의 과정을 설명해 주었다. 친권 포기 각서를 쓰고 엄지를 아동복지 재단에 넘겨준 엄지 엄마는 그 후 많은 고민을 하다가 결국 집안의 반대를 무릅쓰고 자신이 그냥 아기를 키우기로 마음먹었단다. 물론 그 후 엄지를 돌려받는 데 돈 문제부터 시작해 숱한 우여곡절을 겪었지만 지금 생각해도 잘한 판단이라고 했다. 안 그랬으면 평생 가슴에 한을 안고 살았을 거라고 아주 담담한 어조로 얘기했다. 지금까지 엄지는 아직 아버지 얼굴을 한 번도 볼 수 없었다는 이야기와 함께.

엄지가 이역만리 양부모에게서가 아닌 친엄마 밑에서 커 나가는 것을 확인할 수 있었기에 가끔씩 메어 오던 가슴이 시원해짐을 느꼈다. 그렇기는 하지만, 엄지 엄마의 어렵고도 힘든 대단한 결심에 존경을 보내면서도, 앞일이 쉽지 않을 그 처지 때문에 여전히 가슴 한 구석이 저렸다.

나는 며칠 후 엄지를 꼭 병원으로 다시 데려와서 진찰을 해야 한다고 엄지 엄마에게 여러 번 확인을 했다. 물론 엄지의 감기도 다시 체크받아야 했지만, 토실토실하니 예쁜 엄지 얼굴을 다시 보고 싶었던 것이다.

나도 가끔은
정상이 되고 싶다

– 어느 정신과 의사의 세상 읽기

정신과가 어떤 과인지를 모르는 사람은 아무도 없을 것이다. 그러나 실상 정신과에 대해서 물어보게 되면, 정신과가 어떤 과인지 제대로 아는 사람들은 드물다. 일반인들은 물론이고 6년 이상 의학을 공부한 의사들조차도 정신과 하면 일반적인 의학 분야와는 다른 특수한 영역으로 생각하는 편견이 있는 것 같다.

이런 편견은 정신과 환자와 정신과 의사 모두에 대해 있는 것으로, 대부분은 웃음 아닌 웃음이 나오는 일로 끝날 때도 있지만 어떤 때는 정신과에 관한 깊은 오해로 심각한 상황을 일으키기도 한다.

나의 경우만 해도 그렇다. 내가 비록 학교 다닐 때 학업을 그렇게 열중하지는 않았었기로소니, 내가 비록 이 일 저 일 안 끼어드는 일이 없었고, 이것저것 벌이는 일이 많은 편이었기로소니, 그래서 친구들이 나에게 '사이코'라는 흔하디 흔한 별명 중의 하나를 붙였기로

소니, 내가 처음 정신과를 지원하려 했을 때 그런 식의 반응을 보이다니! 분해라.

"그래, 정신과는 너에게 딱 맞는 과다."

이렇게 말하면서 야릇한 미소를 보내는 친구가 있는가 하면

"너 정신과에 의사로 가는 거냐? 아니면 환자로 입원하는 거냐?"

이런 농담 같은 이야기를 너무도 진지하게 말하는 친구조차 있었다.

그래도, 이런 일이 나에게만 일어났다면 아마도 '나 같은 비정상적인 놈이 정신과를 하니까 남들이 놀리는구나.' 정도로 받아넘길 수 있겠지만 주위를 둘러보면 나만의 문제가 아닌 것 같다. 최근에는 정신과의 인기가 높아져서 정신과를 지원하는 사람들의 숫자도 많아지고, 정신과를 하게 되는 사람들은 대부분 학업 성적이 우수한 멀쩡한 의사들이다. 그런데 그런 사람들도 '정신과를 하려고 한다.'는 말만 하면 주위에서는 '어딘가 이상이 있으니까 정신과를 하게 되는 거 아냐?' 하는 식의 반응을 보인다.

남들이 정신과 의사를 어떻게 생각하느냐가 뭐 그리 중요한 일인가 생각할 수도 있지만, 이것은 단순한 농담이 아니라는 데에 문제의 심각성이 있다. '정신과 의사들은 어딘가 이상이 있는 사람일 것'이라는 생각은 앞에서 얘기한 정신과에 대한 편견을 단적으로 보여주는 것이다.

즉, 정신과 환자는 정상적인 사람과는 전혀 다르고, '언제 무슨 일을 벌일지 모르는 무언가 기괴하고 무서운 사람'이며 그런 정신과 환자를 치료하려는 정신과 의사들도 정상적인 사람과는 관계가 먼 사

람들이라는 생각을 아직도 많은 사람들이 하는 것 같다. 정신과에 대한 이런 편견들이 정신과 질환을 가진 사람이 그 질환을 떳떳하게 치료하지 못하고 쉬쉬하게 만들고 있으며, 치료를 요원하게 만드는 가장 큰 병폐이다.

내가 정신과 의사가 되어 처음으로 맞이한 어려움이 이런 식의 편견이었다면, 복병처럼 또 하나의 더 큰 어려움으로 다가온 것은 나 자신이 정신과에 대해 갖고 있는 편견이었다. 나에게도 편견이 있었음을 깨달은 것은 정신과 의사가 된 지 한참이 지난 후였다. 세상 사람들이 가지고 있는 편견을 원망하면서 느껴야 했던 억울함이 지나가고 드디어 나도 정신과 의사로서의 본연의 자세인 다른 사람을 이해할 수 있는 마음을 조금이나마 가지게 되었을 때였다.

친구들이 '너는 정신과에 의사로 가니? 환자로 가니?' 하는 질문 아닌 질문을 낄낄거리며 던졌을 때, 나는 겉으로는 웃었지만 속으로는 '나는 당당한 정신과 의사이지 환자가 아니다.'라고 생각하며 친구들을 비웃었던 것이다.

그러나 나중에 알고 보니 이런 나의 비웃음도 정신과 환자에 대한 무의식적인 편견에서 비롯된 것이었다. 정신과 환자의 주치의가 되고 나서 처음으로 정신과 폐쇄병동의 굳게 닫힌 문을 열고 들어갔을 때 내가 느꼈던 두려움은 그 편견의 단적인 증거였던 것이다. 정신과 의사를 하겠다는 생각을 가졌던 나에게조차, 정신과 환자는 막연하게 무언가 기괴하고 언제 어떠한 사건을 일으킬지 모르는 두려운 인물이었던 것이다. 그들은 견딜 수 없는 정신적 고통에 의해 무너진 사람들이고, 그들의 정신세계는 보통 사람이 상상하기 어려울 정도로 완전히 와해되어 있기 때문에 정상적인 사회생활은 당연히 불가능하며, 그들에 대한 치료로 선택할 수 있는 것은 가능하면 주위에서 그들의 이해할 수 없는 행동이나 난폭함을 최대한 참아 주다가, 더 이상 참을 수 없는 지경이 되면 물리적인 힘이나 약물을 이용하여 그들의 신체와 정신을 구속하거나 사회로부터 격리시키는 것이 그들이나 주변 사람들 모두에게 좋다라는 생각이 나의 무의식을 지배하고 있었던 것이다.

그러나, 내가 정신과 병동에서 꽤 많은 시간을 보낸 후에 느낀 것은 정신과 환자들도 일반적으로 정상적이라는 사람들과 다를 것이 없는 사람, 나하고도 다를 것이 하나도 없는, 보통의 사람이라는 것이다.

사실 비정상인 사람을 이야기하려면 정상적인 사람에 대한 정의가 먼저 선행되어야 한다. 정신과적인 관점에서 완벽하게 정상적인 사람은 존재하지 않는다. 우리가 평소에 만나는 무수히 많은 사람들 중에서 정상적인 사람이란 단 한 명도 없을뿐더러 우리가 위대한 인물로 존경하는 과거나 현재의 사람들조차도 어딘가 결함이 있는 불완전한 인물인 것이다. 이 말은 정상적으로 사회생활을 영위해 가는 사람에게도 어떤 한 부분은 정신병자와 같은 정신병리적인 부분이 존재한다는 뜻이다. 정신병자와 정상이라 불리는 사람을 구분해 줄 수 있는 것은, 단지 정신의 병적인 부분의 크기와 그것이 외부로 어떻게 나타나는가에 달린 것이다.

이러한 깨달음 아닌 깨달음은 정신과 환자에 대한 차별을 두고 있던 나의 생각을 조금씩 변하게 했고, 정신과 환자도 감정을 가진 하나의 존엄한 인격체임을 인정하게 만들었다.

아직 정신병의 원인과 그 발생 기전 등은 명확하게 밝혀지지 않았다. 아니 거의 모르고 있다고 해도 틀린 말이 아니다. 하지만, 하나 분명한 것은 정신병도 감기와 마찬가지로 신체의 어느 일부분에 탈이 난 것이며, 그렇기 때문에 여러 가지 방법을 동원하여 치료될 수 있다는 것, 즉 정상적인 사회생활로 복귀할 수 있다는 점이다. 물론 '감기'와 마찬가지라는 표현은 극단적인 것일 수도 있지만, 다른 질병과 유별나게 구별 지을 필요는 없다는 것이다.

나의 환자 중에는 의사도 한 명 있다. 그는 나보다 면허번호도 빠르고 나이도 한 살 많지만, 심한 우울증에 시달리는 사람이다. 두 번이나 자살을 시도하기도 했고, 우울증세가 심해지면 식사도 못 할 지경이 된다.

하지만, 그는 '의사'이기 때문에 자신의 병을 알고 있을 뿐만 아니라 그것을 기꺼이 인정하고 받아들인다. 그는 매일같이 항우울제를 복용한다. 다리가 부러진 환자가 깁스를 하고, 심장판막에 구멍이 나면 그것을 메우는 수술을 받는 것처럼 그는 우울증이라는 질병이 있어서 약을 먹고 있는 것으로 스스로 생각한다.

이 글을 읽는 사람들 중의 일부는 그 '미친 의사'를 찾아내어 면허증을 박탈해야 한다고 생각할지도 모른다. 또 일부는 자신도 재수가 없으면 그런 의사에게 진찰을 받을 가능성도 있다는 생각에 불안해할지도 모른다. 하지만, 그런 생각 자체가 하나의 편견이며 멀쩡히 되돌아올 수 있는 사람들을 완전한 폐인으로 영원히 가두어 놓은 결과의 원인이라는 것을 말하고 싶다.

　나는 수많은 정신과 의사들을 알고 있고, 그보다 많은 수의 정신과 환자들을 만나 보았다. 그 경험들로써 감히 이야기하건대, 나를 비롯한 정신과 의사라는 사람들은 오히려 약간 이상한(?) 구석이 있는 것에 비해 정신과의 환자들은 암이나 심장병으로 고통받는 환자들처럼 자신의 질병으로 괴로워하는 그저 한 사람의 평범한 '인간'일 뿐이다. 그들이 원하는 것은 사람들이 다르게 대해 주는 것이 아니라 그 '같음'을 인정해 주는 것이다.

나는
보안관이 될 테야

– 어느 응급의학과 의사의 세상 읽기

엊그제 맞선을 보러 나간 자리에서 상대방이 물었다.

"레지던트시라는 말을 들었는데요, 무슨 과세요?"

"예, 응급의학과 2년찹니다."

"……그런 것도 있어요?"

그럴 만도 하다. 아직 우리나라에는 응급의학 전문의 제도가 없다. 몇 년 전부터 응급의학과라는 과가 생기고 레지던트를 몇몇 병원에서 뽑아서 교육하고 있기는 하지만, 아직 하나의 전문 과목으로서의 공식적 인정은 못 받고 있는 것이다.

나는 어릴 때부터 서부영화를 좋아했다. 다른 친구들이 만화영화에 미쳐 마징가나 태권브이를 노래하고 다닐 때에도 나는 존 웨인이나 게리 쿠퍼 같은 배우들이 나오는 서부영화를 뜻도 모르면서 좋아하곤 했었다. 그저 그 분위기가 좋았다. 금광을 찾아 동부로부터 서부로 몰려드는 불한당들과 맞서 결연하게 마을의 평화를 지키는 보안관의 굳게 다문 입술과 매서운 눈매는 언제나 나에게 선망의 대상이었던 것이다.

그래서 한때는 미국으로 건너가 보안관이 될까 하는 생각을 하기도 했다. 하지만, 그것이 가당치 않은 생각이라는 것을 곧 깨닫게 되었고, 나는 한동안 삶의 정처를 잃고 방황했었다.

그러던 내가 다시 삶의 정처를 찾은 것은 의과대학에 입학하고도 몇 년이 지난 후였다. 응급의학이라는 과목을 발견한 것이다. 어찌어찌하다가 의대에 들어왔고, 늘 눈앞에 떨어지는 과제들을 해결하느라 급급한 나머지 내가 진정으로 원하는 것이 무엇이고 내가 가장 보람을 느낄 수 있는 일이 무엇인지를 별로 생각하지 못하고 헤매던 방황의 끝은 응급의학의 발견이었다. 드디어 나는 응급실에서 내가 할 일을 찾았다.

응급실은 전쟁터다.

응급실은 언제 어디서 무슨 일이 일어날지 모르기 때문에 늘 긴장이 감도는 곳이다. 가끔씩 찾아오는 평화스러운 순간에도 응급실을 책임지는 의사들은, 폭풍전야와 같은 정적에서 오히려 두려움을 느끼기도 한다. 나는 그 전쟁터가 좋아서 응급의학을 전공하기 시작했다.

응급 환자의 처치는 30초가 늦어지느냐 아니냐에 따라 사람이 죽느냐 사느냐가 판가름 나는 경우가 많다. 그래서 응급실 의사에게 가장 요구되는 덕목은 빠르고 정확한 판단과 처치이다.

응급실에 환자가 도착하면 제일 먼저 해야 할 일은 기도를 확보하는 것이다. 사람이 숨을 못 쉬면 죽는다는 것은 당연한 이치이기에 다른 어떤 것보다 앞서서 이루어져야 하는 것이 숨을 쉬게 하는 일이다. 막힌 숨길을 뚫어 주는 것으로도 환자가 숨을 쉬지 못할 때는 인공호흡기를 걸어야 한다. 그 다음으로는 출혈이 있는 경우가 많으므로 그것을 체크해야 한다. 환자가 얼마나 출혈이 심하고 출혈 부위가 어디이며 얼마나 혈액을 보충해 주어야 하는지를 정확하게 알아내야 하는 것이다.

이렇게 가장 우선적으로 세 가지^{이것을 병원에서는 응급처치의 ABC라 부른다. 즉 Airway,} Breathing, Circulation를 하고 나면, 일단 한 고비는 넘긴 셈이다. 그 다음에 이 환자가 어떤 상황에서 이런 상태에 빠졌는가를 알아야 하고 부상과 합병증을 최소화하기 위한 여러 조치들이 취해져야 한다. 환자의 상태가 어느 정도 안정되면, 응급실 의사의 임무는 일단 끝이 나고, 그 다음부터는 다른 과의 전문 의사들의 영역이 된다.

하룻밤이면 응급실에는 하나의 작은 세상이 펼쳐진다. 교통사고 환자들, 갑자기 쓰러진 중년의 남자, 뜨거운 것에 몸을 덴 어린 아이, 자살을 시도한 사람들, 그리고 빠른 입원을 노리고 의도적으로 응급실을 찾는 약삭빠른 환자들까지 수많은 사람들의 온갖 사연들이 쏟아져 들어오는 곳이 응급실이다. 특히 대형병원일수록 응급실의 병상이 모자라고, 그래서 환자가 몰리는 주말이라도 되면 복도 바닥에까지 환자들이 드러누워 있어야 하는 응급실. 어떤 때는 시장통 같기도 하고 또 어떤 때는 터미널 대합실 같기도 한 곳.

어린 시절 보안관이 되고자 했던 나는, 응급실이라는 그 전투 상황에서 한 치의 동요도 없이 침착하게 사경을 헤매는 환자를 치료하는 응급의학과 의사에서 그 보안관의 모습을 보았던 것이다.

보안관과 응급실 의사의 차이는 물리쳐야 할 대상과 보호해야 할 대상이 다르다는 것이다. 보안관은 악당들을 물리치고 마을 주민을 지켜야 하지만, 응급실 의사는 고통을 몰아내고 환자를 보호해야 한다. 하지만, 보안관과 응급실 의사에게 필요한 덕목은 공통된 것이 많은데 그 첫째는 인간에 대한 애정이고, 둘째는 냉정함이다.

친한 친구나 가족이 갑자기 사고를 당해 응급실로 들어오는 상황이 생기더라도, 의사는 울음과 당황에 앞서 올바른 판단과 신속한 처치를 해야 하는 것이다. 어느 의사에게나 공히 어느 정도는 필요한 것이지만, 특히 응급실 의사처럼 긴급한 상황을 많이 맞고, 어쩔 수 없이 생명을 지키기 위해서 다른 부분을 포기해야만 하는 경우도 많이 겪는 의사에게는 그런 '의연함'은 필수인 것이다.

응급실에서 살다 보면 참으로 안타까운 일을 많이 경험한다. 길이 막혀 몇 분 늦게 도착하는 바람에 목숨을 잃는 사람들, 구조 과정에서 오히려 부상이 악화되어 반신마비가 되는 사람들, 사고 현장에 있던 사람들이 응급 환자 구조에 대한 아주 기초적인 상식만이라도 가지고 있었더라면 가벼운 부상에 그쳤을 사람이 평생을 불구로 살게 되는 경우들까지 있다. 이런 문제들은 우리나라의 응급의학 체계의 불완전에서 비롯되는 것들이 많다. 응급실을 전전하다 목숨을 잃은 환자의 이야기가 신문에 대서특필되고, 응급실에서 일하는 의사들이 모두 도매금으로 '나쁜 놈'이 될 때 이런 아쉬움과 안타까움은 더 커진다.

제대로 된 응급의료 체계를 꾸리는 데는 사람들이 생각하는 것보다 훨씬 어마어마한 재정이 필요한데, 세금을 걷어 가는 사람들은 아직 그 필요성을 실감하지 못하는지 엉뚱한 곳에는 아낌없이 쓰면서도 정녕 국민들의 생명과 직결되는 곳에는 인색하기 짝이 없다.

19세기의 보안관은 개인의 사격 솜씨만으로도 온 마을의 평화를 지키기에 충분하였지만, 현대의 응급실 의사가 혼자서 할 수 있는 일에는 한계가 있다. 거친 모래바람이 불어오는 황야에 홀로 선 보안관의 풍모는 멋있지만, 환자들이 밀려오는 심야의 응급실에 혼자 서 있는 응급실 의사는 어쩌면 지극히 무기력할지도 모른다. 아무리 응급의학을 전공하는 의사들의 응급처치 솜씨가 출중하여 다트 게임처럼 주삿바늘을 던져서 꽂을 정도라 하더라도 엉터리 응급의료 체계 아래에서는 계란으로 바위치기인 것이다.

일반인들이 생각하기엔 살벌한 곳, 긴장감이 감도는 곳, 평생 한 번도 안 가는 것이 최선인 곳이 바로 응급실이다. 하지만, 의사의 길을 택한 사람들에게는 떼려야 뗄 수 없는 곳이기도 하고, 환자가 의사를 가장 절실히 필요로 하는 곳이요 의사로서 해야 할 일과 보람 또한 그만큼 큰 곳이기도 하다. 나는 그래서 응급의학을 공부하고자 마음먹었고, 24시간 연속 근무가 밥 먹듯이 흔한 이곳이 사랑스럽다. 나는 보안관을 닮은 그 모습이 좋다.

재활은
부활과 다르다

- 어느 재활의학과 의사의 세상 읽기

나는 재활의학과 의사다. 재활의학이 뭐하는 곳인지를 대충이나마 알게 된 것이 의대에 들어오고도 한참이 지난 후의 일이니까, 일반인들에게는 낯설고 잘 알려지지 않은 대표적인 과목 중의 하나이다.

사람들은 재활의학이라는 말을 들으면 '재활'이라는 용어 때문인지 엉뚱한 생각들을 하는 경우가 많은데, 심지어 어떤 사람은 무슨 사이비 종교 같은 것으로 생각하기도 한다. 재활은 '부활'과는 분명히 다른 것인데도 말이다. 또 어떤 경우에는 전과자의 갱생을 돕는 사회복지 재단과 혼동을 일으키기도 한다.

재활의학과의 철학은 '구조된 생명을 살 가치 있는 생명으로'라는 짧은 구절에 함축되어 있다. 응급실 의사가 환자의 생명 자체를 유지하기 위해서 생명에 직접적인 지장이 없는 부분들을 포기할 수도 있는 것과는 상대적인 개념이라고 할 수도 있다. 현대 의학이 점점 더

'삶의 질'을 중시하는 방향으로 흐르는 것을 생각하면 재활의학의 존재는 더욱 필요한 것이 된다.

병원의 다른 어떤 과에도 가 본 경험이 없는 환자가 재활의학과를 찾아오는 경우는 거의 없다. 전혀 없다고 해도 틀린 말이 아닐 것이다. 재활의학과의 환자들은 이미 지겹도록 병원 신세를 진 경험의 소유자들이다.

재활병원의 환자들 중에서 가장 많은 수를 차지하는 것은 뇌성마비 환자와 일반적으로 중풍이라고 부르는 뇌졸중 환자다. 재활의학의 목적이 삶의 질에 있다는 것은 앞에서도 말한 바 있거니와, 걸을 수 없는 뇌성마비 환자를 보조기에 의지해서라도 걷게 해 주거나 스스로는 돌아누울 수도 없는 전신마비 환자를 혼자 화장실에 갈 수 있을 정도로 만들어 주는 것이 그 환자의 생활을 얼마나 변화시킬 것인지는 긴 말이 필요 없을 것이다.

재활병원을 찾는 뇌성마비 환자들은 대부분 어린이들이고, 그들의 보호자로 함께 병원을 찾는 사람들은 대부분 어머니들이다. 뇌성마비라는 질병 자체가 아직 정확한 원인이 밝혀지지 않은 것이지만, 특히 한국적 정서로는 자식이 그렇게 된 것에 대해 어머니는 스스로의 탓으로 돌리는 경향이 많고 그래서 어머니의 노력은 눈물겹다.

겨우겨우 몸을 뒤뚱이며 걸을 수 있는 정도의 아이가 병원 앞의 버스정류장에서 재활병원 건물까지 오는 데만 한 시간 이상이 걸린다. 한 발을 떼어 놓기가 힘겨운 아이를 데리고 함께 걷기 연습을 하는 어머니의 모습을 상상해 보라.

뇌성마비 환자뿐만 아니라 걷기 연습을 하는 모든 환자들은 일주일에 한 번씩 시험을 본다. 의사는 물론 간호사와 재활 프로그램에 함께 참여하는 많은 사람들, 그리고 실습 학생까지 참석하는 이 공개 실기 시험에서 일주일간의 훈련 성과를 테스트받는 것이다. 이 주말 시험에 임하는 환자들의 자세는 무척이나 진지하다. 일주일 전에는 막대기를 짚고 겨우 설 수 있었던 환자가 막대기 없이 일어서기 위해 땀을 뻘뻘 흘리는 모습을 지켜보는 여러 사람들의 손에도 땀이 고인다. 결국 그 환자가 완전히 두 발로 서는 데에 성공하는 순간에 자연스럽게 터지는 큰 박수. 이건 정말 직접 두 눈으로 보지 못한 사람은 실감할 수 없는 감동이다.

중풍으로 쓰러진 칠순의 할아버지가 있었다. 아들이 셋인데 하나는 대학교수이고, 하나는 대기업의 중역이고 또 하나는 의사였다. 아들이 의사였음에도 불구하고 재활의학의 존재를 몰랐거나 과소평가했음이 분명했다. 환자가 스스로 돌아누울 수도 없었고, 대소변도 며느리가 받아 내야만 하는 처지였음에도 불구하고 오랜 기간 재활병원을 찾지 않았던 것이다.

환자가 욕창이 생기지 않으려면 최소한 두 시간에 한 번씩은 돌아누워야 한다. 낮에는 며느리가 어떻게 한다고 하지만, 밤에는 어떻게 해야 하나. 아들 셋이 번갈아 가며 사흘에 한 번씩 아버지 옆에서 잠을 잤다고 했다. 두 시간에 한 번씩 잠을 깬다는 것은 쉬운 일이 아니다. 그것은 세 아들의 정상적인 사회생활에 지장을 주기에 충분한 일이었다.

그런 환자가 재활병원에 들어오면 재활의학과의 의사들이 제일 먼저 해야 할 일은 '목표'를 세우는 일이다. 반신불수의 환자가 아무리 훌륭한 재활 프로그램이 있다 하더라도 암벽을 타거나 농구 경기를 할 수는 없다는 것은 인정해야 한다. 그 환자가 현재의 상태에서 가능한 최소의 한도이면서도 그 최소한이 환자에게 가져다주는 삶의 질의 향상은 매우 큰 것이 되도록 현실적인 목표를 세워야 하는 것이다.

그 할아버지의 경우는 3개월간의 훈련으로 자신의 팔다리를 이용하여 누운 상태에서 돌아누울 수 있게 해 준 것이 가능한 전부였지만, 며느리나 아들에게 '험한 꼴'을 보이지 않아도 된다는 사실은 그리 많지 않은 그 할아버지의 남은 생에 있어서 얼마나 소중한 일인가.

한번은 사지가 모두 절단된 환자가 입원한 적이 있다. 그는 철로에서 자살을 시도한 환자였는데, 얼마나 죽으려는 의지가 강했던지 큰 대자로 드러눕는 바람에 사지만 절단되고 목숨은 건진 환자였다. 건강한 신체를 가지고 있을 때도 자살을 생각할 만큼 삶이 괴로웠을 그가, 대소변을 가릴 수 없음은 물론이고 혼자서는 밥을 먹을 수도 옷을 갈아입을 수도 텔레비전을 켤 수도 가려운 곳을 긁을 수도 없는 상태의 삶에 과연 무슨 희망과 의지를 가질 수 있을까.

그러나 그는 긴 시간 동안의 훈련을 통해 의수족을 끼운 상태로 앞서 말한 모든 일을 혼자서 할 수 있게 되었다. 거짓말 같은 이야기지만, 재활병원에서는 그렇게 드문 일이 아니다. 그가 약간은 뒤뚱거리면서 병원 문을 '걸어서' 나가는 모습을 보는 순간에 재활의학을 전공한 의사는 짜릿할 정도의 보람을 느끼는 것이다. 그는 퇴원하면서 몇 달을 함께 고생한 우리들에게 감사의 인사를 하며 이렇게 말했다. 자신은 사지를 잃었지만, 대신 삶에 대한 의지를 얻었노라고.

　재활병원에서 바라본 세상은 슬프고도 가슴 아리는 풍경이지만, 그 눈물겨운 풍경들은 투명할 만큼 아름답다.

인어공주,
뭍에 오르다

– 어느 마취과 의사의 세상 읽기

아홉 살 때던가, 나는 하룻밤을 베개에 얼굴을 묻고 그 베개가 다 젖을 만큼 소리 죽여 울던 기억이 난다. 얼마 전 월트디즈니에서 만화 영화로 만들어 아직도 소녀 적 감수성을 지난 성인 관객들을 향수에 젖게 했던 바로 그 '인어공주' 이야기를 읽고 나서였다. 디즈니사의 영화는 원래 안데르센의 원작과는 달리 해피엔딩으로 스토리를 마감했지만 결국 사랑을 이루지 못하고 물거품이 된 인어공주가 얼마나 가슴 아프게 안타까웠는지 지금도 나는 슬픈 일이 생기면 '캔디'와 함께 '인어공주'를 떠올리곤 한다.

마취과 의사인 나는 수술실의 환자가 마취에서 깨어나 회복실로 실려 나갈 때쯤 되면, 마치 바다에 빠진 왕자님을 구해 주고도 왕자님한테는 기억조차 되지 못하는 인어공주가 된 듯한 착각에 가끔 빠지곤 한다.

병원에서 수술을 단 한 번이라도 받아 본 사람들은 대부분 경험해 봤겠지만 마취과 의사를 기억하는 사람들은 무척 드물다. 그도 그럴 것이 수술실에 들어와 마취과 의사의 얼굴을 새겨 볼라치면 그는 이미 긴 잠에 빠져든 뒤이고, 잠에서 깨어날 때쯤이면 마취과 의사는 이미 그 자리에 없기 때문이다.

사실 내가 굳이 마취과를 선택하게 된 데에는 나름의 이유가 있었다. 그것은 '설명하는 게 싫어서'였다. 인턴 시절 나는 의사와 환자의 관계라는 것이 그리 간단치 않다는 것을 깨달으면서부터 병원 생활 자체가 억세게 어렵게 느껴지기 시작했다. 환자가 알고 싶어 하는 것을 알기 쉽게 설명해 준다든가, 환자의 고통과 불편을 일일이 챙겨 줘야 하는 것은 내게 무척 부담스러운 일이었다. 더욱이 별로 말주변도 없고 사교성도 부족한 나로서는 마취과 의사가 참 매력적으로 생각되었다. 왜냐하면 마취과 의사 앞에서 환자는 항상 자고 있으니까.

그러나 막상 레지던트가 되고 난 이후 마취과 의사는 당초 나의 기대를 많이 벗어난 것이었다. 마취 전날 환자를 방문해서 마취에 대해 설명해야 하고, 특히 마취의 위험이 높다고 판단되는 환자에게는 그에 따른 장황한 설명을 해야 한다. 심지어는 마취동의서를 받아야 하는 경우도 생기니 나는 예상보다 훨씬 많은 이야기를 환자와 나누어야 하는 것이다.

근래에 들어 마취 사고가 종종 신문에 등장하면서 사람들은 마취를 매우 위험한 것으로 여기게 되었지만 사실 마취가 갖는 위험성은 고속도로에서 10중 충돌 사고가 날 확률보다 적다.

"수술이 끝난 후에도 마취에서 깨어나지 못하면 어떡하지?"

이 질문은 수술실에 들어서는 사람들이면 누구나 한 번쯤은 되새겨 보는 질문이다. 인생의 최소한 4분의 1을 잠자는 데 보내는, 지구상에서 가장 진화되었다는 털 없는 원숭이들에게 잠과 죽음은 매우 가까운 존재이다. 마취는 쉽게 말해서 이 잠과 죽음 사이의 중간쯤 되는 것이다. 사람들이 마취를 공포스럽게 생각하는 것은 죽음에 대한 두려움이 있기 때문이다.

마취는 잠수하는 것, 물에 잠기게 하는 것이다. 진짜 물에 잠기게 하는 것이 아니라 살아 있지만, 또 숨을 쉬고 있지만 의식만은 무의식 아래로 너무 깊지도 너무 낮지도 않게 잠기게 하는 것이다. 마치 잠을 자는 것처럼.

만약 누군가가 전신마취하에 수술을 받았는데, 자기가 어떻게 수술실에 들어가고 나오게 되었는지를 기억하지 못하고 깨어 보니 수술 부위의 통증만 남아 있었다면 그는 훌륭한 마취를 받은 것이다.

이처럼 아무것도 의식하지 못하고 잠을 자게 하는 데에 현대에서는 흡입마취, 즉 마취가스를 사용한다. 사람들은 의식이 있을 때에 먼저 혈관주사를 맞고 이내 졸음을 느끼기 때문에 수술을 받아 본 사람들은 대부분 주사에 의해 마취가 되는 줄로 안다. 그래서 마취에서 늦게 깨어나면 마취과 의사가 용량을 잘못 계산해서 너무 많은 마취제를 사용한 것 아니냐는 항의를 종종 받게 된다. 그럴 때마다 나는 난감하기 그지없다. 왜냐하면 나 역시도 의과대학에서 마취과학 강의를 듣기 전엔 마취주사로 마취를 하는 줄 알았으니 말이다. 배운 사람도 이 정돈데 어떻게 문외한인 환자한테 설명을 해.

하지만 간단히 말해서, 먼저 주입하는 혈관주사는 잠시 의식을 없애는, 그것도 5분도 안 되면 다시 깨어나게 되는 약일 뿐이다. 실제 수술실에서는 환자가 잠시 의식이 없어진 사이에 기관지에 삽관을 하고 마취가스를 불어 넣는다. 환자가 숨을 쉴 때마다 산소에 마취가스를 섞어 숨을 쉬게 하기 때문에 마취가스를 틀어 넣는 동안은 잠들어 있지만 마취가스를 끄게 되면 환자는 금세 깨어나게 된다.

그러나 이렇게 잠을 재워 놓으면 의식이 있을 때와 달리 조절 능력이 떨어지기 때문에 마취과 의사는 바이탈사인^{vital sign: 환자의 신체 상태를 나타내 주는 가장 기본적인 활력증후로 혈압, 맥박, 호흡수, 체온 등이 이에 해당된다.}을 적절히 유지해 주어야 한다. 호흡, 맥박, 혈압 등이 적당한 수준에서 유지되지 않으면 환자는 심각한 충격을 받게 된다. 예를 들어 호흡이 잘못되어 혈액 속의 산소농도를 충분히 유지시키지 못하면 저산소증에 의한 뇌손상을 가져오게 된다. 만약 마취에서 깨어나지 못하게 되는 사고가 생겼다면 그중 대다수의 경우는 수술 중 마취가스가 과잉공급되어서가 아니라 저산소증 때문에 뇌가 손상을 받았기 때문이다. 그리고 혈압과 맥박에 이상이 생겨 오래 지속되면 심장이나, 간, 신장 등에 손상을 가져오게 된다.

그러나 마취과 의사의 등줄기를 서늘하게 하는 것은 뭐니 뭐니 해도 수술 도중 예기치 못했던, 아니 예측 가능했더라도 수술 시야가 피로 흥건히 차오를 때이다.

어느 날 환경미화원 아저씨가 차에 치여서 실려 왔다. 심각한 교통

사고의 경우 십중팔구는 간이나 비장이 찢어져 대량 출혈을 하게 마련인데, 그날 응급수술은 내가 경험한 최악의 피바다였다. 그 아저씨의 간은 교통사고 시 받은 충격으로 깨어진 두부처럼 만신창이가 되어 3분의 2 이상을 잘라 내야 했다. 그리고 나는 일곱 시간 동안 대략 100파인트^{pint: 피를 재는 단위로 1pint는 약 200cc에 해당되는 수혈량이다.}의 피를 짜 넣어야 했다. 대량 출혈에 상응하는 만큼의 피를 따라가지 못하면 환자는 죽는다. 이쯤 되면 마취과 의사는 정신없이 피를 준다. 아니 퍼붓는다는 표현이 어울릴 것이다. 환자의 몸무게가 60킬로그램쯤 되고 전체 혈액량이 5리터 정도 되므로 그날 환자는 전체의 피를 네 번쯤 갈아 넣은 셈이 되었다. 그리고 내가 근무하는 병원은 물론이고 주변 다섯 개 병원에 보관돼 있던 수혈용 피는 완전히 동이 났다. 다행히도, 아니 사실은 기적적으로 그 아저씨는 중환자실 신세를 일주일 정도 진 뒤 일반 병실로 올라갈 수 있었다.

이런 일을 한번씩 치르고 나면 마취과 의사들 사이에는 가슴 뿌듯한 무용담이 한 가지씩 늘어나는 것이다. 그러나 대부분의 환자나 보호자들은 수술실 뒤에 숨어 있는 마취과 의사들을 알지 못한다. 어쨌든 마취란 것 자체는 마취가 시작된 뒤부터 깨어날 때까지 모두를 기억할 수 없는 것이기에 환자들에게는 어떤 신비한 체험으로 남을 것이다. 그리고 더불어 마취과 의사도 대체 뭐하는 사람들인지 오리무중인 존재들로 남을 것이다.

그것이 내겐 가장 매력적이다. 내가 한 '짓거리'를 환자는 영원히 모른다는 것이.

의사 만들기와
의사 되기

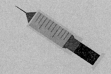

코끼리를
냉장고에 넣어라

– 인턴은 무엇으로 사는가

X병원 전공의 수련 규정

제 13조 1항 – 인턴의 근무 시간은 금일 12시부터 익일 12시까지로 한다.

        2항 – 비당직 인턴의 정위치는 인턴실 또는 해당 각 과 의국으로 한다.

제 12조 4항 – 병원장 또는 교육수련부장은 필요하다고 인정할 때에는 기히

        작성된 윤번제 당직 또는 근무 계획에도 불구하고 비상 계획에

        의거 근무를 명할 수 있다.

코끼리를 냉장고에 넣는 방법을 우리는 몇 가지나 알고 있을까?

그가 만약 전자회사 직원이라면, 코끼리를 넣을 만한 대형 냉장고를 개발한다.

정치가라면, "국민 여러분, 지금 코끼리가 냉장고에 들어갔습니

다.”라고 성명을 발표한다.

신문기자는 위 성명을 인용하여 “……에 의하면 코끼리가 냉장고에 들어간 것으로 사료된다.”라고 기사를 쓴다.

변호사는 우선 코끼리를 한정치산자로 만들고, 그의 법정 대리인으로 토끼를 선임한 다음, 토끼를 대신 넣는다.

지리학자라면, 새로 발견된 코끼리 서식지의 지명을 ‘냉장고’라 이름 붙인다.

군사독재 시절의 안기부 직원은, 냉장고 문을 열고 코끼리에게 “야, 들어가!”라고 한다. 등등.

이 시리즈의 마지막은 보통 방위병으로 끝난다. 즉, 군부대에서 코끼리를 냉장고에 넣으려면 방위병에게, “오늘, 이 코끼리를 냉장고에 넣고 퇴근하라.”

이렇게, 직업에 따라 다양한 방법이 있는데 그러면 병원에서는 어떻게 할까?

대답은 간단하다.

“인턴에게 시킨다.”

코끼리도 냉장고에 넣는 실력의 소유자 인턴. 그런데 정말 인턴은 뭐하는 사람들일까?

인턴의 공식적인 우리말 용어는 수련의^{修鍊醫}이다. 의과대학을 졸업하고, 레지던트^{전공의} 과정에 들어가기 전 단계의 의사쯤으로 정의할 수 있겠다. 다시 말해, 의사국가시험에 합격하고 보사부장관이 발급한 면허를 소지한 '의사'이기는 하다. 그냥 '의사이다.'라고 하지 않고 굳이 '의사이기는 하다.'라고 말하는 이유를, 일반인들이 잘 모르고 있는, 병원 밥을 며칠이라도 먹어 본 경험이 있는 사람들조차 어렴풋이밖에 알지 못하는 이유들을 이제 쭉 읊어 보려 한다.

인턴은 전문의가 되려는 모든 의사들이 반드시 거쳐야 하는 관문인 동시에 학생 시절 강의나 교과서로, 혹은 어깨너머로 배워 온 지식들을 처음으로 실제 사용하기 시작하는 순간이다. 의사로서의 삶의 걸음마 단계이기도 하고 막 알에서 깨어난 병아리 의사이기도 한 것이 바로 인턴이라는 이름의 흰 가운이다. 인턴은 아직 무슨 과를 전공할 것인지가 결정되지 않은 말 그대로의 '수련의'이기 때문에 3주, 혹은 4주 단위로 여러 과를 돌며 근무하게 된다. 과에 따라서 조금 편한 과도 있고, 인턴이 지내기에 지옥과 같은 과도 있다. 어느 과를 가든지 그 과에 대한 전문적인 지식은 거의 없는 상태이기 때문에, 새로운 과로 가면 또 며칠간은 바보 취급을 받으며 일을 익혀야 한다.

종합병원에서 흰 가운을 입고 돌아다니는 수많은 사람들을 조금만 유심히 관찰해 보면 그중에서 인턴을 구별하는 방법을 알게 된다. 흰 가운을 입고 있다고 모두 의사는 아니지만, 많은 이들이 의사인 것은 당연한 일이다. 그럼에도 불구하고, 그 모든 의사들 중에서 가운에 새겨진 이름자 앞에 '의사'라고 쓰여 있는 사람은 생각보다 많지 않다.

우선 실습 학생들 가운에는 이름 석 자만이 새겨져 있다. 아무런 직함이 없는 것이다. '학생 홍길동' 하고 새겨 놓는 것이 좀 더 어울리지 않다는 것을 생각하면 당연한 일이다. 레지던트나 전문의들의 경우는 가운의 이름 앞에 자신의 소속 과가 새겨져 있다. 무슨 무슨 과 아무개 하는 식이다. 하지만, 인턴의 경우는 이름 앞에 정말로 '의사'라는 글자가 새겨져 있다. 바꾸어 말해서 이름 앞에 '의사'라고 새겨진 가운을 입고 있는 사람들, 그들이 인턴이다.

인턴이라는 것도 직업이라면 직업이랄 수 있겠는데, 이보다 더 애매한 직장이 없는 것이 우선 그 성격부터가 명확하지 않다. 병원에서 '인턴, 레지던트 수련 규정'이라거나 '교육 목적' 따위를 마련하고 있는 것을 보면 실습 학생과 별다를 것이 없는 무언가 정해진 것들을 배워야 하는 사람들인 것 같지만, 등록금을 내고 다니는 것이 아니라 봉급을 받고 다니는 것을 생각하면 병원이라는 조직의 '직원'이기도 하다.

인턴을 가장 인턴답게 만드는 가장 중요한 특징 중의 하나는 출퇴근하는 직업이 아니라는 것이다. 아예 '수련 규정'이라는 이름으로 명문화되어 있는 것처럼 인턴은 '원칙적으로' 1년 동안 병원에 있어야 한다. 군대를 3년 다녀 와야 하는 것과 비슷하고, 1년 동안 징역살이를 하는 것과도 비슷하다. 영어사전을 찾아보면 인턴Intern에 '피억류자'라는 뜻이 있는데 그 말 그대로이다.

비록 인턴이 출근 시간도 없고 퇴근 시간도 없는 불쌍한 처지지만, 그래도 하루의 시작과 끝은 있다. 인턴의 하루는 대개 인턴 숙소에서 시작되는데 기상 시간은 아무리 늦어도 여섯 시를 넘지 않는 것이 보통이다. 일어나자마자 해야 할 일은 아침 회진 준비다. 물론 그 이전에 해야 할 일로 삐삐를 몸에 부착하는 일과 세수나 양치질을 하는 일이 있지만, 꽤 많은 인턴들이 삐삐를 몸에 부착하는 일만 하고 눈에 부착된 이물질은 제거하지 않기도 한다. 지저분하게시리.

회진 준비라는 것이 무엇을 하는 것인가에 대해서부터 설명이 있어야겠다. 회진이란 입원 환자들에 대해서 행해지는 규칙적인 진료 행위로서 대개 아침과 저녁, 하루 두 차례 이루어진다. 회진은 다시 환자에 대한 기록과 사진, 검사 결과들을 검토하는 시간과 실제로 병실에서 환자를 대면하는 시간으로 나뉘어지는데, 회진 때에는 과장 선생님^{병원에서는 흔히 스태프라고 부른다.}을 선두로 하여 각자의 서열에 따라 대부대가 이동하는 것이 보통이다. 이렇게 대부대가 이동할 때의 순서는 늘 정확히 그 서열대로 줄을 서서 이동하는 것이 관례이다.

회진을 돌 때, 인턴이 해야 할 일은 크게 두 가지이다. 우선 전반부 회진 때에 검토할 환자에 대한 갖가지 기록들을 담당 레지던트에게 건네주는 것이 하나이고, 후반부 회진 때에는 잠시 서열을 무시하고 맨 앞으로 뛰어가서 환자가 있는 병실의 문을 열어 놓는 길잡이 역할이 다른 하나이다. 병실의 문이라는 것이 대부분 붙잡고 있지 않으면 저절로 닫히게 만들어져 있기 때문에 이런 일이 생긴다.

하는 일만 보면, 인턴은 단순 노동자이다. 인턴이 하는 일이란 것의 대부분은 의사가 아니라도 사실 할 수 있는 것들이다. 가장 중요한 일이 엑스레이 필름을 챙기는 일인 것부터 시작하여, 콘퍼런스^{한 주제를 가지고 여럿이 모여 토론하는 자리. 의사들은 콘퍼런스로 시작해서 콘퍼런스로 끝난다.}가 있으면 마이크를 설치하고 슬라이드 프로젝터 준비하고 하는 일도 인턴의 몫이다. 단순히 차트를 여러 번 베껴 써야 하는 경우도 많고, 여러 가지 검사물들을 들고 뛰고, 또 그 검사 결과를 들고 뛰고 하는 것이 인턴의 주된 업무들이다. 거기에 의학적 판단이 들어가는 경우는 사실 생각보다 많지 않다.

"야, 그래도 고급 인력인데, 이런 일이나 하고 있어야 하냐?"

이런 한탄이 나올 만도 하다. 20년 가까이 학교를 다니면서 배운 지식을 써먹을 기회는 많지 않고, 주로 튼튼한 다리와 질긴 손목이 필요한 일들이 대부분이기 때문이다.

인턴은 삼신三神이다. 이게 무슨 말인지 의사들은 다 안다. 인턴은 먹는 데는 걸신, 자는 데는 귀신, 일하는 데는 등신이라는 얘기다. 이 말에 동의하지 않는 인턴이 과연 몇이나 될까 싶을 만큼 인턴들 스스로도 한탄하듯 사용하는 말이 바로 '삼신'이다. 그들이 삼신으로 불리는 구체적인 까닭들을 하나씩 말해 보자.

인턴은 정해진 밥시간이 없다. 잠깐 틈이 날 때 재빠르게 배를 채우는 것인데, 그 틈이라는 것이 도대체 언제 생길지 아무도 모르는 일이라서 일단 기회가 왔다 하면 걸신이 될 수밖에 없는 것이다. 라면이 지겹다고 누가 말했던가? 후후 불어 가며 따뜻한 라면만 먹을 수 있어도 감지덕지다. 새벽부터 하루 종일 이리저리 뛰어다니다 보면 아무것도 못 먹고 하루가 꼬박 지나가는 경우도 많다. 이럭저럭 하루의 일을 대충이나마 정리하고 나서 시계를 보면 밤 열 시, 열한 시. 그 시간에 주린 배를 채울 수 있는 방도는 별로 없다.

괜히 병동을 오가며 간호사들의 눈치를 보며 냉장고를 노린다. 병동에 놓여 있는 냉장고는 주로 냉장 보관해야 하는 약제들을 넣어 두는 데에 사용되지만, 때로는 환자 보호자들이 갖다준 통조림이나 간호사들이 사다 둔 떠먹는 요구르트 같은 것들이 숨어 있기도 하다.

냉장고 앞에 슬금슬금 다가가는 모양을 간호사가 혹시 본다고 해도 이미 사정을 아는 사이라 그러려니 하게 마련이다. 냉장고 앞에 선 인턴의 입에서는 한숨이 나온다.

"내가 여기다 코끼리도 넣으라면 넣어야 한다는 말이지."

살짝 열어 본 냉장고에는 파인애플 통조림이 두 개나 놓여 있다. 하나는 아직 따지도 않은 것이고 하나는 깡통 바닥에 몇 쪽 남아 있는 상태이다. 벼룩도 낯짝이 있지 새 깡통을 따겠다고 깡통 따개를 달라고 할 수는 없다. 오늘의 저녁 메뉴는 파인애플이다.

그걸 먹으려고 해도 병동에 젓가락이 있을 리도 없고, 마땅한 접시가 있을 리도 없다. 그저 커피 잔과 찻숟가락으로 덤벼 보는 거다. 찻숟가락으로 파인애플 한 조각을 꺼내서 커피 잔에 담고는, 혹시 누가 볼세라 후미진 구석에 가서 허기를 달랜다. 환자들이 그 모양을 혹시 본다고 하면 영 체면이 말이 아닐 뿐만 아니라, 일 시킬 사람을 찾고 있는 레지던트의 눈에라도 띈다면 그것마저 못 먹게 되기 때문에 인턴은 먹을 것을 들면 본능적으로 구석으로 숨게 마련이다.

인턴은 자는 데는 귀신이다. 늘 잠이 부족하기 때문에 아무 데서나 틈만 나면 깜빡 잠을 잔다. 수술실에서 서서 자는 경우도 있고, 병실 문을 붙잡고 있는 동안에도 눈꺼풀은 내려온다. 오래된 병원일수록 구석진 곳은 많게 마련인데 인적이 뜸한 곳, 하루에 한 번도 문이 열리지 않을 듯한 창고 같은 방을 찾아내는 데도 도사들이다. 인턴이 꼭 해야 하는 일이 정해져 있기는 하지만, 윗사람이 무언가를 시키고 싶어 할 때 그의 시야에 나타나면 그 인턴의 해야 할 일은 즉석에서 늘어나는 법이다. 레지던트들의 일이 많기도 하려니와 이미 인턴 시절을 처절하게 마친 사람들이라서, 인간성과는 무관하게 본능적으로 인턴이 놀고 있는 꼴을 눈 뜨고 못 보는 사람들이 많다. 쉴 틈이 날 때, 인턴은 당연히 '숨어야' 하는 것이다.

자는 데에 귀신들이기 때문에 인턴 숙소에는 잠을 깨워 주는 것이 주된 일인 사환들까지 있다. 물론 인턴 숙소에서 다른 일들도 처리하지만, 교대로 근무하는 그들의 가장 주요한 임무는 거의 혼수상태에 빠진 인턴들을 미리 지정한 시간에 깨우는 것이다. 그 사람들의 잠 깨우는 실력은 가히 프로급이다. 나름대로의 충분하고 다양한 '노하우'를 가지고 있다. 절대로 마음이 약해지면 못 하는 일이다. 보통 잔인하게 깨우지 않으면 인턴이라는 귀신들은 깨지 않는다. 마음이 약해져서 몇 분이라도 늦게 깨웠다가는 늦게 일어난 인턴은 자신의 몇 분전 모습은 상상하지 못하고 왜 늦게 깨웠냐고 짜증을 내게 마련이고, 그렇게 되면 서로 감정만 상한다. 두들겨 패거나 찬물을 끼었더라도 제시간에 깨워야 하는 일이 그들의 업무인 것이다. 그들에게 늘 고마운 마음을 지니고 있으면서도 '수고하신다.'는 말 한마디 못 하는 것에 대한 변명은 '인턴이기 때문'이다. 인턴은 모든 것을 용서받는다?

인턴은 일하는 데에 등신이다. 특히 3월 달은 그렇다. 처음으로 의사의 입장이 되고 나면, 학생 시절 병원에서 임상 실습을 해 왔음에도 불구하고 전혀 도움이 되지 않는다. '책임'이라는 것을 져야 하고, 아무도 도와주지 않기 때문이다. 3월의 인턴을 우리는 '초턴'이라고 부른다. 4월만 되어도 사정이 다르고 5월이 되면 이미 '중턴^{중닭의 이미지}를 생각하라.'이다.

초턴은 인턴 시절 중에서도 가장 힘든 시간이다. 모든 것이 낯설고 익숙하지 않기 때문에 같은 시간 동안 일을 하더라도 긴장도가 다르고 당연히 더 피로하다. 인턴은 딴에는 열심히 일하려고 하지만, 윗사람들이 보기에는 정말 일을 못한다. 신입 사원이 기업에 들어가도 업무 파악에만 수개월이 걸리는 것처럼, 인턴이 그나마 병원의 움직임을 이해하고 그것이 원활하게 돌아가는 데에 기여하기 시작하는 것은 어느 정도 시간이 흐른 후이다.

한번은 이런 일도 있었다. 3월에 응급실을 돌게 된 인턴이 있었다. ABG^{동맥혈 가스 검사}라고 불리는 기본적인 검사를 위해서는 피부 깊숙한 곳의 동맥까지 정확하게 바늘을 찔러야 하는데, 이게 말처럼 쉬운 일이 아니다. 그래서 학생 때부터 수많은 실수들을 경험하지만, 졸업 직전과 직후가 갑자기 달라지는 것은 아니기에 그 실수들은 초턴 시절까지 계속되는 것이 보통이다. 몇 번 바늘에 찔리는 동안, 못마땅한 표정을 지으면서도 묵묵히 참고 있던 30대 남자 환자가 별안간 꽥 소리를 질렀다.

"에잉, 내가 이래서 3월에는 종합병원에 안 오려고 한다니깐!"

그는 병원이 돌아가는 구조에 대해서 좀 아는 사람임에 틀림없다.

인턴은 아무런 권리가 없다. 오로지 의무만이 가득할 뿐이다. 인턴은 우선 환자의 진단이나, 예후 등에 대하여 주치의의 허락 없이 이야기해서는 안 된다. 사망 선고를 할 수도 없다. 진단서를 발급하는 것도 원칙적으로 해서는 안 된다. 해당 의국장의 허락 없이는 병원 밖으로 외출을 할 수도 없고, 레지던트들이 있는 의국에 마음 놓고 들어가 쉴 수도 없다.

그 넓은 병원의 어느 구석엔가는 인턴 숙소가 있다. 병원에 따라 적게는 수십 명에서 많게는 백 몇 십 명에 이르는 인턴들이 지친 몸을 잠시나마 뉘일 수 있는 거의 유일한 공간이다. 인턴 숙소에서는 그곳만의 특징적인 사항들이 여러 가지 있다.

숙소는 크게 휴게실과 침실로 이루어져 있는데, 먼저 휴게실에는 냉장고가 있고 텔레비전과 비디오가 마련되어 있다. 컴퓨터와 프린터가 준비되어 있는 곳도 많다. 냉장고에는 주로 콜라, 주스, 이온 음료 등이 가득 들어 있고 때로는 과일이나 아이스크림이 들어 있는 경우도 있다. 한쪽에는 냉온수 겸용 정수기가 놓여 있고 그 옆에는 끓는 물만 부으면 금방 먹을 수 있는 즉석 라면들이 상자로 쌓여 있다. 커피와 종이컵들도 대량으로 준비되어 있다.

인턴들이 이곳에 머무르면서 주로 하는 일은 담배를 피우거나 허기를 채우거나 컴퓨터를 이용하여 전자오락을 하거나 혹은 레지던트들을 욕하는 일이다. 인턴은 레지던트 1년차와 가장 많은 접촉을 하게 되고, 따라서 주로 욕을 먹는 대상도 1년차가 된다. 요즘이야 세상이 바뀌어서 많이 달라지기는 했지만, 불과 몇 년 전만 해도 레지던트가 인턴에게 사사로운 일까지 시키는 경우가 많았다. 커피나 담배 주문은 기본이고, 은행에 가서 돈을 찾아오라거나 속옷을 사오라는 심부름을 시키는 레지던트도 있었다.

"지는 언제부터 그렇게 일을 잘했다고!"

"치프한테 깨지고 괜히 나한테 화풀이야, 쳇."

"야, 나한테는 동사무소 가서 주민등록등본 좀 떼 오라는 놈도 있더라."

"인턴이 파업이라도 하면 병원이 마비된다는 거, 알아, 몰라?"

"인턴 끝나고 사회에 나가서 다시 만나기만 하면, 으이구, 그걸 그냥."

근래에 들어 병원에서도 친절 운동이 벌어지다 보니 인턴들도 돌아가면서 하루씩 친절 교육을 받으러 갈 때가 있다. 병원에서 백화점이나 항공사 측에 위탁 교육을 의뢰하는 것이다. 이 친절 교육이라는 것이 인턴에게는 그저 하루의 즐거운 외출이 될 뿐, 친절이라는 측면에서는 오히려 마이너스 요인으로 작용한다. 그것은 인턴 하나가 친절 교육을 위해 병원에서 사라진 동안, 두 배로 일이 많아진 파트너 인턴이 더욱 난폭(?)해지기 때문이다. 의사들의 불친절에 대하여 많은 사람들이 불만을 터뜨리는 것을 너무나 잘 알고 있는 인턴들 스스로는 환자들에게 좀 더 친절해야겠다는 생각을 한편으로 하면서도, 마음속으로는 다른 의사는 몰라도 '인턴'에게는 제발 친절까지 요구하지는 말아 주었으면 하고 바라는 마음도 존재한다. 인턴은 코끼리를 냉장고에 넣을 수는 있지만, 막상 그 코끼리 입장이 되어 보라, 얼마나 괴롭겠는가?

초턴, 중턴을 지나고 말턴이 되면 인턴의 하루는 훨씬 여유 있어진다. 일이 줄어들거나 지식이 왕창 늘어나서가 아니다. 요령이 생기기 때문이다. 3월 달의 자신의 버벅거리던 모습을 떠올리면, 불과 1년도 안 되는 기간 동안 참으로 많은 것들을 할 수 있게 된 것에 스스로도 놀라게 된다. 단순 노동자로만 살아온 것 같지만 그 기간 중에 많은 것들을 배우고 많은 것들을 생각하게 되었다. 사회성이 부족한 의대생에서 그래도 1년간의 조직 생활을 통해서 철도 많이 든 자신을 발견하게 된다. 말만 의사지, 누가 아프다고 하면 그저 '시내에는 좋은 병원이 많습니다.' 하던 시절에서 인턴을 마칠 때쯤이면 그래도 어디가 어떻게 불편한가를 되묻고 몇 마디 조언을 해 줄 만큼 지식도 늘어난다. 언제 배웠는지도 모르게 많은 것들이 산 경험이 되어 남는 것이다. 이래서 의사가 되려면 인턴을 꼭 거쳐야 하는 것인지도 모른다.

말턴이 되면서는 고민이 많아진다. 한동안 '죽었습니다' 하고 살아오면서 잊고 있었던, 혹은 애써 외면했던 문제들이 다시 되살아나기도 하고, 진로 문제도 심각한 고민거리가 된다. 하지만, 가장 큰 고민의 화두는 '의사로서 나는 어떤 삶을 살 것인가'이다. 학생 시절에도 꼭 같은 생각을 자주 했었지만, 그 느낌은 전혀 다른 것이다. 1년 동안 몸소 무엇이 문제인지를 느끼고, 의사가 무엇을 잘못하고 있는지도 발견한다. 1년의 길지 않은 의사 생활을 통해 환자들이 정말로 바라는 것이 무엇인지도 어렴풋이 알게 되고, 병원의 구조적인 문제들도 눈에 들어오게 되는 것이다. '좋은 의사'라는 막연했던 말이 훨씬 실감나면서도 어려운 일로 느껴지는 것도 이때쯤이다.

인턴으로서의 수련 기간이 끝나 갈 무렵이 되면 모든 인턴들은 코끼리를 냉장고에 넣을 수 있게 된다. 코끼리를 냉장고에 넣는 일은 매우 쉬운 일이 된다. 하지만, 코끼리를 냉장고에 넣기 위해 낑낑대던 동안에는 한 번도 해 보지 못했던 고민들, 가령 '왜 코끼리는 냉장고에 들어가야만 하는지', '왜 내가 코끼리를 냉장고 안으로 그렇게 들이밀었는지'에 대한 고민들을 하게 되는 것이다.

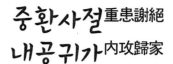

중환사절 重患謝絕
내공귀가 內攻歸家

– 주치의 이야기

    사람들은 '주치의' 하면 보통 대통령 주치의나 무슨 재벌 회장의 주치의를 떠올리곤 한다. 우리나라의 문화적 분위기에서 주치의는 사실 특별한 사람들에게 소속된 담당 의사를 연상시킬 수밖에 없기 때문이다.

    그러나 종합병원에서 주치의란 한마디로 레지던트 1년차를 뜻한다. 말을 바꾸어 표현하면 레지던트의 1년차의 기본 역할이 바로 주치의이다.

    그래서 새로운 환자가 입원했을 때, 1년차가 씩씩하게 환자 앞에 나타나 '제가 환자분의 주치의입니다.' 하면 고명한 박사님의 진료를 기대하고 종합병원에 입원한 환자들이 매우 의아해하는 표정을 짓는 경우가 많다.

    사람들은, 심지어 의사들도 인턴이 세상에서 가장 못할 짓이라고 생각하는 경향이 있다. 연전에 유행했던 '인턴X'라는 소설 제목의 의미가 '인턴은 사람도 아니다.'라는 뜻이라는 농담도 있었다. 하지만, 사실 인턴과는 또 다른 의미로 종합병원에서 가장 바쁘고 가장 스트레스를 많이 받는 사람들이 레지던트 1년차, 즉 주치의들이다.

종합병원, 그것도 인턴, 레지던트가 존재하는 수련병원의 경우에는 연차별로 자신의 역할이 상당히 뚜렷하게 나뉘어져 있다. 어느 과든지 우선 스태프—대학병원의 경우는 바로 교수 직함을 가진 사람들—에게 특진을 신청하는 것이 상례지만, 아무리 특진 아니라 특특진을 신청한다고 해도 실제로 환자의 입원에서 퇴원까지의 전 과정을 관장하는 사람들은 바로 레지던트들이고, 그중에서도 1년차는 '주치의'로서 환자를 돌보는 데 가장 중심이 되는 사람이다.

주치의는 마치 국민학교의 담임 선생님과 같은 존재인 것이다. 환자가 입원해서 초진을 하고, 기본 검사나 향후 진단에 필요한 계획을 세우고, 매일매일 환자의 상태를 체크할 뿐만 아니라 환자와 관련한 모든 업무를 관장하는 것이 주치의의 할 일이다. 주치의, 즉 레지던트 1년차는 우선적으로 자신에게 배당된 환자들의 거의 모든 기록과 상태를 항상 파악하고 있어야 하고 환자에 관련된 모든 일들의 진행을 책임져야 한다.

환자에 대해 주치의만큼 이것저것을 알고 있는 사람은 없다. 아니, 더 정확하게 말하면 주치의는 환자와 관련된 모든 사항을 알고 있어야만 한다. 그렇기 때문에 환자의 모든 불평불만을 해결하는 것도 일차적으로는 주치의의 몫이다. 그런데, 환자들 중에는 이 젊고 못 미더워 보이는 주치의에게보다는 직접 스태프에게 이야기하는 것이 더 좋다고 생각하는 사람들이 가끔 있다. 주치의의 질문에는 제대로 대답을 하지 않다가도 스태프 선생님이 나타났을 때 갑자기 말문이 터지는 환자는 주치의에게 참으로 얄미운 환자다. 담임 선생님이 모르는 일이 교장 선생님께 보고되는 셈이 되니 말이다. 순간 주치의는 아주 게으르거나 무능한 존재가 되고, 가끔은 교장실로 불려 가서 혼찌검이 난다. 조심할지어다, 침묵하는 환자를!

그러나 주치의는 4년간의 레지던트 생활에서 단연 꽃이다. 어떻게 보면 의사 생활 전체를 통틀어 가장 빛나는 시기이기도 하다. 왜냐하면 주치의 때만큼 환자의 모든 것을 접하며 생활할 수 있는 기회는 다시 주어지지 않기 때문이다. 바꾸어 말해서 환자와 가장 전면적으로, 인간 대 인간으로서 만나는 의사가 바로 주치의이다. 주치의는 매일 나오는 모든 검사 수치를 다 외고 있어야 하는 것은 물론이고, 환자의 경제 사정, 최근의 심리 상태까지도 다 파악하고 있어야 한다. 또한 하루하루의 오더order: 처치 명령를 내고 환자 상태를 기록하는 역할도 주치의의 몫이다. 그리고 환자 상태가 나빠지면 그날 그 주치의가 당직이건 아니건 밤을 새워서라도 환자를 돌보아야 한다. 심지어 결국에 사망진단서를 작성하는 사람도 주치의들이다. 따라서 해당 병동의 안녕과 평화(?)는 주치의가 얼마나 일을 잘하는가, 또는 환자를 제대로 보는가에 의해 상당히 좌지우지되는 것이다.

가끔 당직실 문 안쪽을 눈여겨본다면 "중환사절 내공귀가重患謝絶 內功歸家"라는 큼지막한 글씨의 부적비록 컴퓨터로 출력한 부적이지만을 종종 목격할 수 있다. 무협지에나 나오는 '내공^{內功}'이라는 말은 주치의들의 세계에선 가장 흔하게 통용되는 단어 중의 하나다. 중환자가 많아지면 그것이 주치의의 내공이 약해서 그렇다는 이야기이다. 물론 어느 주치의라고 자기 환자의 상태가 나빠지기를 바라는 사람이 있으리요마는 유달리 어느 주치의는 중환자를 많이 보게 되고 그 주치의가 응급실 당직이라도 서게 되는 날이면 다른 사람보다 몇 배의 환자가 몰려드니 그 현상을 '내공'이라는 편리한 단어로 설명하는 것이 일견 합리적이라고 할 수 있는 것 아닌가!

보통 주치의의 하루 일과는 과에 따라 조금씩 다르기는 하지만 아침 일찍부터 회진 준비로 시작한다. 밤사이 달라진 환자의 상태를 파악하고, 당일 해야 할 검사 내용을 확인하고, 인턴들을 닦달해서 회진에 필요한 엑스레이 필름이나 검사 결과를 챙겨 오게 한다. 외과 계열의 경우에는 아침 회진 시간 전까지 모든 환자의 드레싱^{dressing: 상처 부위} ^{의 소독}을 마쳐야 한다. 이러한 부산함이 없이는 회진 시간에 무참히 '깨질' 수밖에 없다. 왜냐하면 원래 회진 시간이란 단지 윗년차나 스태프 선생에게 보고드리는 시간이 아니라 그 시간까지 주치의가 해 놓아야 할 모든 일을 끝내 놓고 이를 점검받는 시간에 가깝기 때문이다.

아침 회진이 끝나야 주치의들은 가까스로 화장실에 가서 용변을 보거나 담배라도 한 대 꼬나물 여유를 잠시나마 가질 수 있다. 그러나 이러한 여유도 그리 오래 지속되지는 못한다. 금세 주치의를 찾는 비퍼^{삐삐라고도 함. 의사들은 이것을 '플라스틱으로 만들어진 거머리'라 부른다.}나 전화벨이 울리고, 곧 주치의의 정위치는 병동이 된다. 외과계의 경우는 수술실에 내려가 당장 수술 준비를 해야 하기 때문에 대부분의 주치의들은 아침을 거르게 된다. 많은 경우는 아침을 거르는 것이 너무나 익숙해서 오히려 아침으로 샌드위치라도 먹는 날이면 속이 거북해서 오전 내내 엉덩이에 힘을 잔뜩 주고 있어야 할 정도이다.

주치의들의 환자와의 전쟁은 저녁까지 지속된다. 수술실에서 열 시간 가까이 리트랙터^{retracter: 수술 시야를 좋게 하기 위해 개복 부위에 걸어서 당기는 수술 기구}를 당기고 있거나, 각종 차트를 작성하고 검사실을 쫓아다니느라 진을 빼고 나면 어느덧 해는 서산에 기울고 또다시 저녁 회진을 준비해야 한다.

저녁 회진은 아침 회진보다 더 격식을 갖춘 하나의 의식과도 같다. 이 시간은 당일에 진행된 모든 상황을 점검하는 자리이다. 환자의 모든 것을 브리핑하고 펑크난 일들이 지적되고, 나아가 아직은 당연히 무식(?)할 수밖에 없는 주치의들은 윗년차나 스태프의 쏟아지는 질문 공세에 비지땀을 흘려야 한다. 윗년차들이나 스태프들은 절대로 주치의가 이미 알고 있거나 대답할 수 있는 내용을 물어보지 않는다. 윗사람들 역시도 스스로 주치의 과정을 이미 밟아 본 사람들이라 주치의들이 무엇을 알고 무엇을 모르는지에 대해 너무 잘 알고 있기 때문이다. 혹시 내공이 센 주치의가 나타나 몇 개의 질문에 대답을 한다고 해도 그것은 오히려 질문하는 사람의 심기를 거슬러, 곧 더 어려운 질문이나 과제를 유도하는 결과를 가져올 뿐이다. 그렇다고 아는 것을 모른다고 할 수는 없고, 적당한 정도로 대답하는 것도 하나의 요령이다.

저녁 회진이 끝나고 나면 시간은 아홉 시, 열 시. 인생관이 흔들릴 정도로 허기와 피로가 몰려온다. 남들이 야식을 먹을 시간에 이루어지는 주치의들의 저녁 식사는 하루 중 제대로 챙겨 먹는 유일한 끼니이다. 따라서 저녁 식사를 어떤 메뉴로 할 것인가를 한참 동안 따져보는 일은, 실제 그 선택의 폭이라는 것이 지극히 한정되어 있는 것임에도 불구하고 즐거운 일이다. 병원 앞에 신속 정확한 배달을 자랑하는 새로운 음식점이 생기는 일은 주치의들에게 얼마나 큰 기쁨인지, 주치의는 그런 작은 일에서 행복을 느낀다, 불쌍하게도.

배를 채우고 나면 잠을 자느냐? 대답은 'No!'

결코 주치의들의 업무가 끝난 것은 아니다. 오히려 저녁 식사 후에야말로 주치의 혼자서 해결해야 할 일이 산더미처럼 쌓여 있다. 그날 새로 입원한 환자들을 진찰하고 의무 기록지를 작성해야 하며, 다음 날 수술 환자의 수술동의서를 받기 위해 보호자들과 개별적 면담을 해야 하고 저녁 드레싱을 해야 한다. 다음 날 증례발표라도 예정되어 있으면 밤늦게까지 기록을 요약해야 하고, 중환자가 생긴 경우에 벌어지는 사태는 이미 말한 바와 같다.

그렇기에 주치의들은 항상 수면 부족에 시달린다. 잠을 잘 것인가 밥을 먹을 것인가를 선택하라고 하면, 차라리 한 끼를 굶고 토막잠을 자겠다고 할 주치의가 훨씬 많을 것이다. 조금이라도 틈이 날 때 요령껏 어떤 자세로든 단 5분이라도 눈을 붙여 두지 않으면 손해 보는 것은 본인의 육체이다. 5분간의 수면에도 꿈까지 꾸는 사람들이 바로 주치의들이다.

이처럼 주치의로서의 1년은 햇병아리 의사가 성숙한 고참이 되기 위해 넘어야 할 필수적인 관문이다. 환자의 처음부터 끝까지를 모두 접하면서 젊음을 불태우는 이 기간 동안 비로소 병에 대한 개념을 '실전實戰을 통해' 익힐 수 있을 뿐만 아니라 환자를 대하는 법, 보호자를 다루는 법, 그리고 의사가 무엇을 할 수 있고 무엇을 해야 하는지를 배운다.

하지만 이렇듯 고달픈 주치의의 생활에서 가장 힘들게 느껴지는 것은 육체적 피로나 정신적 스트레스가 아니다. 그것은, 어느 집단에서도 마찬가지로 적용되겠지만, 레지던트 상호 간 혹은 스태프를 포함한 윗사람들과의 인간관계이다. 이들은 생활의 대부분을 같이하고 있기 때문에, 또한 서로를 너무 잘 알 수 있는 동질한 경험을 공유하고 있기 때문에 오히려 부담스러운 순간들이 많다. 상호 간의 경쟁과 질책이야말로 레지던트 생활에 긴장을 불어넣는 핵심적인 요소이지만, 때로는 인간적으로 미운 동료도 있게 마련이고 너무하다 싶을 만큼 아랫사람을 들들 볶는 윗사람들 때문에 속이 부글부글 끓는 경우가 한두 번이 아니다.

레지던트들의 윗년차가 꼭 아랫년차보다 졸업 연도가 빠르거나 나이가 많은 것은 아니다. 나이와 연차가 뒤섞이는 이유는 다름이 아니라 우리나라의 특수한 사정인 군대 문제이다. 1960년대 말 당시 국방부 장관이었던 김모 씨의 구상으로 정립되었다는 군의관 제도는, 그래서 킴스 플랜Kim's plan으로 불렸는데, 이에 따라 레지던트를 군보킴스와 비군보년킴로 나누어 선발하게 되었다. 군보란 아직 군대를 다녀오지 않고 졸업과 동시에 바로 인턴, 레지던트 과정을 시작한 보다 나이 어린 의사들을 지칭하는 말이고 비군보는 군대 문제가 해결되어 군대를 가지 않아도 되는 사람들이나 이미 군대를 다녀온 사람들을 지칭하는 말이다. 따라서 여의사들은 당연히 비군보가 된다.

1980년을 전후하여 의과대학이 대량으로 신설되면서 한 해에 약 3천 명 정도의 의사 자격증을 소지한 사람들이 배출되자 군의관으로 필요한 수요보다 많은 인력이 생산되는 바람에 '농어촌 보건의료를 위한 특별조치법'이 제정, 군의관으로 가지 않는 일반의^{레지던트 과정을 마친 전문의와 대비되는 개념}들을 군대 생활 대신 시골의 보건지소에 소위 '공중보건 의'로 배치하게 되었다. 그 덕분에 비군보 레지던트의 경우는 대부분 학교를 막 졸업하거나 인턴까지만 마치고 난 후, 시골에서 보건지소 장을 3년씩 하다가 온 사람들이 대부분을 이루게 되었다. 이런 경우 비군보 주치의는 군보인 후배들보다 아랫년차가 되기 때문에 사석에서는 형, 동생 사이라 할지라도 병원에서는 엄격한 위아래 연차의 규율이 적용된다. 어느 집단에서나 나이와 상하 관계가 정비례하는 것은 아니지만 병원에서의 의사들끼리는 이미 학창 시절부터 서클이나 향우회 등을 통해 거미줄처럼 얽힌 선후배 관계가 형성되어 있는 터라 후배 윗년차에게 혼쭐이라도 나면 그놈의 자존심이 몹시도 상하는 것은 인지상정이 아닐 수 없다.

그런데 비군보 주치의는 항상 군보 주치의들에 비해 굼뜨고 무식하게 마련이다. 나이도 나이려니와 면단위 보건지소장으로 시골 국민학교 운동회에서 면장이나 파출소장과 나란히 앉아 달리기 우승자에게 상장을 수여하는 일들에나 익숙해진, 삼십을 바라보는 배 나온 의사가 갓 졸업한 팔팔한 3년 후배들의 싱싱함을 이기기는 힘들 터이니 말이다. 하지만 비군보 주치의는 군보들에 비해 확실히 환자나 보호자와의 관계가 원만하고 간호사들하고의 사이가 돈독하다. 소위 인생의 연륜이 튀어나온 뱃살만큼이나 두둑이 붙어 있기 때문이다.

인턴과 주치의의 가장 큰 차이는 책임감과 소속감이다. 인턴은 여러 과를 각각 몇 주씩 돌면서 근무하기 때문에 특별한 책임감이 없다. 괴로운 상황이 생겨도 적당히 시간을 보내면 그 상황들을 피할 수가 있지만, 주치의는 이제 그럴 형편이 아닌 것이다. 인턴은 환자의 상태가 아무리 나빠져도 근무 계획표에 따라 다음 인턴에게 책임을 넘기고 자신은 다른 과로 가면 되지만, 주치의는 환자가 퇴원을 하지 않는 이상 계속적으로 책임을 져야 하는 것이 당연하다.

인턴을 어느 병원에서 한다고 하여 꼭 그 병원에서 레지던트를 하는 것은 아니다. 오히려 그런 경우가 적다고 할 수 있다. 그렇기에 인턴과 주치의는 소속감에서도 차이가 난다. 인턴은 진로에 대한 고민도 많지만, 주치의는 그런 것은 없다. 이미 선택을 내린 후이기 때문이다. 또한, 인턴은 양념통닭을 시켜 먹으려 해도 마땅히 어디로 가져오라고 할 곳이 없지만, 주치의는 의국이라는 레지던트들만의 공간이 있어 친구를 병원에 놀러 오라고 할 수도 있는 차이가 있는 것이다.

주치의 때가 평생을 의사로 사는 동안 가장 고생스런 시기라고 하면 거의 틀림이 없다. 하지만, 그 육체적인 피로함 속에서도 그들을 버틸 수 있게 하는 가장 큰 원동력은, '의사'의 일보다는 '단순노동'에 시달리는 인턴 때와는 달리 자신이 어느 환자를 완전히 책임지고 돌보는 것에서 나오는 뿌듯함과 보람일 것이다. 자신이 오랜 기간 동안 많은 것을 투자하여 배우고 익힌 지식과 기술들이 실제로 누군가에게 도움이 된다는 것을 처음으로 확인하는 즐거움이 없다면 주치의로서의 1년은 지옥과도 같겠지만, 자신의 수면을 포기하고 밤새 매달린 환자가 깨어나는 순간에 느낄 수 있는 짜릿함이 있기에 그 지옥은 견딜 만한 것이다.

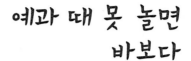

예과 때 못 놀면
바보다

– 의대생이 사는 법 1

　사람들은 '의대생'이라고 하면 벌써 어느 정도 정형화된 이미지를 떠올리는 것 같다. 비록 그것이 나이나 개인적인 성격이나, 또는 각각의 경험에 따라서 조금씩 다양한 모습으로 나타나기는 할지라도, 일반적으로 어떤 공통된 부분이 있다고 생각한다.

　즉, 두꺼운 안경을 쓰고, 커다란 가방을 들고 돌아다니면서 가끔 이해하기 어려운 소리를 지껄이고, 자존심이 강하다. 공부는 많이 하지만, 차가운 편이고 고집이 세다. 돈이 많거나 왠지 많을 것으로 생각된다. 술을 굉장히 많이 마시고, 잘 노는 무리이며, 비싸게 논다. 명문 의대생이면 여대생들이 일단 관심을 가진다. 여자 의대생은 미팅에 잘 나오지도 않고, 나와 봐야 콧대가 높아 별 인기도 없다. 나중에 돈을 많이 벌 것이며, 사윗감으로는 최고이다. 병원에 갈 때마다 아들뻘 되는 새파란 의사에게 선생님, 선생님 해야 하는 것이 속이 상하고, 그래서 아들 하나 의대 못 보낸 것이 두고두고 한이 된다, 등등.

전체적으로 평가한다면 보통 사람들이 갖는 의대생에 대한 느낌은 '좋은 것'이라기보다는 '마음에는 들지 않지만, 생각해 보면 부러운 점이 많다.'쯤으로 생각하면 크게 틀린 말이 아닐 것이다. 또한 의대생들 스스로도 사람들이 자신들을 바라보는 시각이 어떤 것인가를 그 누구보다 더 잘 알고 있으며, 그러한 시각에 대해서 일부는 긍정하는 면이 있지만 사실 꽤 많은 부분에서 불만을 가진다.

매년 3천 명이 넘는 숫자가 새로 의대생이 되고, 그만큼의 수가 의대를 졸업하고 의사의 길로 접어든다. 그들은 스스로에 대해서 어떤 생각을 갖고 있으며, 그들은 과연 어떤 식으로 6년의 시간을 보내게 되는가.

의대생들은 입학하기 전까지는 막연히 의대생에 대한 '이미지'를 갖고 있다가 어느 순간, 자신도 모르는 사이에 그 집단 속에 포함되어 있는 스스로를 발견하게 된다. 예과 2년 동안은 어쩌면 그런 '이미지'와의 싸움일지도 모른다. 가뜩이나 처음으로 어른 대접을 받는 대학생이 되어 모든 것이 새롭고 낯설며, 많은 고민과 생각들로 인해 머릿속이 복잡한 판에 자신이 의대생이라는 의식은 혼란스럽다. 왜냐하면, 사실 예과 2년 동안은 자신이 의대생이라는 것을 실감하지 못하고 사는 경우가 대부분이기 때문이다.

'의대생'이긴 하지만 예과에서 배우는 대부분의 과목은 어느 것도 특별히 의학의 냄새를 풍기지 않으며, 오히려 국어, 영어, 제2외국어, 역사, 미분적분학, 일반화학, 일반생물학, 일반물리학, 유기화학, 물리화학, 발생학, 유전학, 통계학 등을 더욱 열심히 배우기 때문에 2년을 마쳐도 '의학'에 대해서는 거의 아는 바가 없다고 해도 과언이 아니다. 예과를 무사히 마치고 본과에 진입해야만 본격적인 '의학'을 공부할 수 있다.

모든 대학생들에게 '인생의 황금기'라고 불리는 1, 2학년 때는 예과 학생도 똑같이 즐거움을 누릴 수 있는 기회이다. 비록 다른 대학보다 많은 학점을 이수해야 하긴 하지만, 그 사실이 그런 즐거움의 기회와 기대를 박탈할 만큼은 아니다. 다른 대학들의 졸업 학점이 130학점 전후이지만, 의예과 학생은 2년 동안 대개 90학점 이상을 이수해야 예과를 수료하고, 본과로 진입할 수가 있다. 많은 학점을 한 학기에 이수하다 보니 수업 시간은 많지만, 특별히 공부를 많이 하는 것은 아니다. 본과 4년 동안 거부할 수 없이 엄청난 양의 공부에 시달릴 것을 인정하고 그것을 예과 때 보상받으려는 심리가 깔려 있는 데다가, 본과 선배들의 부추김과 똑같은 조언 아닌 조언은 한몫을 단단히 한다.

본과에 다니는 선배들 중의 누구를 붙잡고 물어보아도 대답은 꼭 같다.

"예과 때 못 놀면 바보다."

"다시는 이런 기회가 찾아오지 않는다."

커다란 가방을 어깨에 메고, 손에는 무시무시한 두께의 원서를 든, 피로에 지친 기색이 역력한 선배의 "지금 놀지 못하면 다시는 놀지 못

한다."라는 말은 갓 대학에 입학한 신입생에게는 엄청난 영향력을 발휘한다. 이런 위협적인 조언에 지레 놀란 예과 학생들은 모두들 '2년 동안 필사적으로 놀아야 한다.'는 강박관념에 사로잡혀 있다.

"노세 노세, 예과 때 노세, 본과 가면 못 노나니."로 시작되는 예과 찬가라는 노래가 있다. 이들은 이런 노래를 합창하며 그들의 빛나는 청춘을 흘려보낸다. 물론 나중에 후회가 남기도 하지만, 예과 시절에 소위 '놀아 보지 못한' 사람들의 후회가 더 크다.

모든 게 혼란스러운 예과생들에게 닥치는 첫 번째 시련은 본과 진입이다. 만약 어느 한 과목이라도 F학점을 받게 되면 본과에 진입하지 못하고 1년을 기다려야 하는 것이다. 특히 2학년 2학기에 받는 F는 치명적이다. 메꿀 기회도 없기 때문이다. 의과대학 학제의 가장 큰 특징인 '학년제'와 '유급제도'의 무시무시함을 처음으로 실감하게 된다.

모든 의과대학이 채택하고 있는 '학년제'와 '유급제도'는 어쩌면 의대생을 제대로 의대생답게 해 주는 가장 큰 원동력인지도 모른다. 의과대학에는 '코스모스 졸업'이라는 것이 존재하지 않는다. 모든 것이 1년 단위로 짜여 있기 때문에 3월에 휴학을 하든, 9월에 휴학을 하든, 연말까지 다녔으나 진급에 필요한 점수를 얻지 못하든 상관없이 3월에 같은 학년을 다시 시작해야만 한다.

사람들은 의대에 입학하기만 하면 누구나 6년 후엔 의사가 되는 것으로 생각하지만, 이러한 학제와 과도한 스트레스로 인하여, 실제로 한 사람이 의과대학에 입학해서 졸업하는 데까지 걸리는 시간은 평균 7.3년이라는 통계가 있다. 학교마다 조금씩 차이는 있지만, 같은 해에 입학한 학생들 중에서 6년 만에 졸업하는 학생의 비율은 적게는 절반 미만에서 많아야 3분의 2정도이다. 유급이라는 족쇄가 가장 많은 학생들의 발목을 붙잡아 매는 시기는 보통 예과에서 본과로 올라갈 때와 본과 1학년을 마치고 2학년으로 진급할 때이다.

워낙 많은 수의 학생들이 이처럼 학교를 '오래' 다니기 때문에, 자의든 타의든 졸업이 늦어지는 일이 생기면 집에 계신 부모님들이 충격과 경악을 금치 못하고 노발대발하시는 것에 비해 정작 본인은 무덤덤한 경우도 많다. 더구나 의대생들 스스로가 '비인간적'이라고 표현하는 4년간의 본과 생활이 너무나 많은 힘을 빼놓기 때문에, 무언가 재충전의 시간이나 새로운 경험을 위해서 어느 날 훌쩍 휴학계를 제출해 버리는 결단을 내린 학생의 경우는 오히려 즐거워서 어쩔 줄을 몰라 하기도 한다.

어찌 되었건, 정든 친구들과 헤어져 후배들과 같은 강의실에 앉아 있는 일은, 특히 그것이 스스로가 선택한 '즐거움'과 '재충전'의 결과가 아닐 경우에는 환영할 일이 못 되기에, 많은 사람들에게 '유급'은 필사적으로 경계해야 할 공포의 대상이다.

6년의 정규 교육과정을 7년, 8년, 혹은 그 이상의 과정으로 만드는 일이 다반사인 의과대학. 밖에서 보기에 약간은 폐쇄되고 고립된 공간처럼 느껴지는 이곳에 사는 젊은이들에게는 어떤 일들이 벌어지는가.

본과 4년은 여덟 학기이다. 처음의 세 학기는 대개 기초 과목을 배우는 데에 할애되고, 다음 두세 학기가 대개 임상 과목의 강의를 받는 시간이며 나머지가 실제로 병원을 돌며 임상 실습을 하는 기간이다. 이처럼 크게 세 부분으로 나뉘는 각각의 기간은 서로 깊은 연관이 있기는 하지만, 생활의 모습은 많이 다르다. 해부학, 생화학, 생리학, 미생물학, 병리학, 약리학, 예방의학 등의 기초 과목의 강의를 듣고 해당 과목의 실습을 병행하는 기간은 아직 '의대생 노릇'에 익숙하지 않을뿐더러 임상 과목보다 재미도 없기 때문에—물론 기초과목을 더 좋아하는 사람도 많이 있지만—체감 스트레스가 가장 큰 시기이며, 따라서 휴학이 많이 발생하는 시기이기도 하다.

이 시기에는 소위 '임상적인 것—증상파악, 진단, 치료 등'은 거의 배우지 않기 때문에, 가족이나 친구들로부터 어디가 불편하다는 문의를 받을 때가 가장 곤혹스럽다. 그래도 명색이 의대생인데 '시내에는 좋은 병원이 많이 있습니다.'라거나 '무슨 무슨 과 전문의를 찾아가시죠.'라는 말밖에 못하는 자신이 매우 처량하게 느껴지는 시기이다. 이 시기의 의대생들은 사실 '잘난 척'할 기회가 거의 없다. 가족 중에 환자가 발생하기라도 하면, 오히려 매우 한심하다는 눈길을 끊임없이 받게 된다.

시간이 흘러 임상 과목을 배우게 되면 얘기가 조금 달라지기 시작한다. 내과, 일반외과, 산부인과, 소아과, 정신과, 신경과, 신경외과, 흉부외과, 정형외과, 성형외과, 비뇨기과, 재활의학과, 진단방사선과, 치료방사선과, 안과, 피부과, 마취과, 가정의학과, 응급의학과,

임상병리학과 등등 수없이 많은 임상 과목들을 하루에 일고여덟 시간씩 듣다 보면 정신이 하나도 없다. 새롭고 신기한 사실들을 배우는 것이 즐겁기도 하고, 조금씩 의사가 되어 가는 것 같다는 느낌을 가질 수도 있는 시기이다.

공부해야 하는 분량은 기초 과목을 배울 때보다 훨씬 많지만, 몸에 어느 정도 이력이 붙고 요령도 생겨서, 피로감이 오히려 덜한 것으로 느껴지기도 한다. 이때쯤 되면 더 많은 의학적인 질문이나 상담을 받게 되고, 꽤 많은 이야기를 그럴 듯하게 할 수 있는 실력은 갖추게 된다. 물론, 실제로 환자를 볼 수 있는 능력이 있다거나 하는 것은 절대 아니지만, '아는 척'할 수 있는 밑천은 충분히 있는 시기라는 것이다. 금세 주치의가 될 것 같은 기분이다. 괜히 멀쩡한 사람을 붙들고 어디 아픈 데가 없느냐는 질문을 던지기도 하는 시기가 바로 이때이다.

두 번째 시기가 끝날 무렵의 어느 날, 쉬는 시간에 어떤 모르는 얼굴의 아저씨가 강의실로 들어와 마이크를 잡는다. 책을 사라거나 증명사진을 싸게 찍어 주겠다거나 신용카드를 만들어 주겠다는 등의 말을 기대하고 무심히 앉아 있다가, 그의 첫마디가 떨어지면 갑자기 웅성웅성 강의실 안이 소란해진다. '가운'을 맞추라는 것이다. '아! 드디어 하얀 가운을 입을 때가 되었구나!'

예과 때도 실험실에서는 가운을 입지만, 그 가운과는 의미가 다르다. 부푼 가슴과 설레는 기대 속에 치수를 재고, 가운을 받아 드는 날, 공연히 가운을 입고 집안을 돌아다니기도 하고 거울에 비친 자신의 모습을 벌죽벌죽 웃으면서 바라보기도 한다.

　며칠이 지나고 첫 임상 실습이 시작되는 날은 의과대학에서 1년을 통틀어 가장 많은 웃음꽃이 피는 날이다. 처음으로 자신의 이름이 새겨진 가운을 걸친 동료나 선후배의 모습을 바라보는 일이 얼마나 웃기는 일인지 정말 경험해 보지 않은 사람은 모른다. 마치 고등학교 졸업식장에 처음으로 양복을 걸치고 나타난 아이의 모습 같기도 하고, 군대를 가기 위해 머리를 박박 깎은 모습을 보고 웃음이 나오는 것과도 비슷하다.

　눈이 부실 만큼 하얀 가운을 걸치고 보무도 당당하게 병원을 들어서는 순간, 강의를 들을 때와는 전혀 다른 종류의 의대생 생활이 시작된다. 실습은 전체 학생이 열 개에서 스무 개의 조로 나뉘어 각 과별로 짧게는 1주에서 길게는 10주까지 병원을 누비며 현장 체험을 하게 된다. 선생님들을 따라다니면서 갖가지 종류의 의사로서의 업무를 보고 익히고, 실제로 어떤 일을 맡아서 해 보기도 한다.

　임상 과목의 강의와 실습의 차이는 간단하다. 강의 시간에는 어떤 질병에 대해 배운다고 하면, 원인과 경과, 진단, 치료, 예후 등 고정적인 지식을 주로 공부하지만, 임상 실습은 그런 것만으로는 안 된다. 환자를 직접 만나서 대화를 하고 병력을 청취하는 것부터, 어떤 경우에 어떤 크기의 주삿바늘을 선택하는가 하며, 어떤 검사를 어떻게 의뢰해야 하는가는 물론이고 수술실에 들어갈 때 손을 닦고 옷을 갈아입는 절차까지, 더 나아가 말로 하는 설명으로는 도저히 이해할 수 없는 청진이나 타진, 촉진 같은 기술에 익숙해지도록 직접 체험을 해 보아야만 하는 것이다. 때로는 선생님들이 지정해 주는 주제에 대해 공부를 해 와서 발표해야 하는 시간도 있고, 외래 환자들을 진료하는 진료실에 들어가서 견학을 하기도 한다.

학생 수보다 오히려 더 수가 많기가 일쑤인 여러 선생님들이 지나가며 툭툭 던지는 온갖 종류의 질문들에 말문이 막히고, 생전 처음 경험하는 새로운 사건들에 당황하는 경우도 한두 번이 아니다. 어떤 날은 하루 종일 서서 돌아다니기만 하다 보면 다리도 아프고 배고 고프고, 강의실에 편안히 앉아 수업을 듣기만 하면 되던 시절이 새삼 그리워지는 것이다.

그럼에도 불구하고 환자로부터 살아 있는 생생한 지식을 얻는 임상 실습은 강의실에서 배우는 고정화된 교과서적 지식과 비교할 바가 못 된다. 이것이 바로 임상 실습의 매력이고 보람이다. 경우에 따라서는, 물론 교육의 목적이 있어서긴 하지만, 서툰 솜씨로 환자를 대하다 도움을 주기는커녕 오히려 괴롭게 하는 일도 생겨서 미안한 마음을 갖게 되는 적도 많다. 그래서 함께 실습을 하고 있는 학생들끼리 서로 실습 대상이 되어 주는 경우도 많다.

예를 들어 피부 깊숙이 자리 잡고 있는 동맥에서 혈액을 뽑아 검사를 해야 하는 일은 피부 근처에 있어 쉽게 채취할 수 있는 정맥혈 검사와는 비교도 안 될 만큼 어려운 작업이다. 물론 이런 일은 의사로서는 너무나 당연하고 흔한 일이지만, 한 번도 해 보지 않은 사람이 커다란 주삿바늘을 들고 팔뚝이나 허벅지를 푹 찌른다는 것은 여간 용기가 필요한 일이 아니다. 더구나 처음이라 몇 번의 실패 경험은 오히려 당연할 정도이니, 안 그래도 병환이 있어 고통받는 환자에게 몇 번씩 바늘을 찌른다는 것은 얼굴이 빨개지고 죄송스러움을 떠나 환자에 대해 무책임한 일일 수도 있기 때문이다. 따라서 의대생들은 상대방의 성공을 기원하며 서로의 팔을 걷어붙이는 것이다. 물론 매우 아플 뿐만 아니라 잘못하면 커다란 피멍이 들게 마련이다. 몇 명의 친구들의 팔뚝을 시퍼렇게 멍들게 하고 난 후에야 환자 앞에 다가갈 용기가 생긴다.

이런 모든 과정을 거치면서 한 사람의 의사가 만들어진다. '얼마나 더 많은 굴욕을 지불해야 자유를 얻을 수 있나?'라는 말처럼, 때로는 스스로 택한 길에 대해 후회하기도 하고 좌절하기도 한다. 함께 공부하던 친구가 이런 과정에서 고민에 고민을 거듭하다가 휴학을 결정한 사실을 며칠이 지난 후에야 알게 되기도 하고, 심지어는 과중한 스트레스를 견디다 못해 스스로 목숨을 끊는 친구들도 있어 가슴을 아프게 한다.

지나고 나면 모두가 추억이라지만, 일주일에 40시간이 넘는 강의가 진행되는 칙칙한 지하 강의실에서나, 화학약품 냄새, 동물의 배설물 냄새가 코를 찌르는 실험실에서나, 해부학 실습실에서나, 늘 포기하고 싶은 충동은 있다.

사람의 인생이 늘 기다림의 연속이듯, 아무것도 모르던 의대생이 생명을 다루는 한 사람의 의사가 되어 가는 과정도 끝없는 기다림인 것이다. 시험이 끝나기를 기다리고, 방학을 기다리는 단순한 기다림부터 새로운 고비를 맞을 때마다 자신의 모자라는 능력으로 이 고비를 무사히 넘길 수 있도록 기도하는 마음에 이르기까지 겸허한 자세로 기다리는 것이 필요하다. 너무나 멀게만 느껴지는 아득함이 있더라도 괴로움을 이겨 내고 자신을 연마하다 보면, 어느 순간 고통받는 환자 앞에 당당히 설 자격과 그 고통을 덜어 주어야 할 책임이 주어지는 것이다.

의대생들이 아무리 열심히 공부를 하고 암기를 한다고 해도 그것은 모든 의학 지식에 비하면 극히 일부분에 불과하고, 그것마저도 시간이 조금만 지나면 많은 부분을 잊어버리게 된다. 그럼에도 불구하고 때로 무의미해 보이기까지 하는 과정들을 성실히 밟아 나가는 것은 훗날, 의사로서 환자에게 작은 도움이라도 줄 수 있다면 그것은 성실함과 생명에 대한 겸허한 마음을 가졌을 때이고, 의과대학의 모든 교육이 그런 것들을 배워 나가는 과정이라는 것을 인정하기 때문이다.

평생 동안 같은 길을 걸어갈, 옆에 앉은 친구의 얼굴이 가끔 멋있어 보이는 것은 그래서인지도 모른다.

의대생은 단무지?

- 의대생이 사는 법 2

　의대생의 생활을 특징적으로 만드는 가장 중요한 두 가지가 있는
데, 그 하나는 '족보'라는 것이고, 두 번째는 모든 것이 조별로 이루
어진다는 것이다. '족보'는 일본말로 머리라는 뜻의 '야마'라고도 하는
데, 과거 몇 년 동안 시험에 출제되었던 문제들을 모아 놓은 것을 말
한다. 각 학교마다 대부분 만들어져 있으며, 어떤 학교의 경우에는 아
예 책으로 만들어져 있기까지 하다. 어차피 문제를 출제하는 선생님
들이 크게 바뀌지 않을뿐더러, 각 과목마다 가장 중요한 핵심 사항들
이 정해져 있으므로 시험에 있어서의 족보의 중요성은 매우 크다고
할 수 있다. 족보에 있는 문제들이 주로 시험에 나왔을 때, '족보를 탔
다.'라고 하며 족보에 없는 새로운 문제들이 시험지를 장식한 경우에
'탈족'이라고 한다. 족보 중에서도 가장 중요한, 그래서 시험에 나올
확률이 매우 높아 반드시 암기해야 하는 문제를 '왕족'이라고 한다.

족보에 의존하여 공부를 하는 것은 의학도로서 좋지 못한 공부 방법이라고 많은 선생님들이 말씀하시고, 의대생들 스스로도 잘 알고 있지만, 너무나 방대한 분량을 짧은 시간에 공부해야 하는 형편이기에 어떤 과목은 정말 족보 이외의 어떤 것도 못 보고 시험장에 들어가는 경우도 생긴다. 하지만, '망해도 같이 망한다.'라는 위안이 있기 때문에 시간이 부족할수록 족보에 의존하는 마음은 더 커지게 마련이다.

시험장에서 문제지를 학생이 가지고 나올 수 있게 해 주는 과목의 경우는 후배들에게 족보를 물려주는 것이 약간의 정성만 있으면 가능한 일이지만, 문제지 유출을 철저하게 감시하는 과목의 경우에는 문제지를 빼내기 위한 노력이 눈물겹다. 1번부터 자기의 출석 번호에 해당하는 문제 번호를 암기해 나와 종이에 쓴 것을 모두 모아서 문제를 짜 맞추기도 하고—이때 주관식 문제야 쉽지만, 지문이 긴 객관식 문제는 정신없는 와중에 한 문제를 완전히 암기한다는 것이 녹녹한 일은 아니다—, 휴학한 학생의 시험지를 통째로 들고 나오기도 하고, 여러 사람을 미리 지정하여 각자의 여러 장의 시험지 중의 한 장씩 찢어서 나중에 합치기도 한다. 후배를 위하는 갸륵한 선배의 정성이지만, 재시를 보거나 만에 하나 유급을 당하게 되면 자신이 그 혜택을 받는 수도 있다.

어느 과목이 족보를 많이 타고 어느 과목이 족보를 안 타는가도 대개 정해져 있을뿐더러, 족보에 얽힌 격언도 많이 있다.

"아무리 탈족한다고 해도 족보는 족보다."

"족보 안 탄다고 하는 선생님의 말씀도 족보다."

"족보만 다 챙기면 B는 충분하다."

"족보 안 보면 뭐 볼래?"

족보라는 것 자체의 분량이 엄청난 경우도 많지만, 시험이 코앞에 닥쳐 초읽기에 몰린 의대생들의 순간 암기력은 놀라울 정도라서 문제지가 배부되는 마지막 순간까지 학생들의 손에서는 족보가 떠나지 않는다. 그러나 근래에 들어 점점 족보를 타지 않는 경향이 생겨나서 학생들이 골탕 먹는 경우가 많이 생기는데, 이를 가리켜 '탈족의 시대'라거나 '탈족은 시대의 흐름'이라는 말을 하기도 한다.

의대생의 생활을 특징적으로 만드는 또 한 가지는 본과 4년을 다니는 동안 거의 모든 일들이 조별로 이루어진다는 점이다. 1학년 때는 해부학 실습조가 중심이 되고, 2학년 때는 병리학 실습조, 3, 4학년 때는 흔히 폴리poly라고 부르는 임상 실습조가 중심이 된다. 단순히 교육의 편의를 위해 나누어져 있는 것 이상의 의미가 이 실습조에는 있는데, 어차피 혼자서 모든 일을 처리하기가 어려운 생활이 계속되기 때문에 친구들, 동료들의 도움이 필수적이다. 특히 임상 실습을 돌 때는 같은 조원들과 하루 종일 함께 생활해야 하는 것은 물론이고, 실습 점수라는 것도 대개 전체 조원이 같은 점수를 받게 되는 경우가 많기 때문에 조원 간의 단합은 매우 중요한 일이다.

시험공부를 할 때도 마찬가지다. 외국영화나 소설 속에 등장하는 구두시험이나, 소위 '땡시'라고 부르는 갖가지 형태의 실습 시험들이 우리나라의 의과대학에도 똑같이 존재하는데, 이런 시험 준비를 혼자서 한다는 것은 아주 무모한 짓이다. 필기시험이야 어떻게 해 본다고 하더라도, 바늘이 꽂혀 있는 구조의 이름을 써야 하는 해부학 실습 시험이나, 뛰어다니면서 현미경을 들여다보고 질문에 답해야 하는 병리학 시험이나, 커다란 스크린에 엑스레이 사진이 비추어지는 것을 보고 병명을 써야 하는 방사선과 시험 등등, 상당히 많은 과목에 존재하는 '땡시'는 밤을 새워 가며 떠들고 나름대로 준비한 비책秘策들을 나누어야 그나마 절반이라도 맞출 수 있는 정도이기 때문이다.

그래서 '조단합대회'라는 것이 있는데, 이것이 아주 재미있는 일을 많이 만들어 낸다. 한국 사람들답게 1차, 2차를 거쳐 노래방과 포장마차를 전전하다가 아침에 눈을 떠 보니 단체로 전봇대에 웃저고리를 걸어 놓고는 담장 밑에 나란히 자고 있더라든가, 새벽 네 시에 겨우 들어간다는 것이 기숙사 가까운 친구 집인데, "내일 여섯 시에 깨워 주세용." 하고 합창했더니 어머니가 저녁 여섯 시에 깨워 줬다든가. 주로 술 마셔서 스트레스를 풀자는 원시적 시대의 얘기지만.

의대생들 스스로가 자신들을 가리켜 농담 반 진담 반으로 하는 말 중에 '단무지'라는 것도 있다. 단순, 무식, 지루를 줄인 말인데, 워낙 공부와 시험에 찌들리다 보면 세상이 어떻게 돌아가는지 파악할 틈을 가지지 못할 때가 많고, 의학 이외의 다른 분야의 상식들이 부족한 경우도 많고, 결과적으로 화제가 부족하다 보니 다른 사람들과의 만남에서 상대방을 지루하게 만드는 일이 생긴다는 것이다. 물론 다 그런 것은 아니지만, 대체로 아침에 신문 몇 줄 읽어 볼 여유가 없고, 한 달에 책 한 권 읽는 것도 보통 용기로는 안 된다. 여러 종류의 동아리 활동을 하기는 하지만, 대부분의 동아리들이 의대생들만으로 이루어진 것들이어서, 상식과 교양을 쌓는 데에 한계가 있다. 이러다가 나중에 10년, 20년이 지나고 나면 의사가 아닌 친구가 몇이나 있을까 싶은 생각이 들기도 한다. 늘 안타까워하면서 무언가 다른 일들을 해보려 하지만, 마음대로 잘 되지 않는다. 방학이라도 하면 상황이 좀 달라지기는 하지만, 학년이 올라갈수록 방학도 점점 짧아져서 나중에는 방학이라고 해 봐야 2주, 3주에 불과하기 때문에 '단무지'를 벗어나는 것이 말처럼 쉬운 일은 아니다.

의대생들이 가장 잘하는 것은 계획을 세우는 일이다. 대개 1년 치 학사 일정이 미리 발표되기 때문에, 언제부터 언제까지는 비교적 여유가 있는 편이고 어느 기간에 말 그대로 비인간적으로 살아야 하는지를 가늠할 수가 있고, 그렇기 때문에 치밀한 계획을 세워 시간을 잘 활용하는 것이 필요하다. 공부할 때는 확실하게 공부하고, 놀 때는 치밀한 계획을 세워 수단과 방법을 가리지 말고 밀도 있게 노는 사람이 의대 생활을 잘하는 사람이다. 예를 들어 이번 주말에 놀지 못하면 앞으로 한 달은 전혀 가망이 없다고 한다면, 의대생들이 주말을 보내는 모습은 처절할 정도로 필사적이다.

의대 생활이 힘들면 힘들수록 누군가의 도움을 필요로 하고, 그때 눈에 들어오는 것은 역시 동료들과 선후배들뿐이다. 보통 사람들이 밖에서 생각하는 것처럼 잘생기지도 못했고, 그렇게 '샤프'하지도 못하고, 아무리 생각해 봐도 천재는커녕 수재도 못 되는 것 같은 동료들이 가장 큰 힘이 된다. 이래 가지고 과연 어떻게 의사가 되어 환자들을 볼 수 있을까 싶은 시간이 지나고, 본과 3학년쯤이 되면 그때 처음으로 자신과 친구들이 '정말로 의사가 될 것 같은' 생각이 들고 조금씩 믿음이 가기 시작한다. 군대 생활에까지 비유되는 딱딱하고 힘든 생활들을 너끈히 해내고 있는 친구들을 보면, 비록 지금은 단순하고 무식하고 지루하기 짝이 없더라도 인생을 살아가는 가장 큰 무기인 성실함을 배우고 있는 친구들을 보면 포기하고 싶은 충동 대신 도전해 보고 싶은 패기가 생겨나는 것이다.

의대는 분명 다녀 볼 만한 곳이다.

병원에 대해 알고 싶은
두세 가지 것들

병원 이야기

"조금만 참으세요. 이제 병원에 거의 다 왔어요. 병원에만 가면 당신은 살 수 있어요."

우리들이 일상생활에서 또한 영화의 한 장면에서 아무 거리낌 없이 들을 수 있는 말이다. 병원에만 가면 살 수 있다. 정말 그런가. 사람들은 병원에 대해서 막연한 환상을 가지고 있다. 특히 대학병원 같은 큰 병원일수록 그 환상은 더욱 커져 간다. 사람들은 당장 죽을 듯이 고꾸라지게 아프다가도 병원에만 도착하면 모든 것이 해결되리라는 믿음을 가지고 병원을 찾는다. 당연한 일이다. 병이 나으리라는 믿음과 신념이 없다면 누가 병원을 찾겠는가.

"병원에서 도대체 뭐하는 겁니까? 사람이 죽어 가고 있잖아요."

병원에서 사람의 생명에 관한 모든 것을 해결할 수 있다는 믿음은 이런 분노를 낳는다. 기대가 크면 실망도 큰 법. 마치 병원은 종교 집단의 구세주처럼 구원의 대상이 되고 있다. 구세주가 못 하는 일이 있다면 그 종교가 성립할 수 있겠는가. 하지만 아쉽게도 병원은 모든 것을 해결하지 못한다. 오히려 병원은 사람들에게 불편을 주고, 있지도 않았던 고통을 주기도 한다. 실제로 이 세상에서 병원만큼 사람들이 많이 죽어 가는 곳이 어디 또 있겠는가. 병원은 질병을 치료하기도 하지만 가장 많은 사람들을 죽이기도 하는 곳이라는 말이다.

정말로 살기 위해서는, 병원에 뛰어오면서 저곳에만 가면 나는 금방 살 수 있다고 믿는 것이 얼마나 어리석은가를 빨리 깨달아야 한다. 병원은 병을 고치는 신神이 모여 사는 곳도 아니고 신으로부터 생명을 관장할 권한을 위임받은 곳도 아니다. 병원은 단지 질병에 대해 조금 많이 아는 사람들이 모여 있는 곳일 뿐이다. 하지만 아쉽게도 현대의 질병에 대해 조금 안다고 뻐기는 사람들이 가지고 있는 지식과 기술이라는 것이 한심하기 그지없는 수준이라는 것을 아는 사람은 그리 많지가 않다. 인간이 지구상에 나온 지 몇 백만 년 동안 인간이 자신의 생명이라는 문제에 대해 알아낸 것은 우습게도 '사람은 반드시 죽는다.'는 사실이 전부다. 사람이 왜 이 지구에 태어났는지, 그러다가 왜 죽는지, 죽은 후에는 어떻게 되는지 아는 사람은 아직 한 사람도 없다. 더욱 한심한 사실은 그중에서 생명에 대해 잘 안다고 하는 의사라는 사람이 완치할 수 있는 병이라고 해야 고작해야 열 손가락으로 꼽을 수 있는 수준이라는 것이다. 나머지 질병은 인간의 힘으로는 어쩔 수 없어 속수무책으로 죽음을 기다리거나 아무것도 하지 않고 그냥 내버려 두어도 자연히 치유되는 질병들뿐이다.

병원은 조금 더 오래 살고자 하는 사람들이 한 가지의 질병이라도 더 알아내기 위해서 조직을 만들고 공부를 하는 곳이다. 병원은 결코 누군가가 아플 때 그 아픔을 해결해 주기 위해서 모든 준비를 다하고 기다리는 곳이 아니다. 바로 이런 점들이 병원에 가면 불친절하고 오히려 더 불편하고 더 고통스러운 이유이다.

병원에 들어서는 순간 환자는 새로운 환경에 적응하기 위해 더 많은 시간과 노력을 허비하게 되고 도대체 내가 여기에 왜 와 있는지를 잘 모를 때가 생기게 된다.

"나는 너무 머리가 아파 참을 수가 없어서 병원에 왔어요. 그런데 병원에서는 달라는 진통제는 주지 않고 아침마다 피만 뽑아 가고 쓸데없는 검사만 하는 것 같아요."

"도대체 두통이라는 내 병명을 아는 것이 내게 무슨 도움이 되죠? 나는 아파 죽겠는데."

등등 실로 환자로서는 이해하기 힘든 일들이 여기저기서 벌어지게 된다.

병원Hospital이라는 말의 어원은 '안식처'라는 뜻의 'Hostel'에서 나온 것이다. 옛사람은 처음에 병을 치료한다는 것은 상상도 못 하고 병원에서 잘 쉬게 하면 질병이 저절로 치유가 된다는 사실을 알고 있었던 것 같다. 그래서 병원을 '치료하는 곳'이라고 부르지 않고 '쉬는 곳'이라고 불렀던 것이리라. 그러다가 사람들이 어느 순간부턴가 '약'이라는 것을 만들어 내고 '수술'을 할 줄 알게 되면서 어느 정도는 사람의 힘으로 질병을 치료할 수 있다는 믿음을 갖게 되었고 현대에 와서는 의사들이 과학기술이라는 무기를 가지고 어깨에 힘을 주고 있는 것이다. 하지만 지구상에 사는 사람은 어느 누구도 죽는 사람을 살릴 수 없다. 죽어 가는 사람의 고통을 약간 덜어 주거나 시간을 약간 연장할 수는 있어도 생명을 좌지우지할 수는 없는 것이다.

병원이라는 건물은 이런 한계를 가지고 있다. 한계가 있는 건물에 너무 의지하거나 믿음을 가져서는 안 된다. 냉정하게 사태를 파악할 필요가 있다는 말이다. 자신의 건강은 자신만이 책임질 수 있다.

흡혈귀 선생님?

교통사고로 다리를 다쳐 병원 신세를 지게 된 M씨는 요즘 아침마다 피를 한 컵씩 뽑아 가는 인턴 선생 때문에 심기가 매우 불편하다. 큰 대학병원이라고 해서 빽을 동원해서 겨우 병실을 잡아 입원을 했는데, 한다는 수술을 차일피일 미루고 아침마다 바늘로 찔리는 고문을 당하려니 심기가 불편할 수밖에. M씨는 더 이상 참을 수가 없어서 오늘 아침에는 마음을 굳게 먹고 피를 뽑아 가는 인턴에게 한마디 해야겠다고 벼르고 있는 참이다.

아니나 다를까 오늘도 어김없이 7시 20분이 되니 하얀 가운에 핏자국을 여기저기 묻힌 인턴 선생이 나타난다. 인턴 선생이라는 사람은 언제나 피곤해 보인다. 머리는 언제 깎았는지 모를 정도로 더부룩하고 수염도 까칠하다. 손에는 주사기와 고무줄 그리고 피를 담을 그릇들을 한 움큼 들고서 역시 피곤에 지친 무표정한 얼굴이다. 말을 붙일 엄두가 나지 않는다. "안녕하세요"라든가, "안녕히 주무셨어요?"라고 한마디만 해 주면 좋을 텐데 말이다.

한참 긴장하고 있는 M씨에게 다가와서 인턴 선생이 말한다.

"팔 좀 내밀어 주세요."

기회를 엿보고 있던 M씨가 이때를 놓칠세라 한마디 한다.

"흡혈귀 선생님, 제발 좀 안 아프게 뽑아 주세요."

"예?"

인턴 선생이 정신이 바짝 나는 모양이다.

"아침마다 피를 뽑아 가니 흡혈귀지요."

주위의 환자들이 낄낄거리며 웃고 인턴 선생은 아연 긴장한다.

"인턴 선생, 한 가지만 물어봅시다. 나는 다리뼈가 부러져서 수술을 받으러 왔는데 도대체 피는 매일 무엇하러 뽑아 가는 거요? 다리 부러진 것하고 피 뽑는 거하고 무슨 상관이 있는 거요?"

질문을 받은 인턴 선생은 갑자기 난감해진다. 이걸 어떻게 설명해 주어야 할지 고민하는 눈치다. 귀찮아하는 빛 또한 역력하다. 이 상황을 어떻게 빨리 벗어날까 머리를 굴리고 있는 것 같다. 일일이 설명하자니 끝이 없을 테고 가장 빠르고 쉽게 설명할 방법이 무엇인가를 고민하는 것이리라. '이 환자는 지금 나를 불신하고 있다. 시간이 많이 있다면 한 시간이고 두 시간이고 붙들고 앉아서 이해를 시킬 수 있을 텐데.'

이런 상황은 요즘 병원에서 수천수만 번씩 일어나는 흔한 예이다.

이런 일이 왜 일어나는 것인가? 환자는 아픈 사람이고 의사는 질병을 치료하는 사람인데. 서로 도움을 주고 도와주는 좋은 관계일 수 있을 텐데 왜 이런 일이 일어나는 것일까?

그것은 환자와 의사의 질병에 대한 이해의 정도가 너무 다르다는 것 때문이다. 정도가 다른 것이 아니고 개념조차 다르다. 환자와 의사의 질병에 대한 생각은 이렇다. 아주 기본적으로 환자는 '아픈 것'을 질병이라고 생각하지만 의사는 질병을 '고장 난 것'이라고 생각한다. 환자는 당장의 고통만을 해결하면 질병이 없어지는 것이라고 생각하고 의사는 아픈 것은 본질이 아니고 '증상'일 뿐이라는 사실을 안다. 의사는 '아픈 것'은 환자의 죽음과는 거의 상관이 없는 것이라는 사실을 알지만 환자는 당장에 아프면 죽을 것 같은 생각을 갖게 되는 것이다.

의사는 질병을 '고장 난 것'이라고 생각하기 때문에 우선 고장 난 부위를 찾아내기 위해서 별짓을 다하게 된다. 그것이 환자에게 고통이 가는 것이든 아니든 고장을 찾기 위해서는 어쩔 수 없는 노릇이다. 아픈 것은 금방 지나가 버리면 그만이지만 고장 난 부위를 발견하지 못해 환자가 죽게 된다면 그것은 치명적인 것이 되는 것이다.

아침마다 피를 뽑는 것은 '고장 난 곳'을 찾아내기 위한 가장 간편하고 손쉬운 방법이다. 물론 가능하면 직접 수술을 해서 고장 난 부위를 들여다보는 것이 가장 정확하겠지만 그런 방법은 손쉬운 방법이 아니다. 그렇게 하기 위해서는 마취가 필요하고 여러 가지 복잡하고 어려운 과정이 따라야만 하는 것이다.

그 외에도 '고장 난 곳'을 찾는 방법은 여러 가지가 있다. 피검사, 소변검사, 방사능검사, 단층촬영$^{CT, MRI}$ 등, 초음파검사 등은 그나마 간편하게 할 수 있는 방법들이다. 하지만 이런 방법으로도 '고장 난 곳'을 찾지 못한다면 직접 들여다보든지 좀 더 복잡하게 검사를 할 수밖에 없다. 내시경, 직장경, 기관지경, 골수천자, 조직생검법, 혈관조영술 등이 그런 검사에 속한다. 해 본 사람은 알겠지만 이런 검사들은 차라리 앓다가 죽겠다는 소리가 절로 나올 정도로 고통스러운 방법이다. 그런데도 의사들은 이 방법 말고는 그나마 병을 찾아낼 길이 없다고 믿는다.

환자는 일종의 '고장 난 자동차'로서 이런 검사들을 견뎌 내야지만 치료를 받을 권리가 생기는 것이다. 병원에서 환자들이 갖는 불만의 대부분은 바로 이런 병원의 구조와 질병 치료의 과정을 잘 이해하지 못하는 데서 생기는 오해이다.

의사들이 피를 뽑아서 그걸로 다른 짓을 할 리도 없고 쓸데없이 검사를 많이 해서 환자를 일부러 고통스럽게 할 이유도 없는 것이다.

다리를 다친 환자가 전혀 상관이 없어 보이는 피검사를 매일 받는 이유도 이런 것이다. 가장 간편하게 환자의 전신 상태를 알 수 있는 방법이 아침마다 하는 피검사인 것이다. 환자에게는 조금 불편하고 고통이 따르기는 하지만 말이다. 특히 환자가 수술을 받아야 하는 경우에 환자의 전신 상태는 매우 중요하다. 그래서 아침마다 피를 뽑아야 한다.

이런 긴 이야기를 그 짧은 시간에 환자에게 설명할 수는 없다. 이야기를 시작하면 끝이 없을 테고 섣불리 이야기했다가는 환자의 오해를 사기 십상이다. 인턴 선생이 무표정하게 피만 뽑아 가는 이유는 바로 이것이다. 그래서 다리 수술을 하는데 팔에서 피를 뽑아 가고, 수술하기 위해서는 잘 먹어야 할 것 같은데 밥을 굶기는 이유도 설명이 되는 것이다.

환자와 의사 사이에 흐르는 넓고 긴 강은 당분간은 메워질 것 같지가 않다. 그리고 당분간은 환자들에게 의사가 '흡혈귀'로 인식되는 것은 어쩔 수 없는 것이다.

의사가 그것도 모르다니?

"의사 선생님, 제 치료비가 얼마입니까?"

"선생님, 왜 이 병원에는 해태 콜라밖에 안 팔지요?"

"도대체 검사한 지가 언제인데 아직도 결과가 안 나오는 거야?"

"저 이제 접수했는데요, 다음은 어디로 가야 해요?"

"선생님, 제가 받은 약이 전번하고 다른 것 같아요!"

병원에서 근무하다 보면 환자로부터 이런 질문을 받을 때처럼 곤혹스러운 적은 없다. 의사랍시고 흰 가운을 입고는 다니지만 도대체가 대답을 할 수가 없는 질문들인 것이다. 병원에서 이런 질문은 의사가 대답할 수 없는 것이다.

병원에는 의사뿐만 아니라 치과 의사, 간호사도 있고 약사, 임상병리사, 방사선과 기사, 간호조무사, 물리치료사, 사회사업사, 심리치료사, 작업치료사, 놀이치료사, 영양사, 안경사, 행정 직원, 수술방 테크니션, 경비 아저씨, 주차관리 아저씨 등 여러 직종의 다양한 사람들이 모여 있다. 아마 이렇게 다양한 직종이 모여 있는 직장은 다른 직업에서도 흔치 않을 것이다. 재미있는 것은 이들 중의 대부분이 가운을 입는다는 사실이다. 이발사도 가운을 입고 미용사도 가운을 입고 안경사도 가운을 입는다. 하지만 그렇다고 이들이 모두 의사는 아니다.

의사에게 행정적인 일까지 이것저것 물어보다가 시원한 대답이 안 나오면 이렇게 묻는 사람도 있다.

"병원에서는 의사가 가장 높지 않아요?"

물론, 그렇게 생각할 수도 있다. 병원의 모든 일은 의사를 중심으로 이루어져 있기 때문이다. 하지만 그렇다고 해서 의사들이 병원의 모든 일을 관장하거나 모든 것을 알 수 있는 것은 아니다. 이런 질문은 병원이라는 곳이, 이렇게 다양한 직종이 모여서 유기적으로 일을 하는 거대한 조직이라는 사실을 모르는 사람들의 질문이다.

병원의 모든 일은 물론 의사를 중심으로 조직되어 있다. 특히 환자와 의사가 만나서 진료를 하는 과정은 병원의 모든 일 중에서 가장 중요한 일이다. 그래서 환자들도 병원에 왔을 때 의사와 만나는 시간 이외에도 다 낭비하는 시간이라고 믿는 것이다. '3시간 대기 3분 진료'라는 말도 이런 선입견 때문에 생긴 말이다. 그러나 대기하는 시간도 환자로서는 병원에서의 진료 과정 중에 있는 것이다. 그러니까 이 말은 그냥 '3시간 3분 진료'로 생각해 주면 좋겠다. 물론, 병원에서도 좀 더

효율적인 관리로 환자의 기다리는 시간을 줄이도록 해야 할 것이다.

규모가 큰 종합병원은 의사가 진료를 직접 하는 과정과 진료를 받기 위해서 행정적으로 처리해야 하는 과정이 나뉘어져 있다. 물론 의료에 관해서 잘 아는 전문가인 의사가 행정적인 면까지를 관장한다면 환자의 입장에서는 좀 더 편리하다고 생각할 수도 있겠다. 병원에 와서 갖게 되는 모든 의문을 의사에게 바로, 직접 물어볼 수 있으니까. 그러나 행정절차도 진료 과정 못지않게 전문적이고 복잡하다. 종합병원은 거대한 조직이기 때문에 각 조직에 맞는 능력을 지닌 사람들이 일해야만 제대로 돌아갈 수 있는 것이다. 의사가 진료 이외의 것에 신경을 쓰느라 정작 진료에 소홀히 하는 일을 근본적으로 방지하고자 하는 것이 진료와 행정의 분리라고 생각해 주면 좋겠다. 다만 의사들 자신도 크게 보아 진료의 한 과정인 행정절차에 대해 관심과 지식을 가지고 보는 것이 환자 진료에 실질적 도움이 된다는 사실을 유념해야 할 것이다. 치료비가 얼마인지, 해태 콜라가 어떻게 병원에 들어오는지, 검사 결과가 어떻게 병동에 전달되는지 의사가 모르는 것이 당연함을 환자가 이해해야 함과 마찬가지로, 병원이라는 낯선 공간에 '본의 아니게' 던져진 환자들의 지푸라기라도 잡고 싶은 답답한 심정을 헤아리는 것은 의사들의 몫이다.

세상이 아프면
의사도 아프다

세상이 아프면
의사도 아프다

소설 《동의보감》에서 허준은 당대 최고의 VIP를 목숨을 걸고 치료한다. 불치병 위암 환자를 자신이 이해한 병태 생리에 입각하여 향후 치료 계획을 의연히 밀고 나가는 모습은 대단히 감동적이었다.

이 소설이 공전의 히트를 기록하자 한의사들은 한의학을 크게 북돋웠다고 감사패를 만들어 출판사와 유족에게 전달하였다 한다. 그러나 이 소설은 역사소설이라는 우화적 수법으로 오늘의 의사들에게 하나의 메시지를 전달한 것에 다름 아니다. 문둥이와 함께 뒹구는 자비와, 자기 소신을 위해 목숨을 거는 선비적 오연함을 저자는 제시하고 있다.

사실 이 소설이 그렇게 많은 인기를 누린 것은 국민들의 절실한 소망을 그렸기 때문이 아닐까? 그러나 그 소망이 충족되기 어려운 현실은 이 소설을 한 편의 꿈으로 머물게 하고 있다. 소신 있는 진료를 꿈꾸기 전에 의료사고를 방어하는 데 급급해야 하는 오늘의 현실은 그래서 더욱 이 소설을 값지게 하는지도 모른다.

수갑 차는 의사들, 급변하는 의료 환경

최근 의사들이 진료 행위 때문에 수갑을 차거나 구속이 되는 경우가 심심찮게 생기고 있다. 과거에 부동산투기의 선봉이 되거나 불법 과외를 가장 많이 시키는 문제 학부모로서가 아니라, 의료 현장에서의 진료 행위 자체가 문제가 되어 의사들에게 사회적 제재가 가해지고 있는 현상은 변화된 시대의 흐름을 단적으로 보여 주고 있다.

그 흐름을 한마디로 표현하는 것이 그리 용이하지는 않지만, 시대가 변하는 만큼 의료 환경도 급변하고 있다. 더욱이 이제는 과거와 같이 의사들에게 우호적인 의료 환경은 기대하기 어렵게 되었다.

앨빈 토플러의 《제3의 물결》을 언급할 필요도 없이 컴퓨터 단말기를 통해 자신이 필요로 하는 의학 정보를 충분히 전달받을 수 있는 시대가 되었다. 더 이상 의사들은 전문적인 지식을 독점한 마법의 주술사로의 행세가 불가능하게 된 것이다. 이미 환자들은 의사가 무엇을 고칠 수 있고 무엇을 고칠 수 없는가를 아는 데 그리 오랜 시간이 걸리지 않게 되었다.

하지만 우호적 환경이 더 이상 지속되지 않게 되는 데에는 국민들의 권리 의식의 향상이라는 더욱 중요한 사회적 추세가 도사리고 있다. 사장과 노동자들의 관계가 예전과 같지 않듯이 의사와 환자의 관계도 예전과 같이 일방적인 시혜와 수혜의 관계가 아니다. 환자들은 이제 의사의 진료에 고마움의 표시로 돈을 지불하는 것이 아니라 자신이 지불한 의료비만큼 양질의 서비스를 의사에게 요구하게 된 것이다.

이러한 의료 환경의 급격한 변화에 대부분의 의사들은 당황하고 있다. 그들은 시대의 필연적 변화를 머리로 이해할 만큼 통찰력은 가졌으되 아직 그 변화를 몸으로 수용할 만큼 기민하지는 못하다. 진료실에서 당당하게 요구하는 환자들을 보며 달라진 현실을 체감하고 있지만 아직도 과거의 화려했던 의사들의 권위를 그리워하고 있다.

날이 갈수록 추락하는 의사들의 권위는 의사들에게 자괴감을 안겨주고 있다. 지난날 환자들이 흰색 가운을 보며 느꼈던 피해의식을 이제는 역으로 의사들이 절감하고 있다. 우호적이지 않은 차원을 넘어 적대적이기까지 한 매스컴의 선정적 보도는 의사들에게 방어심리조차 부추긴다. 이제 의사들에게 방어적 진료의 개념이 필수 교양이 되었으나 방어해야 할 가상의 적(?)은 기하급수적으로 늘어나고 있다. 이제 소신 있는 진료를 하기에는 의사 스스로가 감수해야 할 위험이 너무 커져 버린 것이다.

그러나 이러한 현상은 환자인 국민을 위해서나 의사들을 위해서나 결코 바람직한 현상이 되지 못한다. 이런 악순환의 고리는 과연 어디에서 끊을 수 있는가?

판사, 의사, 그리고 순사

"사법부가 인권수호와 민주주의의 보루로서 책무를 다하지 못한 과거의 자기반성에서만이 진정한 사법부의 개혁이 가능하다."

"판결로써 말해야 할 때 침묵했고 판결로써 말해서는 안 될 것을 말하기도 하였으며 판결이라는 방패 뒤에 숨어 진실에 등 돌리기도 하였다."

"마침내 사법부의 권위는 국민들로부터 냉소에 가까운 불신을 받는 참담한 시대에 이르게 되었다."

이상은 작년 6월 '사법부 개혁에 대한 우리의 의견'이란 제하에 서울민사지법 단독판사 40명이 발표한 선언문의 일부이다. 여기에는 사법부 일선의 소장 판사들이 가지고 있는 고뇌와 지난 과거에 대한 통렬한 자기반성이 들어 있다. 이처럼 처절한 자기 고백은 결국 사법부 개혁의 신호탄이 되었다.

의사들의 이야기를 하면서 굳이 판사들의 이야기를 들먹거리는 이유는 간단하다. 현재의 의사와 환자와의 불신 구조나 국민들의 따가운 눈총이 하루 이틀에 형성된 것이 아닌 만큼 의사들 역시도 이처럼 처절한 자기반성 없이는 그 불신의 골을 메우기가 쉽지 않을 것이기 때문이다.

이 불신의 늪은 사실 우리 의사들 스스로가 자초해 온 것임을 부정할 수 없다. 우리나라의 의사들은 너무 손쉽게 특권적 권위를 부여받았다. 외세가 들어오고 그와 함께 서구 문물이 수입되면서 그 우위성이 아무런 저항 없이 자리 잡았듯이 서양의학의 수입은 기존의 전통

의학을 일시에 대체해 버렸다. 그 와중에서 의사들은 서구 의료의 기술을 하나의 면허와 특권으로 부여받았고 자기 부정과 재확립을 시도할 필요도 없이 경제적 부와 사회적 안정을 획득할 수 있었다.

그러나 이러한 권위의 획득은 근대화 과정을 정상적으로 밟지 못한 우리 사회 대부분의 영역과 마찬가지로 역사성의 부재로 인해 그 토대가 빈약할 수밖에 없었다. 따라서 역사성의 부재에 근거한 철학적 빈곤은 윤리의 부재를 가져왔고, 남아 있는 윤리란 서구의료의 외양만을 흉내 낸 것에 불과했다.

일제시대의 '순사'로 자신을 착각하는 소위 '극소수 일부 경찰'의 비리가 언론에 보도될 때 국민이 느끼는 통쾌감을 우리는 이해한다. 의사의 비리를 언론이 좋아하는 것도 같은 이유가 있다. 대중은 '좋은 편'이 승리하는 드라마를 원하고, 그 '좋은 편'은 곧 '우리 편'이고, 상대방인 의사는 '나쁜 편'이다. 의료사고가 있을 때마다 의사들이 매도당하는 느낌을 받는 것은, 국민들한테 우리 편이라는 느낌을 주기엔 너무 거리가 멀었기 때문이다. 그 거리가 바로 불신의 골이다.

토대가 약하면 무너지는 것은 한순간이다. 급변하는 의료 환경은 이제까지의 의사들의 권위와 지위를 송두리째 흔들어 놓고 있다. 이제 의사들은 자신의 어제와 오늘 그리고 내일을 깊이 성찰해 볼 시점에 절박하게 도달해 있는 것이다.

의사들의 새로운 자존과 권위를 위해

《함무라비법전》에 의하면 의사가 수술을 하여 결과가 좋지 못할 때는 그 시술한 손을 자르는 형을 받아야 했다. 당시의 의학 수준을 감안하면 의사란 무척 위험한 직업이었을 것이다. 첨단 의료 장비가 동원되고 분자생물학이 기초 이론을 형성하고 있는 오늘에 있어서도 의사라는 직업은 여전히 위험한 직업임에 틀림없다. 왜냐하면 의사라는 직업은 본질적으로 환자의 하나밖에 없는 생명을 다루기 때문이며 예나 지금이나 의사의 권위는 그 위험성 때문에 부여되는 것이다.

막스 베버는 권위란 "사람들이 정통하고 합당하다고 여겨지는 명령에 대해 자연스럽게 복종하게 되는 가능성 또는 확률"이라고 정의하였다. 따라서 전문가 집단인 의사들이 권위를 갖기 위해서는 어떤 강제력에 의해서가 아니라 스스로가 창출한 규범을 지킬 수 있을 때이다.

그러므로 우리나라의 의사들이 진정한 권위를 회복하고 존경을 받기 위해서는 스스로가 변신해야 한다. 결자해지結者解之의 관점에 서지 않고는 자신이 만들어 놓은 업보를 누구도 풀어 주지 않는다. 감기 환자까지 대학병원으로 몰리는 국민의 우매함(?)은 그동안 의사들이 조장해 온 면이 있음을 부정할 수 없다. 일반인들의 건강염려증Hypochondriasis을 이용해 보다 전문적인 의료서비스의 가수요假需要를 만들어 온 자업자득적 결과가 전국민의료보험 이후의 3차병원 만원사례이다.

구래舊來의 의료관과 의사상으로부터 새로운 의료관 및 의사상으로의 전환의 계기를 만들 수 있는 자는 현실적으로 국민 대중이 아니라 바로 의사들 자신이다. 의사들의 의식 전환이 선행치 않고는 국민들의 의식 전환도 이루어질 수 없다. 그리고 이러한 의식의 전환을 가능케 하는 것은 아이로니컬하게도 의사들의 자존^{自尊}이며 이 자존을 가능케 하는 권위이다. 나아가 그 자존과 권위의 궁극적 근거는 국민들에게 제공되는 의료이며, 그 의료에 담겨진 의사들의 전문성과 성실성이다.

이제 우리 의사들은 전문성과 성실성을 향한 새로운 도전을 시작해야 할 것이다. 그리고 아직은 미약하지만 그러한 노력들이 젊은 의사들로부터 시작되고 있다. 그들의 흐름이 점점 커져 나간다면 의사들의 미래는 결코 절망적이지 않을 것이다.

다시 생각하는
의료윤리

– 설명과 동의

　얼마 전 저녁 9시 뉴스에는 "뇌사자의 간을 보호자의 동의 없이 적출하려다가 환자가 사망하였다."는 놀랄 만한 사건이 보도되었다. 이 사건은 그 이야기만으로도 충분히 센세이셔널한 면이 있었다. 21세기를 목전에 두고 30년 군부독재를 끝낸 소위 문민시대에 가장 비인간적인 인명 경시 행위가, 그것도 국내 굴지의 종합병원에서 일어난 것이다.

　아무리 뇌사자라고는 하지만 사람의 간을 마음대로 끄집어내다니, 그러나 사건의 진상은 알려진 것과는 달랐다. 그리고 이 사건은 언론의 호들갑스러운 보도와는 달리 하나의 해프닝으로 끝나 버렸다. 이 사건은 그 자체로 쉽게 넘길 수 없는 상당히 심각한 윤리적 문제를 갖고 있음에도 언론은 항상 그래 왔던 것처럼 그들의 선정적 보도를 끝으로 이후 아무런 사건 분석이나 대안 제시도 없이 슬그머니 꼬리를 감추고 말았다.

이 사건의 당사자였던 환자는 쿠싱씨병_{스테로이드 호르몬이 과잉 분비되는 병}을 앓고 있었고 여기에 B형 간염 바이러스에 의한 전격성 간염이 병발되어 장기간의 치료에도 불구하고 점차적으로 악화되고 있었던 환자였다. 보통의 바이러스성 급성 전격성 간염 환자라면 그렇게 특별히 임상적·학문적 관심의 대상이 되지 않는다. 하지만 쿠싱씨병에 합병되어 체내 코티졸_{스테로이드 호르몬의 일종} 분비가 항진되어 있고 이 호르몬의 분비가 간염의 활동성에 어떠한 영향을 미쳤을 것인가는 충분히 학문적인 관심의 대상이 되었다. 따라서 간의 조직학적 소견이 의학적으로는 매우 귀중한 자료가 될 수 있었다.

그러나 이미 환자는 간생검_{Liver Biopsy: 가는 바늘을 피부를 통해 찔러 간세포 조직을 얻어 내는 검사. 출혈, 감염 등 합병증이 생길 수 있다.}을 시행하기 수일 전부터 혈압 등 신체 조건이 체내 각 기관들의 기능을 유지할 수 없는 상태였다. 말하자면 환자는 거의 죽음 이외에 별다른 전망이 없는 상태였던 것이다.

그러나 문제는 바로 여기서 발생했다. 즉 임종 직전 의사들은 보호자의 사전 동의 없이 간생검을 시행했고, 이 검사가 사망 직전에 이루어짐으로 해서 사인을 둘러싼 불필요한 오해가 발생하게 되었던 것이다. 물론 이번 사건이 일어난 이후 법의학적으로 사후 부검을 통해 간생검이 환자의 직접적인 사인이 아니었던 것으로 밝혀졌다.

바로 여기에서 우리는 매우 중요한 시사점을 발견할 수 있다. 즉 이 사건을 살펴볼 때 비록 법적인 처벌의 대상이 될 만한 의료 과오는 없었다고 할지라도 결코 쉽게 넘어갈 수 없는 윤리적 문제가 내포

되어 있는 것이다.

'어차피 죽게 되어 있는 환자다.'라는 전제하에 일어난 이 사건은 의사들로서는 그리 특별한 주의를 요하지 않는 문제일 수 있으나 국민 일반의 상식과 감정에 비추어 볼 때에 어떠한 도덕적 정당성도 확보할 수 없는 일임에 틀림이 없다. 다시 말해서 법적으로는 용서될지 몰라도 마땅히 지켜져야 할 도덕과 윤리로부터 자유로울 수는 없는 것이다.

이 사건에서 우리는 매우 중요한 윤리적 문제를 지적하지 않을 수 없다. 그것은 바로 의료 행위에 있어 '설명과 동의同意'라는 문제이다. 즉 의사는 환자에게 자신의 의료 행위와 시술에 대해 충분한 '설명'을 해야 하고 환자로부터 '동의와 승낙'을 얻어 내야 한다는 것이다.

모든 의학적 판단으로 볼 때 뇌사를 포함하여, 생물학적으로 죽음이 비가역적이며 불가피할 것으로 예상되는 환자가 있다고 할 때 의사는 장기이식을 위해 그 환자로부터 특정한 장기를 떼어낼 수 있다. 그렇다면 어떠한 의학적 행위도 동의가 있다면 아무런 비난 없이 이루어질 수 있는가. 이 문제는 분명 쉽게 대답할 수 있는 성질의 것이 아니다.

의학적으로 중요한 증례를 학문적으로 탐구하는 것은, 이와 관련된 지식이 장래에 예상되는 비슷한 환자의 치료를 위해 유용하게 이용될 수 있으므로 당연히 지속적으로 추구되어야 할 것이다. 또한 현실적으로 많은 종류의 실험적 진단 기구와 치료가 환자의 동의하에 이루어지고 있다.

그러나 그렇다고 해서 모든 의학적 행위가 '혼자의 동의'라는 면죄부를 가지고 행해질 수는 없다. 예를 들어 비도덕적인 연구자가 환자에게 예상 가능한 위험성에 대해 모두 설명해 주지 않을 수도 있고 또는 자발적 동의가 위협받을 수도 있는 객관적 상황에서 동의가 이루어질 수도 있다. 이러한 경우의 동의와 그에 따른 행위는 윤리적으로 정당화될 수 없는 것이다.

의료에서 설명과 동의承諾는 의료윤리를 연구하는 학자들에 의해 깊이 있게 다루어진 문제 중의 하나이다. 여러 학자들은 다음의 세 가지 항목을 동의에 있어 중요한 기준으로 제시하고 있다.

첫째, 승낙하는 사람이 자신이 무엇을 승낙하는지 충분히 알고 있어야 한다는 것이다. 이것을 고지된 승낙informed consent이라고 한다.

둘째, 합리성이다. 첫 번째 기준인 고지는 합리성을 만족시키기 위한 정보를 그대로 제공하는 것에 속한다고도 할 수 있다. 만일 환자가 미숙하거나 정신이상이 있는 경우에는 설령 승낙을 받았다고 하더라도 합리적인 승낙은 될 수 없다.

셋째, 자발성이다. 이것은 다시 말하면 승낙은 승낙하는 사람이 주체가 되어야 한다는 것이다. 승낙은 강제나 혹은 불리한 조건에 의해 강요되지 않을 상황에서 이루어져야 한다. 환자에게 이득이 되는 상황이지만 환자가 승낙의 주체가 될 수 없는 경우라면 승낙은 다른 사람에 의해 대체될 수 있다.

지금까지 의료계의 관행은 이러한 승낙을 많은 부분에서 생략하여 왔다고 할 수 있다. 의료는 의학이라는 전문적인 지식을 가진 의사가 의료에 관한 한 결국 문외한일 수밖에 없는 환자에게 시행하는 것이다. 따라서 의사가 행하는 의료 행위를 달리 선택할 여지가 없는 환자는 전적으로 의사에게 자신을 내맡기는 상태에 놓이게 되어 있다. 이제까지 통상적으로 이러한 관계가 의사와 환자 사이의 관계로 인정되어 왔다.

그러나 이러한 일방적 관계는 많은 변화를 겪고 있다. 제2차 세계대전이 끝난 후 열린 뉘른베르크 공판에서 나치가 인도주의에 반하여 피검자에게 실시한 생체 실험이 세상에 알려진 사건을 계기로 1964년 제18회 세계의사협회총회에서 헬싱키 선언Declaration of Helsinki이 채택되었다. 이 선언에는 의학적 실험에 대한 최초의 고지된 승낙, 즉 인체 실험을 위해서는 피검자의 동의가 필요하다는 내용이 포함되었다. 이후 1968년의 시드니 선언, 1970년의 오슬로 선언이 있었고 환자의 권리에 대해 처음으로 구체화한 것으로 미국의 보스톤에 있는 베스 이스라엘Beth Israel 병원이 1972년에 발표한 환자의 권리선언이 있었다.

전 세계 의료계의 반향을 크게 불러일으켰던 이 권리선언은 의학적으로 최선의 의료를 받을 권리, 존경받는 진료를 받을 권리, 프라이버시에 관한 권리, 정보를 제공받을 권리, 알 권리, 충분한 설명을 받을 권리, 병원을 떠날 권리, 자신의 진료기록을 열람할 권리, 재정 지원 가능 여부에 대해 문의할 권리 등으로 요약되는 환자의 포괄적 권리를 제시하였다.

의사들이 스스로 제시한 환자의 권리는 우리나라에서도 최근1993년 3월에 연세의료원에서 제정·선포한 '환자권리장전'이 있다. 국내 의료 기관으로서는 처음으로 환자의 기본권을 인정하고 이를 존중하기 위한 구체적인 행동에 나섰던 것이다. 특히 의사로부터 현재의 상태, 치료 계획 및 예후에 대하여 설명을 들을 권리와 새로운 의학적 시도나 교육에 참여할 때 이를 선택할 권리를 존중하기로 한 것은 특기할 만한 사실이다. 이러한 변화를 가져온 근저에는 80년대라는 역사적 시대를 거쳐 오면서 발전한 우리나라 환자들의 권리 의식이 있다.

그런데 오히려 의사들은 이러한 사실에 무감각해 보이기조차 한다. 현실에서 환자의 승낙을 받기 위한 행동들은 이것이 탄탄한 윤리적 기초 위에서 이루어지고 있다고 보기 어려울 때가 많다. 대개의 경우는 형식적 절차로 끝나 버리거나 아니면 장래 발생할지도 모르는 법적인 문제에 대비하기 위한 방어적 성격에 머무르고 만다. 그러나 무엇보다도 우려할 만한 사실은 임상적으로 이루어지는 많은 행위에서 이러한 과정을 무의식적으로 생략하고 있다는 것이다. 아니 인식하고 있지 못하다는 것이 적절한 표현일 것이다.

태어난 아이의 생존 가능성이 희박하다는 임상적 판단하에 이루어진 1992년 전남대부속병원 산부인과 사건이나 시험관아기 시술에 쓰인 정액이 적절한 의학적 주의를 지키지 않은 상태에서 의료 행위에 사용됨으로써 문제가 되었던 것들은 이러한 불감증적 의료 행태를 보여 주는 사례들이라고 할 수 있다.

그렇다고 이 사건들에 관련된 의사들을 일방적으로 비난하는 것이 무조건 옳은 일은 아니다. 왜냐하면 이러한 사건들을 뜯어 놓고 보면 누가 누구를 비난할 수 있는 일방적인 조건이 성립되지 않을뿐더러,

이미 관행으로 굳어져 윤리적 반성이 필요한 요소들이 제대로 인식되고 있지 못한 상황에서 우연한 계기에 의해 필연적으로 벌어질 수밖에 없었던 일이기 때문이다.

불감증이 존재한다. 이는 지난날 우리 사회가 비합리적·비이성적인 정권에 의해 합리성의 추구가 비효율적이며 불필요한 것으로 치부되는 역사적 과정을 겪어 왔던 것과도 무관하지 않다. 또한 지난 시대에 많은 의사들은 사회의 특권적 계층으로 지배층과 스스로를 동일시해 왔음을 부정할 수 없다.

불행하게도 현재 의료계의 현실이 있게 된 저간의 사정에서 의사들이 차지하고 있는 몫은 크다. 의료계에서 일어나는 하나의 작은 분쟁들이 의사와 환자로 대표되는 국민들이 같이 반성하는 사회적 계기가 되지 못하고 국민들이 여기에서 미묘한 카타르시스를 느낄 정도라면 그 책임은 누가 져야 하는 것인가. 개개인의 노력이 필요할 것이고 의과대학에서의 윤리 교육도 필요할 것이다.

그러나 현재 의사들이 책임을 질 수 있는 방법 중의 하나는, 국민과 사회로부터 의사들의 행위에 대해 집단적인 동의를 받아 내는 일이다. 아무리 의사들이 의학적 중요성을 강조한다고 해도 적절한 설명이 이루어지지 않는다면 아무도 이를 믿으려 하지 않을 것이다. 더군다나 상습범이라는 혐의까지 쓰고 있는 처지에서는.

이제 한국의 의사들은 스스로의 생존을 위해서라도 변화해야 한다. 소수의 부도덕하고 비윤리적인 의사들이 존재하고 있고 앞으로도 생겨날 것이라는 점은 부인할 수 없는 사실이다. 사회 어느 분야건 일

탈된 사람들은 존재하게 마련이기 때문이다.

하지만 이제 의사들은 설명을 해도 알아듣지 못할 것이라는 선험적 판단하에 환자들에게 반드시 제공해야 할 고지 과정을 스스로 포기한 경우가 없었는지, 환자들로부터 질문을 받고 그들의 의문을 풀어 주는 데 얼마나 많은 시간과 노력을 바쳤는지를 따져 보아야 한다.

그것은 결코 닥쳐올 법적 제재가 두려워서가 아니다. 오히려 그것은 환자인 국민들로부터 검증받지 못한 그릇된 관행이 많기 때문이다. 그러한 일들은 언제 어디에선가 낯선 모습으로 불쑥 나타나 의사들을 당혹감에 빠뜨릴 것이고 또한 깊은 반성을 요구할 것이다.

장도리밖에 없는 사람은 모든 것을 장도리로 처리하려 한다

— 동양의학과 서양의학, 정말 다른가

1970년대 초반에 서구에 동양의학의 일부인 침술이 소개되었을 때, 그들의 반응은 세 가지 부류로 나누어졌었다. 맹목적 회의파와 맹목적 열광파와 신중한 탐구파가 그 셋이다. 그중 신중한 탐구파의 활약의 결과 현재 미국의 많은 의과대학이 동양의학에 대한 소개를 학생들에게 공식적으로 제공하고 있으며, 상당수의 교과서도 동양의학의 소개를 장chapter으로 다루고 있다. 미국의 큰 규모의 통증 클리닉에서는 대부분 침술을 도입해 사용하고 있으며, 일부 병원에서는 침술마취로 수술도 상당수 하고 있다. 수의학에서도 소, 말, 개와 같은 동물에 침술마취로 수술하는 경우가 종종 있다. 침술 전문인을 양성하는 2년 내지 4년제의 침술학교도 10개 정도 설립되어 있다. 유럽에도 프랑스를 위시하여 대부분의 나라에서 침술을 공식적으로 도입하고 있다. 구소련에서는 약 500개의 병원이 침술 클리닉이나 연구

센터를 설치하고 있다. 기타 아시아 지역, 중동, 아프리카, 호주, 남미 등 세계 어느 지역에나 동양의학, 특히 침술학이 편안하게 보급되고 있는 실정이다.

이런 세계적 추세에 반하여 의료 이원제의 두터운 벽이 자유스런 연구와 임상적 발전을 막고 있는 우리나라의 실정은 침술학의 종주국의 위치에 있어야 함에도 불구하고 오히려 구미에서 역수입을 해야 할 지경에 처해 있다. 국민 모두가 깊이 반성해야 할 문제이다. 동양의학과 서양의학은 과연 서로 다른 두 개의 의학일 수밖에 없는가.

동양의학과 서양의학의 비교—병인病因에 대하여

동양의학과 서양의학을 막론하고 우리 몸에는 자연 치유력 또는 항상성 에너지가 있음을 공히 인정하고 있다. 이는 신체 생리가 정상의 범위를 넘어서려 할 때는 저절로 정상적인 상태로 되돌려 놓으려고 하는 생체의 항존하는 에너지를 의미한다. 이 항상성의 자연치유력은 문화권마다 서로 다른 이름으로 부르고 있는데, 동양의학에선 이 항상성 에너지를 기氣라고 불렀다. 건강한 상태에서 질병의 상태로 되는 데는 3단계 과정이 있다. 항상성 에너지가 정상적으로 제 구실을 할 때를 건강한 상태라 할 수 있다. 이 상태에서 항상성 에너지가 정상의 기능을 다소 상실하면서 제 구실을 제대로 하지 못할 때, 그러나 아직 신체조직에 어떤 기질적 변화는 생겨 있지 않을 때가 제2단계 또는 불안정의 상태가 되는 것이다. 이 상태가 더 진행되면 소위 병적인 상태가 되어 염증, 감염, 종양 등의 기질적 변화를 야기하게 된다.

가정에서 사용하는 가스 파이프를 비유로 생각해 보면 제1단계는 가스나 파이프에 아무런 이상이 없는 상태를 말하며, 제2단계란 쇠 파이프에 녹이 슬고 구멍이 생겨 가스가 조금씩 새기도 하는 그러나 아직 불이 붙지 않은 상태를 가리키며, 제3단계는 새어 나온 가스에 점화되어 불이 난 상태를 일컫는다. 즉 가스가 새는 상태가 불안정의 단계이고 불이 이미 붙은 상태를 질병의 단계라 할 수 있다. 불이 붙기 전에는 녹슨 파이프를 수리하고 새는 구멍을 막는 것으로 상황 처리를 할 수 있으나 막상 불이 붙어 있는 상태에서는 우선 불부터 꺼야 하는 것이 상식이며, 이 상황에서 새는 것을 막기만 하는 것은 너무 소극적인 방법이라 아니할 수 없다. 녹슨 파이프를 수리하거나 새는 구멍을 막기만 하면 되는 상황에서는 불 끄는 도구란 별로 쓸모가 없다.

동양의학이 제2단계를 주로 다루는 의학이라면 서양의학은 주로 제3의 단계를 다루는 의학이라 할 수 있다. 동양의학에서는 기氣의 조화—부조화를 다루었고 서양의학에서는 기관Organ의 기질적 변화의 유무를 다루었다. 서양의학에서 생각하는 근본적인 병의 원인은 감염, 염증, 종양 등이라 할 수 있다. 그러나 동양의학적인 측면에서는 감염, 염증, 종양 등은 원인이 아니라 자연치유적인 기의 불안정부조화에 기인한 결과라고 생각하는 것이다. 서양의학에서 원인이라고 생각하는 것을 동양의학에선 결과라고 생각하는 차이가 있다.

동양의학과 서양의학의 비교—치료에 대하여

동양 사람의 사고 속에는 군자君子라고 하는 이상형이 무의식 속에 깊이 자리 잡고 있다. 소인은 잘못을 남에게서 찾고 군자는 자신 속에서 찾는다고 한다. 가령 어느 누군가가 나를 해치려고 할 때 문제의 원인을 나를 해치려는 상대방으로 보고 그 상대방을 제거하려는 것도 하나의 태도요, 상대가 나를 해치려고 하는 것은 내가 약하기 때문이니 자신을 튼튼하게 보강하는 것이 문제의 해결책이라고 보는 것도 하나의 태도이다. 모든 병의 원인은 나 이외의 다른 것들이 나를 해치는 것이기 때문에 이를 제거하려는 것이 서양의학의 치료 원칙이라면, 모든 병의 원인은 나 자신의 허약함에 있으므로 나의 방어력을 강화하자는 것이 동양의학의 주된 치료 접근법이다. 감염병을 예로 들자면 병균을 제거하자는 태도와 내 몸이 건강하면 병균이 내 몸속에 드나들어도 아무 탈이 없으니 자신의 체력을 보補해야 한다는 견해의 차이이다.

서양의학은 병 중심의 의학이다. 병이 있나, 있으면 어디에 있나, 그리고 어떤 기질적 변화가 있나에 중점을 두고, 이 병이 제거되면 건강한 것이라는 견해라 할 수 있다. 동양의학은 건강 중심의 의학이다. 자신이 건강하게 느끼나, 건강하게 느끼지 않으면 어떤 증상을 느끼나, 그리고 기氣의 어떠한 불안정성이 있나에 중점을 두고, 환자가 건강하게 느끼면 건강한 것이라고 보는 견해이다. 서양의학에선 주로 통증, 부종, 마비, 종양 등의 기질적 변화가 없어지면 일단 병이 없다고 간주하는 경향이 있으나 동양의학에선 입맛이 없고, 피곤하고 잠이 잘 안 오고 속이 답답하게 느껴지면 일단 건강하지 않은 것으로 간주하는 경향이 있다. 서양의학에선 병을 찾아내서 병을 없애는 데에 주력을 하여 질병 제거 방법에 괄목할 만한 발전을 하였고, 동양의학에선 건강을 유지하는 데에 주력을 하여 전통적인 건강 유지 방법을 발전시켜 왔다.

서양의학은 기술 위주Technological이고 동양의학은 인문주의적Humanistic이다. 기술 위주란 치료 기술을 가진 의료인이 행위자이고 환자는 수혜자인 관계로서 의료인이 일방적으로 모든 치료 행위를 제공해 주고 환자는 그냥 주어지는 치료를 받고만 있는 관계인 것이다. 따라서 여기에는 객관성과 정확성이 요구된다. 이학적 검사, 병리 검사, 방사선 검사, 전기진단 검사 등을 이용한 객관적인 소견의 유무를 요구한다. 5mg, 10분 동안, 1일 3회 등의 정확성도 요구한다. 인문주의적이란 환자 자신이 행위자이고 의료인이 지휘감독자의 역할을 하는 관계를 말한다. 환자는 스스로 할 수 있는 모든 것제대로 먹고, 자고, 쉬고, 조심하고, 피하고, 운동하는 등의 행위을 손수 해야만 하고, 의료인은 무엇이 옳고 그른지를 아는 전문인으로서 환자에게 가장 알맞은 방법을 가르치고 감독하면서 환자 스스로 하도록 지휘하는 역할을 맡는 관계이다. 여기서는 주관성과 적당성이 강조된다. 환자 자신의 느낌이 중요하다. 아프면 아픈 것이고 많이 아프다면 많이 아픈 것이다. 이 사고방식에서 보면 5mg, 10mg식의 서양의학식 알약은 마치 혁대의 구멍과 구멍 사이의 거리처럼 정확하기는 해도 노끈으로 된 허리띠처럼 융통성 있는 적당성이 결여된 것으로 보일 것이다.

서양의학은 공격적이며 적극적이고 동양의학은 방어적이며 소극적이다. 서양의학에서 통증 치료를 예로 든다면 사용하는 용어마저도 Pain Killer^{통증파괴약}라든가 Nerve Block^{신경차단}과 같은 공격적인 의미를 지닐 뿐만 아니라 시술 면에 있어서도 몸의 일부를 제거하는 수술법과 같은 적극적인 방법을 채택한다. 동양의학에서는 자신의 내부 생리를 조절하고 외부 환경에 자신을 적응시킴으로써 부조화에서 야기되는 해害를 최소화하려는 방어적이고 소극적인 방법을 채택한다. 분석적인 사고를 바탕으로 한 서양의학에서는 장기 하나하나의 질병을 색출해 내고 제거하는 데에 역점을 두지만, 종합적인 사고를 바탕으로 한 동양의학에서는 모든 장기 상호 간의 협응과 조화를 강조하며 개체와 주위 환경 간의 조화는 물론 나아가서는 대우주와의 상호 조화 관계까지를 고려하는 전인요법을 질병 치료에 적용시키려고 시도하고 있다.

동서의학 융합의 길

동양의학과 서양의학은 상호 보완적이다. 퍼즐 그림처럼 한 조각 한 조각을 제자리에 모아 붙여 한눈에 전부를 보고 이해하는 총체적인 사고방식은 동양의학에서 강하게 자리 잡고 있으며, 그림의 부분을 한 조각씩 따로 떼 내어 상세히 검토하는 분석적 연구 방법은 서양의학에서 더욱 뚜렷하다. 필연성의 연구는 동양의학의 줄거리요, 사실성의 연구는 서양의학의 줄거리이다. 다시 말해서 '왜'의 연구와 '어떻게'의 연구와의 차이이다. 예를 들면 '왜' 잠을 자야 하나, '왜' 여덟 시간을 자야 하나 하는 것이 동양의학이 주로 파고드는 방법이요, 잠 잘 때 각 장기의 기능은 '어떻게' 변하나, 뇌파는 '어떻게' 변하나 하는 것이 서양의학의 주된 연구 방법이다.

기술도 상대방이 갖고 있지 않은 것을 서로 갖고 있다. 우리 몸이 함유하고 있는 혈액의 양은 오늘이나 내일이나 비슷한 분량이지만 이 같은 양의 혈액이 어떤 비율로 분포되느냐에 따라 어지럽기도 기절하기도 하고 맥이 탁 풀리기도 하며 기운이 펄펄 나기도 한다. 이와 같이 혈액을 재분포하는 기술은 동양의학에서 특별히 강조되어 있다. 적어도 이론상으로 또 임상적 경험으로도 그렇다. 그러나 부족하면 집어넣고 너무 많으면 빼내는 기술은 서양의학에서 압도적으로 발달되었다. 연구 면에 있어도 동양의학의 과학적 연구를 위한 방법론을 서양의학이 제공할 수 있고 서양의학에서와는 판이하게 다른 차원에서의 연구 아이디어를 동양의학에서 제공할 수 있다.

하지만 동서의학의 융합에는 많은 문제점들이 가로놓여 있다. 우선, 동양의학과 서양의학 분야에 각기 근무하는 의료인들이 상대방 의학의 필요성에 대해 깊은 인식을 갖고 있지 않으며, 상대방 의학에 대해 공부해 보고 이해해 보겠다는 노력도 희박하다는 것을 들 수 있다. 내가 시행하고 있는 의학에 보완적으로 도움이 되는 또 다른 의학이 바로 나의 옆에 있다는 인식이 필요하다.

동양의학과 서양의학과의 접목, 통합, 융합에 있어서 가장 큰 문제점은 그 방법이다. 보완적 통합이면 매우 바람직한 일이지만, 통합이라는 과정 속에서 유지하고 싶던 장점들을 상실하게 된다면 이는 모두의 손실이다. 현실적으로 현대 의학의 과학성이 동양의학 속에 소멸될 가능성은 매우 희박하지만 동양의학의 철학성이 과학화라는 명목하에 서양의학 속에 소멸될 확률은 상당히 높다는 것이 많은 이의 염려이다. 사실, 동양의학 속에 정착되어 있는 철학적 사고방식은 새로운 차원에서의 의학 발전과 과학적 연구에 계속적인 자극제가 될수도 있음을 간과해서는 안 된다.

우리나라에서의 동양의학과 서양의학의 통합은 단계적으로 이루어져야 한다. 제도적으로만 한데 묶어 놓은 형식상의 통합이 아니라 내용상 서로 녹아 합쳐지는 실질적인 융합이 바람직하다. 의과대학에선 동양의학에 대한 기초라도 교과과정에 포함시켜 교육하여야 한다. 한의과대학에선 과학적 연구 방법을 교과과정을 통해 숙지시켜야 한다. 의대나 한의대 내에, 또는 큰 규모의 종합병원 안에 특수한 진료소나 특수한 과를 설치하여 동서의학의 비교 연구 활동에 제도상 제한이 없도록 보장해 주고 장려해 주어야 한다. 동서의학 양 진영 모두가 연구의 창문을 활짝 열어 놓아야 함은 물론이다.

동양의학과 서양의학은 건강과 질병이라는 같은 사항에 대한 다른 측면의 관찰과 이해이다. 같은 건에 대한 다른 해석이라고 할 수도 있다. 같은 땅덩어리를 각기 다른 행정구역으로 나누어 놓고 고을마다 서로 다른 이름을 붙여 놓은 것과 같다. 두 개의 다른 제도의 행정구역을 이해하고 각기 다른 고을 이름을 이해하면 땅덩어리 전체를 이해하는 데 큰 모순을 느끼지 않을 것이다.

동양의학과 서양의학은 전체 의학을 이해하는 데 상호 보완적인 도움을 제공한다. 동양의학은 종합적이며, 구심적이며, 철학적이며, 우측 뇌 의존적인데 비하여, 서양의학은 분석적이며, 원심적이며, 과학적이며, 좌측 뇌 의존적이다. 동양의학은 우측 날개이며 서양의학은 좌측 날개와 같아서 두 날개가 협응적으로 활개 칠 때만 높이 솟아오를 수 있을 것이다. 동양의학과 서양의학이 내용적으로 융합되어 더 높은 차원의 종합 의학으로 비상할 수 있다는 것이다. 이러한 작업을 시도해야 할 때가 바로 지금이며 이것을 해야 할 장소가 바로 한국이다.

우리 말, 우리 몸,
우리 의학

구호물자와 함께 받아들인 의학

형편이 어려울 때는 구호품으로 준 옷이 자기 몸에 잘 맞지 않아도 우선 받아 입을 수밖에 없다. 그러나 옷 만들 재료와 기술이 있을 때는 자기 몸에 맞게 만들어 입을 것이다. 서양의학이 우리나라에 처음 들어왔을 때는 우선 필요하니 그대로 받아들일 수밖에 없었다. 그러나 경제 형편이 나아졌고 전문 인력도 많아진 지금 우리 의학이 우리 몸에 맞는 것인지를 우리 의학계에서 쓰는 언어를 중심으로 한번 생각해 보기로 한다.

대한의학협회에서 펴낸 의학 용어집 앞의 글은 "아름답고, 알기 쉽고, 간명하며, 어감이 좋고, 보편성이 있는 우리말 의학 용어를 제정하고……"라고 시작한다. 이에 따라 좌창, 독두, 교조증 대신에 여드름, 대머리, 손톱물어뜯기와 같이 쉬운 우리말을 의학 용어로 채택한 것이 눈에 띈다. 또 입술과 구순, 겨드랑과 액와, 주름과 추벽, 진흙 찜질과 이욕, 기침과 해소와 같이 우리말과 한자어를 함께 쓴 것도 있다. 그러나 용어의 내용을 보면 아직도 "고장, 사고, 총각, 조상, 이상구" 등 의학 용어보다는 오히려 다른 의미가 먼저 떠오르게 되는 것들이 많이 있다. 또 권격전환, 구전혈전, 기이실금 등 이상한 중국영화 제목같이 무엇을 뜻하는 용어인지 알기 어려운 것들도 많이 있다.

실제로 의학계에서는 용어나 일반적인 표현에서도 영어를 많이 쓴다. "……stroke 환자의 경우 mental status가 coma에 가까울수록 mortality가 높아지는데 abnormal한 pupil까지 있으면 mortality는 더 상승하는데 stroke 후 1년까지 survive하면 mortality는 normal population과 같게 된다……"와 같이 영어를 많이 쓰고 표현도 자연스럽지 못하다. 아직도 환자 기록을 영어로 쓰는 의사가 있는데 "욱신욱신 쑤신다."를 pain이라는 낱말 하나로 표현하는 것을 보았다. 이런 것은 제대로 된 기록이 되지 않기 때문에 나중에 참고하려고 할 때 잘못된 정보를 주게 될 것이다.

또 같은 한국말을 하는 후손들이 이런 글을 볼 때 어떨까 하는 생각이 든다. 조선 말기에 유길준이 쓴 《서유견문》[1895]은 한글과 한문을 섞어 쓴 것인데 내용 한 부분을 보면, "……魔少州 學問大家毛氏에 就히야 其敎링 請하니 蓋 魔沙州다 合衆國의 文物 主人이라 稱하니 鴻匠巨擘의 輩出히 地라……"와 같다. 당시에는 한글을 섞어 쓴 이러한 글이 대담하고 혁신적인 것이었으나 지금은 이것도 번역이 필요한 글이 되었다. 우리가 지금 쓰는 글을 100년 후 우리 후손들이 번역을 해야 읽을 수 있다면 우리가 한 일들이 이어서 발전할 수 있을까 하는 의문이 생긴다. 이런 것이 동양학을 공부하려는 사람이 서양으로 유학을 가게 된 현상과 무관하지 않을 것이다.

폐쇄적 전문 언어는 이기주의일 뿐

의학 용어는 의학계에서 쓰는 전문 언어이다. 전문 언어는 그 직업 집단을 이루는 사람들의 성격과 직업 활동에 따라 차이가 난다. 직업 활동이 소극적이고 폐쇄될수록 그 집단의 전문 언어는 전문적이고 비밀성을 띠게 된다. 한 직업집단이 소극적이라 함은 구성원들이 직업 활동을 통하여 사회에 봉사하기보다 개인 중심으로 수입을 올리는 일에 더 열심인 것을 말한다.

사회는 많은 직업집단으로 이루어져 있다. 우리는 사회에서 존경받고 부러움을 사는 집단이 되길 바라지 비판받는 집단이 되는 것을 바라지 않는다. 그러려면 그 구성원인 의사는 사회 속에서 융화되고 참여하는 적극성을 가져야 한다. 최근 소득이 많아지고 평균수명이 길어지면서 가장 관심을 갖게 되는 것이 아마도 건강일 것이다. 의사는 건강과 가장 관계가 깊은 전문인이다. 우리가 존경받는 전문인이 되기 위해서는 높은 전문 지식과 윤리 의식으로 우리를 필요로 하는 사람들의 욕구를 충족시켜 주고 이들에게 감사하는 마음을 갖게 해야 한다. 감사한 마음은 친절한 느낌과 통한다. 친절한 느낌은 어울리는 태도와 대화를 통하여 받는다. 무엇을 뜻하는지 알 수 없는 전문 언어나 외국어를 써서는 상대에게 친절한 느낌을 줄 수 없을 것이다. 서로의 마음이 통하려면 우리가 쓰는 말이 다른 집단의 사람에게 이질감을 주지 말아야 할 것이다.

얼빠진 사람은 되지 말아야

언어는 민족의 창조적 정신 활동이 낳은 가장 큰 산물이라고 한다. 그렇다면 전문 언어는 그 언어를 쓰는 직업집단의 정신 활동을 나타낸 것이라고 볼 수 있다. 현재의 우리 의학 용어나 의료계에서 분별 없이 많이 쓰는 외국어를 보면서 의료인들의 창조적 활동과 주체성에 대하여 생각해 보고자 한다.

무엇을 주체적으로 한다는 것은 남의 것을 그대로 본뜨거나 따라가는 것이 아니라 스스로의 결정에 의해 하는 것을 말한다. 이 스스로의 결정에는 주관적이 아닌 객관적 힘이 함께 작용하는데 이 힘이 역사적 전통과 사회적 환경이다. 역사적 전통과 사회적 환경은 그 사회의 정신적 산물인 정치, 경제, 법률, 제도, 관습 언어, 사상 등을 이룬다. 이러한 정신 활동의 산물인 객관적 힘은 보편적 규범이 되어 다시 우리의 삶을 지배하는데 이것을 얼이라고 한다. 그래서 객관적인 힘에 영향을 받지 않고 흔들리는 사람을 얼빠진 사람이라고 한다.

따라서 주체적인 사람은 뚜렷한 인생관과 신념 그리고 올바르고 성숙한 성격을 갖추어야 될 것이다. 이러한 사람들로 이루어진 집단이 주체성을 갖게 되고 이런 사람이 모여 주체적인 민족을 이룰 것이다.

우리와 언어 체계가 서로 다른 일본이나 미국의 용어를 그대로 쓰면서 우리는 불편을 느낀다. 우리에게 맞지 않는 용어들은 우리의 언어 표현, 문화, 관습 등에 어울리게 다듬어져야 한다고 생각한다. 그렇지 않으면 우리의 창조적 정신 활동은 점점 약해지고 쉽게 될지 모른다. 우리가 얼빠진 사람처럼 보일지도 모른다. 우리의 일을 우리가 주체적으로 할 때 우리 스스로가 자랑스러워지고 후손에게 떳떳할 수 있을 것이다.

우리 민족의 신체적 특성은 서양사람뿐만 아니라 다른 동양사람과 비교했을 때도 차이가 있음이 알려져 있다. 얼굴 생김새도 다르고, 몸의 각 부분의 크기와 비율에도 차이가 나며, 눈꺼풀과 같이 구조에 차이가 있는 부분도 있으며, 충수의 위치 등 형태변이의 빈도도 다르며, 질병에 따라서는 발생양상에도 차이가 있고, 체질에도 다른 점이 있다.

우리 몸으로 우리 의학을

그러나 우리는 아직 우리 몸에 대한 기초 자료조차 부족하다. 요즈음 해부학 분야에서 우리 몸에 대한 연구를 하려는 움직임이 커졌는데, 필요한 시신을 구할 수가 없다. 이런 이야기를 들은 어떤 의사는 시체를 수입할 수 없느냐고 물었다. 이러한 문제는 우리 의학을 발전시킨다는 뜻에서 시신 기증으로 해결해야 한다고 믿는다. 시신 기증은 우리에게 필요한 재료를 해결해 줄 뿐만 아니라 요즈음 강조되는 의료윤리 의식을 높이는 데도 이바지할 것이다.

의사가 될 학생들은 해부학 실습에서 우리 몸과 의학적으로 접촉하는 첫 시간이 된다. 이때 학생들은 엄숙함을 느끼며 자기가 앞으로 어떤 의사가 될 것인지 자문하게 될 것이다. 더욱이 학생들의 선배나 선생이었던 의사들을 해부하거나 이에 대한 이야기를 전해 들은 학생들은 그들로부터 감화를 받아 자신도 그 뜻을 받들어 봉사와 희생 정신을 가질 수 있다. 이렇게 뜻있는 일에 의사들이 앞장 서야 되지 않을까? 우리가 이러한 마음을 가질 때 우리는 사회에 이끌리지 않고 사회를 이끌어 가는 존경받는 전문인이 될 수 있고 우리 의학을 발전시킬 수 있을 것이다.

청년의사 -
의료계의 악동들

미래는 준비하는 사람들의 것이다

신문 〈청년의사〉는 지난 1992년 6월 20일에 창간되어, 아직 두 돌이 채 되지 않은 의료계 전문지 중의 하나이다. 의료계에는 여러 종류의 신문들이 만들어지고 있지만, 의사들 스스로의 손에 의해 만들어지는 신문은 〈청년의사〉가 유일하다.

불과 2년이 채 안 되는 시간 동안 의사들 중에는 모르는 사람이 거의 없을 만큼 급성장을 했지만, 일반인들은 물론이고 의료계 내부에서도 〈청년의사〉가 도대체 어디에서 갑자기 나타나서, 어떤 힘을 바탕으로, 어떤 사람들에 의해 만들어지고 있는지는 잘 알려지지 않은 상태이다.

우리가 고민 끝에 우리들의 속사정과 살아가는 진솔하지만 황당한 모습들을 대중 앞에 공개하기로 한 것은 우리들의 모습이 특별히 자랑스럽거나 내세울 만한 것이기 때문이 아니라, 짧게는 지난 2년, 길게 잡으면 지난 4,5년 동안의 '청년의사 사람들'이라고 불러도 좋을 몇몇 청춘들의 삶이 우리끼리만 알고 있기에는 너무도 아까울 만큼 극적인 요소를 많이 갖고 있기 때문이다.

20대의 젊은이들이 패기 하나만으로 뭉쳐서 처음에는 누구나 불가능한 일이라고 생각했던 일들을 하나둘씩 이루어 온 시간들이, 지금 생각해 보면 아쉬운 점도 한두 가지가 아니지만, 먼 훗날 이제 더 이상 우리가 우리들 스스로에게 청춘이라는 수식어를 붙이기 어려워졌을 때 아름답고 소중한 기억으로 남을 것이라고 생각한다.

이제 조금은 부끄럽지만, '의료계의 악동들' 이야기를 시작하려 한다.

지난 1992년 6월 20일, 대학로에 있는 흥사단 강당에 200여 명이 모인 자리에서, 신문 〈청년의사〉는 창간을 선언했다. 하나부터 열까지 의사들의 손에 의해 만들어지는 최초이자 유일한 신문인 〈청년의사〉가 '21세기 한국 의료의 새 희망'임을 자처하면서 출범한 것이다. 500여 명에 이르는 전국의 젊은 의사들과 의대생들이 모아 준 5천만 원이 조금 안 되는 돈을 가지고 정기간행물 등록번호 라호—8620 〈청년의사〉는 32면, 12,000부를 발행하면서 이 세상에 태어났다.

의사들의 손으로 만들어지는 신문이 생긴다는 사실을 기뻐했던 사람도 있었고, 뭐하던 놈들이 갑자기 어디에서 나타나서 일을 벌이는가 하고 생각했던 사람도 있었다. 어떤 사람들은 자의 반 타의 반으로 작게는 만 원에서부터 많게는 수십만 원에 이르는 돈을 내야만 했던 사실을 억울해하며, 과연 본전을 찾을 수 있을 것인가, 내가 사기를 당한 것은 아닌가 하고 생각하기도 하였다. 또 많은 사람들은 몇 달을 못 넘기고 망할 것이라고 예측하기도 하였고, 호의적인 일부의 사람들은 1년은 버틸 것이라고도 하였다.

이후 2년 가까운 세월이 흐르는 동안 〈청년의사〉는 많은 이의 예상을 뒤엎고 망하기는커녕 갈수록 많은 사업들을 벌이면서 발전을 거듭하여 1994년 6월까지 열두 번의 신문을 발행하였고, 발행 부수도 18,000부로 늘어났다. 전국에서 지금 활동하고 있는 의사의 총수가 4만여 명이니까 거의 절반의 의사들에게 읽히고 있는 셈이다. 신문을 발행하는 것 외에도 많은 기획 사업들을 활발하게 벌이고 있는 〈청년의사〉는 어떻게 해서 이 세상에 나와, 짧은 시간 동안 이만큼의 자리를 차지하게 되었을까?

〈청년의사〉의 뿌리는 1991년 봄으로 거슬러 올라간다. 당시 서울 지역 각 의과대학에 있었던 '졸업준비 모임'의 대표자들이 모여 결성한 '서울 지역 의과대학 졸업준비 모임 연합'에서부터 이야기는 시작된다.

말도 많고 탈도 많고 고민도 많았던 대학 생활을 보내고 어느새 본과 4학년이 된 그들, 흰 가운을 입고 병원에서의 임상 실습을 돌면서 '이제 정말 내가 의사가 되기는 되나 보다.'는 생각을 했던 다양한 이력의 소유자들이 모인 그 모임에서는 바쁜 병원 실습 일정 중에서도 틈틈이 모여 많은 이야기들을 나누었다. 비록 학교 성적이 뛰어난 것은 아니었지만 어느 의대생들보다도 많은 고민을 했던 그들은 이왕 의사가 될 바에야 '좋은 의사'가 되고 싶었고, 당연히 '좋은 의사'라는 것이 도대체 무엇인가 하는 의문이 생겼다. 그들은 단순히 많은 것을 아는 의사보다는 세상의 모든 아픔들을 이해하고 포용하는 더 큰 의술을 익히고 싶었다. 다시 말하지만, 그들이 단지 공부를 못했기 때문에 이런 생각을 하였던 것은 아닌 것이 분명하다.

의과대학의 본과 4학년이라는 공통의 신분을 가진 사람들의 모임이었음에도 불구하고, 모든 구성원들이 비슷한 이력이나 생각을 갖고 있는 것은 아니었다. 그중에서 80년대 중반의 어두웠던 시절에 누구보다도 앞장서서 학생운동을 열심히 했던 사람도 있었고, 여느 의과대학생들처럼 시험에 찌들어서 살아온 사람도, 문학이나 연극이나 음악에 미쳐서 의과대학 생활을 해 온 사람도 있었다. 국민학교 때 반장을 했던 것 말고는 어떤 다른 활동도 해 본 경험이 없는 사람도 새로운 자신의 역할을 찾고 싶어 했다. 의과대학에 입학한 이후, 각각 조금씩은 다른 길을 걸어왔던 사람들을 다시 하나로 묶어 준 것은 '좋은 의사'가 되고 싶다는 희망과 '우리나라의 의료제도는 많은 문제점을 안고 있다.'는 공통된 인식이었던 것이다.

그들은 계속해서 많은 사람들과 의견을 나누고 고민을 거듭한 끝에 '신문'을 만들기로 하였다. 단순한 소식지 형태로 적은 분량의 신문을 만들어 소수가 돌려 보는 식이 아니라, 전국적인 규모로 대화와 토론의 장을 만들고 폭넓은 공감대를 형성할 수 있을 정도의 '진짜' 신문을 만들기로 한 것이다.

결국 문제는 '돈'과 '사람'이었다. 24면이나 32면으로 적어도 격월간으로 신문을 발행하기 위해서는 상상 외로 큰돈이 들 뿐만 아니라,

그 많은 작업들을 지속적으로 해 나갈 인력이 모자라다는 것이 가장 큰 문제였던 것이다. 시작도 하기 전부터 벽에 부딪친 것이다. 신문을 한 번 내고 말 거라면 일일찻집이라도 하고 떡장사라도 하겠지만, 이건 아예 신문사를 차리자는 거니 자본금이 없어서야 애당초 불가능한 일이었다.

규모를 줄이느냐, 도박을 하느냐의 기로에서 내린 선택은 20년 전에 유행했던 구호 '하면 된다'였으니, 각자의 주머니를 털고 친구들의 주머니도 털고, 부모님께 거짓말도 하고 각 학교 학생회나 각 병원의 전공의 협의회에 사정해서 얼마씩 도움을 받고 하여 창간 준비 1호를 24면으로 발행한 것이 1991년 4월 20일이었다.

당시의 신문사 사옥은 한남동에 있었다. '창호장' 혹은 '창호텔'이라고 불렸던 그곳은 지금은 공중보건의사로 있는 이창호 학생의 자취방이었으니, 말이 신문사지 벽에 잔뜩 붙어 있는 상황판이나 한구석에 쌓여 있는 의학 서적들만 아니면 완전히 부랑아 합숙소나 다름없었다. 낮에는 텅 비었다가 어둠이 내리면 하나둘씩 모여들어 복작거리는 그곳에서, 한국 의료의 희망을 만들어 나간다는 자부심이 싹트고 있었던 것이다. 하루 종일 병원 실습을 하고 난 지친 몸을 이끌고 모여든 각 학교의 4학년들은 밤이면 밤마다 졸린 눈을 부비며 모여 앉아 편집회의를 하고, 신문 배포 계획을 세우고, 재원 조달 대책을 마련하고 하다 보면 어느새 쓰러져서 코를 고는 사람도 생기고 재떨이에 담배꽁초가 수북이 쌓인다.

순번을 정해서 라면을 끓이고, 돌아가며 집에 있는 김치통을 몰래

들고 나오면서 그해에만 네 번의 신문을 만들고 난 후, 찬바람이 불기 시작하면서 창호장은 성격이 바뀌었다. KMA^{의사국가고시}만큼은 재시를 보기를 원하지 않는 각 학교의 열등생들이 모인 사설 독서실로 변한 것이다. 하지만, 다음 해 그러니까 1992년 2월, 100퍼센트의 합격률을 자랑하며 다섯 번째 신문을 발행하면서 다시 기지개를 켜기 시작하였다. 졸업을 앞두고 '이제는 나도 의사다.'라는 생각에 어깨가 펴지고 더 힘이 솟구치던 시절이었다.

1년간의 준비 기간 동안 전국의 젊은 의사들과 의대생들이 보내 준 성원에 고무된 겁 없는 청춘들은 꿈꾸어 오던 일들을 더 크게 벌이기 시작하였으니, 5천만 원이라는 기금을 모아 본격적이고 공식적인 신문을 내기로 한 것이다. 우리의 무모함에 그나마 가능성이 엿보였던 것은 전국의 수많은 청년의사들이 있다는 것과, 곧 망할 것이라는 많은 사람들의 생각이 틀렸다는 것을 증명해 보이고 싶은 오기가 있었기 때문이었다.

500여 명의 회원들이 한 푼 두 푼, 혹은 한 무더기 두 무더기 보태 준 금액들이 쌓이고 쌓여 신촌 로터리에 작은 사무실도 마련하고, 공보처에 정기간행물 등록도 마치고, 직접 신문 제작에 참여하는 사람들도 늘어나기 시작했다. 병아리 의사들만의 목소리에 무게를 실어 줄 여러 원로, 중진 선생님들의 격려와 후원이 든든한 힘이 되면서, 어쩌면 해프닝에 그칠지도 몰랐던 우리의 희망들에 조금씩 서광이 비치기 시작하는 것을 느꼈다. 김병후 선생님께서 발행인을 쾌히 맡아 주시기로 한 것도 이때의 일이었다. 언론에서도 우리에게 관심을 보이며 의료계 내부에서 이는 자정의 바람을 기대하였고, 더 많은 선생님들이 지지와 성원을 계속 보내 주셨다.

마침내, 흥사단 강당에서 창간대회를 열던 날, 우리들은 밤새도록 술을 마시면서 스스로를 자랑스러워했고, 모든 일들이 계속 잘 풀려나갈 것만 같은 기분을 느꼈다. 하지만, 시간이 흐르면서 새록새록 문제들이 발생했으니 그것은 다름 아닌 1년 전과 꼭 같은 고민들이었다. 재정 문제와 일손의 부족이 또다시 문제로 대두될 수밖에 없었던 것은 어쩌면 당연한 결과였는지도 모른다. 창간 기금을 모아 사무실을 얻고 창간호를 발행하기는 하였지만, 신문을 한 번 발행하는 데에는 순수 제작비와 발송비만을 계산해도 오륙백만 원은 족히 들었고, 그 외에 경상비와 기타 잡비로 지출되는 금액이 적지 않게 들어갔지만, 마땅한 광고주가 선뜻 나서는 것도 아니다 보니 계속 신문사는 적자에 허덕이게 되었다.

어쩌면 그것보다 더 큰 문제는 학생 신분일 때는 아무리 바쁘다고는 해도 등록금을 내고 다니는 입장이니까 이런 저런 핑계를 대고 빠져나올 구멍이 있었지만, 대부분의 편집진이 인턴이 되고 나니 병원에서 봉급을 받고 일하는 입장이라 학생 때와는 비교도 안 될 만큼 시간이 부족했다. 일주일에 한 번 모이기도 힘이 들었고, 어쩌다 약속을 잡아도 보통 밤 열두 시 아니면 새벽 한 시였다. 그 시간에 모여 두세 시간 회의를 하다 보면 눈 붙일 시간도 없이 다시 병원으로 들어가야만 하는 형편이다 보니 취재를 하고 원고를 쓰고 광고를 수주하러 다닌다는 것이 거의 불가능할 지경이었다.

하늘은 스스로 돕는 자를 돕는다는 말을 이럴 때에 쓰는 것인지는 확실히 모르겠지만, 〈청년의사〉의 운영을 그나마 가능하게 하는 데에는 운도 따랐다고 할 수 있다. 군대로 들어갔던 한 사람이 시력이 나쁜 공로(?)로 면제를 받고 나온 일과 입영 날짜를 기다리던 또 한 사람이 병무청의 서류 처리상의 실수로 입영 영장이 나오지 않는 일이 생긴 것이다. 인턴 선발은 이미 다 끝난 시점이고 보니 자연히 두 명의 의사가 사무실에 상근할 수 있었고, 그로 인하여 가장 어려운 시기였던 둘째 해를 잘 넘길 수가 있었다고 해도 과언이 아니다.

재정 문제를 해결하기 위해서 '청년의사 사람들'은 갖가지 방안을 강구했다. 온갖 인맥을 다 동원해서 광고를 수주하는 일부터, 각 대학병원의 교수님들을 찾아뵙고 취지를 설명하고 도움을 부탁드리면 많은 선생님들이 기꺼이 적지 않은 금액을 주시며 격려하셨고, 회원을 늘리는 일에도 필사적인 노력을 기울였다. 그들이 그렇게 많은 사람들에게 현금을 내놓을 것을 요구할 수 있었던 것은 그만큼 꼭 필요한 일, 누군가 해야 할 일을 하고 있다는 자부심이 있었기에 가능한 것이었다.

신문을 만들기 위해서는 원고만 있어서는 안 된다. 제목을 뽑고 사진을 배열하는 일부터 편집 디자인까지 실제로 신문을 만드는 모든 과정을 거쳐야만 신문이 만들어지는 것이다. 그중에서도 매킨토시 컴퓨터로 편집과 디자인을 하는 과정은 의사들이 잘 모르는 부분이기 때문에 가장 처리하기 힘든 과정이었는데, 한 번 신문을 찍을 때마다 들어가는 비용도 비용이려니와 낮에는 시간을 낼 수가 없으니 밤에 일을 해야 하는 데서 오는 어려움이 상당한 것이었다. 며칠씩 밤을 새워야 하기 때문에 인쇄소 측에 야근 수당까지 지불해야만 일이 가능했다.

어느 새벽, '청년의사 사람들'은 계산에 계산을 거듭한 결과, 신문 편집에 필요한 컴퓨터 장비 일체와 프로그램을 아예 사무실에 마련하고, 오퍼레이터를 고용하기로 결론을 내렸다. 신문을 대여섯 번만 찍으면 컴퓨터 값이 빠진다는 계산을 한 것이었다. 하지만 그것도 천만 원이 훨씬 넘는 고가의 장비들이었고, 목돈을 마련하는 일이 쉬운 일이 아니었다.

갖가지 이름을 붙여 여러 사람들로부터 돈을 뜯어내기 시작했다. '특별헌금'도 좋고 '십일조회원'도 좋고 '재정운영위원'도 좋았다. 학생들로부터 칠순의 선생님들에게까지 또 염치 좋게 손을 벌렸고, 결국 할부로 컴퓨터를 장만하였다. 한참이 지난 다음의 일이지만, 결국 컴퓨터 값의 일부를 제때에 지불하지 못하여서 여러 장비 중의 하나를 회사 측이 도로 가져가기도 하였었다. 어떻게 어떻게 하여 결국 돈을 지불하고 물건을 되찾아 오기는 하였지만, 그 때문에 신문이 예정일보다 한 달 가까이 늦게 나와야만 했다.

어떤 때는 신문을 인쇄할 비용은 마련했지만, 인쇄비와 비슷하게 들어가는 발송비를 마련하지 못해 며칠씩 사무실에 잔뜩 신문을 쌓아 둔 채 한숨만 쉬는 경우도 있었다. 신문이 늦게 나오는 것도 안타깝고 죄송스런 일이지만, 만들어 놓은 신문을 돈이 없어 독자들에게 보내지 못하는 것은 더욱 답답한 노릇이었다.

〈청년의사〉에는 여러 부서가 있지만, 가장 중요한 두 부서는 편집국과 사무국이다. 편집국에서는 말 그대로 신문을 만드는 책임을 지고 있다. 취재를 하고, 원고를 쓰고, 표지를 비롯하여 사진과 삽화들을 준비하고, 편집 디자인을 하는 일을 한다. 사무국에서는 재정 문제를 해결함과 동시에 신문 제작 이외의 다른 사업들을 기획하고 실행하는 일차적인 책임을 진다.

모르긴 해도 보통의 신문사에서는 편집국에 소속된 사람들의 주된 업무는 취재와 원고 쓰기일 것이다. 하지만, 일손이 부족하고 재정이 빠듯한 〈청년의사〉의 편집국원들에게 그런 종류의 일은 일부분일 뿐이다. 교정을 보는 것은 물론이고, 기사를 어떻게 배치하고 어디에다 얼마만큼의 크기로 사진을 뽑고, 어떤 모양의 글자체를 선택하느냐부터 어떤 굵기로 선을 긋느냐 하는 문제까지 모든 일이 편집국의 소관이다. 사람들은, 특히 가장 바쁜 생활을 하는 젊은 의사들은 눈에 확 들어오지 않는 기사는 거들떠보지도 않는다는 사실을 잘 알고 있기 때문에, 글의 내용도 내용이지만 시각적인 효과를 극대화시키기 위한 노력을 미술에는 문외한인 사람들이 모여서 이러쿵저러쿵하다 보면, 오퍼레이터 한 사람과 함께 컴퓨터 화면을 들여다보며 며칠 밤을 새워야 한다.

편집국의 핵심 멤버들이 주로 남자들인 반면, 사무국에서 중추적인 역할을 하는 사람들은 오히려 여선생들이 많다. 직접 돈을 만지는 일은 확실히 여자들이 더 잘하는 것 같다. Y, N, J의 세 사람이 전화통을 붙들고 앉으면 하룻밤에 수백만 원을 만들기도 한다. 돈을 마련하는 방법은 여러 가지다. 전화를 받는 사람의 성격에 따라서 읍소형으로 나가는 수도 있고, 무조건 많은 말을 해서 정신을 빼놓은 다음 '10만 원만 내라.'고 할 수도 있다. 기억력이 나쁜 사람에게는 일전에 얼마를 내기로 약속하지 않았느냐고 다그치면, 속은 줄을 알면서도 지갑을 털어 주기도 한다.

하지만, 보험회사의 외판원으로 나가라는 말을 농담으로 주고받는 사무국의 여장부들을 비롯한 '청년의사 사람들' 모두가 너무나 잘 알고 있는 사실이 있다. 많은 사람들이 많지도 않은 수련의, 전공의, 공중보건의 월급에서 얼마씩을 선뜻 내놓는 것은 우리들의 개인적인 수완이 뛰어나거나, 우리들이 개인적으로 사람들에게 인기가 있고 명망을 얻었기 때문이 아니라는 것이다. 명망이 있다면 그것은 〈청년의사〉라는 이름이 얻은 것이다. 지난 3년이 넘는 세월 동안 잊힐 만하면 한 번씩 엄청난 분량의 신문을 만들어 전국에 뿌렸던 우리들의 노력과, 지금의 잘못된 한국 의료의 개혁은 의사들 스스로의 반성에서부터 출발해야 한다는 우리들의 외침에 박수를 보내기 때문인 것이다.

지금까지 여러 번의 신문이 나오는 동안 단 한 번도 원고를 쓴 일은 없지만, 사무국에서 중추적인 역할을 하는 Y선생은 편집회의에 참석하기는 하지만 회의가 시작되면 늘 30분을 넘기지 못하고 잠이 든다. 산부인과 레지던트인 그녀가 하루 종일 병원에서 받은 정신적 스트레스는 사무실에 와서 함께 이 '미친 짓'을 하고 있는 동료들의 열의에서 해소되지만, 육체적 스트레스는 어쩔 수가 없다. 사무실에 오면 늘 먼저 곯아떨어지는 Y선생은 아마도 다른 누구보다도 병원에서는 열심히 일하는 것이 분명하다. 밤을 새워 회의를 하고, 글을 쓰고 하다가 창밖에 조금씩 희뿌연 기운이 돌기 시작하면 병원으로 가지만, 낮 시간 동안 쏟아지는 졸음은 틈만 나면 병원의 어느 구석엔가에 자리를 잡고 새우잠을 청하게 한다.

의료계 밖의 사람들은 지금 하는 얘기들이 실감 나지 않을지도 모른다. 하지만, 쉽게 생각해서 일주일에 잘해야 한두 번, 기껏해야 열 시간 정도 병원 밖에 나올 수 있는 전공의들이 그 시간 동안 할 수 있는 일인 데이트라거나, 머리를 깎는 일, 구두를 사는 일, 밀린 빨래를 해결하는 일, 영화라도 보는 일 등을 모조리 포기한다고 생각하면 된다. 다른 전공의들보다 집에 들어가는 일이 훨씬 적은 것은 당연한 것이고, 이제 부모님들도 아예 그러려니 하시는 편이다. 때로는 한국 의료의 희망찬 미래도 좋지만, 연로하신 부모님들께 죄송한 마음을 금할 길이 없다.

이렇게 살다 보니, '청년의사 사람들'은 소수를 제외하고는 모두 미혼이다. 노총각, 노처녀들이 많다는 말이기도 하다. 가끔 결혼 이야기가 화제로 오르면, 다들 낄낄거리면서 상대방을 걱정하지만, 대체로 평균은 되는 외모에 멀쩡한 직업들을 가지고 있으면서도 나이 서른이 가깝거나, 서른을 넘기고도 아무런 대책을 마련하지 못하고 있는 모양들이 딱해 보이기도 한다.

편집진의 대부분이 미혼인 사실은 〈청년의사〉의 재정에는 상당한 플러스 요인으로 작용한다. 궁할 때면 서로의 월급봉투를 터는 수밖에 없는데 기혼자의 월급봉투를 털기는 훨씬 어렵기 때문이다. 특히

341

사무국의 N선생 같은 경우에는 몇 년 동안 '청년의사 사람들' 중에서도 가장 많은 돈을 줄곧 기부해 오는 바람에 통장에는 잔고가 하나도 남지 않았다. 1993년에만 해도 450만 원을 청년의사에 빼앗겼으니, 총 수입의 절반을 내놓은 셈이다. 내일모레면 서른인데, 시집 갈 밑천을 모두 여기에 써 버렸으니, 혼처가 당장 생긴다고 해도 문제다. 같이 일하는 사람들이 미안한 마음에 남자만 구해 오면 시집 갈 밑천은 우리가 책임지겠다고 큰소리치기는 하지만, 그게 가능할지는 미지수이다.

솔직하게 말해서 〈청년의사〉의 일을 하는 것은 같은 병원에 근무하는 동료들의 따뜻한 도움이 없었다면 아예 처음부터 불가능했을지도 모른다. 〈청년의사〉라는 직함이 무슨 벼슬은 아니지만, 동료들은 신문을 만들어야 한다며 걱정하는 우리들에게 기꺼이 주말 당직을 바꾸어 주기도 하고 아예 대신 서 주겠다는 호의를 베풀기도 한다. 1년에 한 번 정도는 '청년의사 사람들'이 일제히 당직을 바꾸어서 MT를 가기도 하는데, 대개 토요일 오후 늦게 출발해서 일요일 오전 중에는 다시 병원으로 들어가는 식이다. 몇 대의 승용차에 나누어 타고 출발할 때는 밤을 새워 술을 마시고 뛰어놀 것처럼 떠들다가도 막상 자정이 넘고 두 시가 넘으면 몇몇 철인들을 빼고는 모두 잠에 떨어진다. 마지막에 남는 한두 사람은 자고 싶어도 잘 수가 없는 것이 그들을 모두 원하는 시간에 깨워 출근시킬 책임을 떠맡기 때문이다. MT를 멀리 가면 갈수록 일어나야 하는 시간이 빨라지는 것은 당연하고, 용인쯤으로만 가도 새벽 네 시면 벌써 1진은 떠날 준비를 해야 한다.

돌이켜 생각하면 우리가 생각하기에도 참으로 황당한 순간들이지만, 그저 우리가 무당춤을 출 수 있도록 멍석을 깔아 주시고 박수를 쳐 주신 모든 분들께 감사할 따름이다.

'청년의사 사람들'의 공통된 소망 중의 하나는 바로 "제발 신문만 만들었으면 좋겠다."는 것이다. 그만큼 〈청년의사〉는 많은 기획 사업들을 벌여 왔다. 두 달에 한 번 나오는 신문만으로는 전국의 수많은 청년의사들과의 만남이 부족하다고 생각하여, 더 많은 사람들과 의견을 나누고 미래를 함께 설계하기 위해서 갖가지 행사들을 만드는 것이다. 몇 년째 계속 해 오고 있는 '청년의사 여름캠프'와 '청년의사 겨울캠프'는 매번 100여 명의 의대생, 의사들이 전국에서 모여들어 회포를 푸는 자리이다. 도봉산에 모이기도 하고, 일산에 모이기도 하지만, 〈청년의사〉가 줄기차게 외쳐 온 으뜸 구호인 "미래는 준비하는 사람들의 것이다."라는 말과 함께 서로를 격려하고 희망을 나누는 마음은 언제나 꼭 같았다.

1992년 말과 1993년 말에는 제1, 2회 '한국인, 우리 의학 심포지엄'을 개최하여 서양의학의 일방적인 모방과 차용이 아닌, 한국 사람의 몸에 가장 잘 맞는 의학의 전통을 세우기 위한 노력을 경주하였으며, 1993년 1, 2월에는 '한국 의료의 오늘과 내일에 대한 새 이해를 밝힌다'라는 제목의 기획 강좌를 서울과 전국 6개 도시를 순회하며 개최하여 전국을 유랑극단처럼 떠돌기도 하였다.

1994년 초여름부터 가을까지는 장장 4개월여에 걸쳐 '21세기를 향한 한국 의료의 반성과 개혁'이라는 대주제의 한국 의사들의 토론의 장인

그랜드 포럼을 역시 서울과 지방 6개 도시에서 개최하기도 하였다.

한겨울에 있었던 '기획 강좌'는 빡빡한 일정 때문에 주로 새벽에 도시와 도시 사이를 이동하며 각 도시를 두 번씩 방문했다. 우리들이 움직인 총거리는 1만 킬로미터가 넘었으며, 강좌에 참석한 연인원은 1,000명을 상회했었다. 언젠가 한번은 사흘을 연속으로 새벽 세 시에 경부고속도로 천안삼거리 휴게소에서 자동차와 우리들의 허기를 달래야만 했던 적이 있는데, 그런 우리의 초췌하고 기괴한 모습을 요상한 눈빛으로 한참 동안 바라보던 휴게소의 여직원을 잊을 수가 없다.

그랜드 포럼에는 총 13회의 토론회에 연사로만 120여 분이 참가해 주셨고, 연인원 1,500여 명이 진지한 토론을 해 주셨는데, 주말마다 잡혀 있는 행사를 준비하느라 서울의 사무실에서 전화통과 씨름하고, 막히는 고속도로를 원망했던 기억이 새롭다.

청년의사 캠프와 기획 강좌에서는 주로 의대생들과 젊은 의사들을 만났고, 그랜드 포럼에서는 주로 개원의들을 비롯하여 중견 의료인들을 만났는데, 어느 자리에서나 우리나라의 의료계가 많은 문제점을 안고 있으며, 이 모든 문제들을 앞장서서 해결해 나가야 할 주체는 바로 의사들 자신이라는 생각들을 이미 하고 계신 사실들을 새로이 발견하며 놀라기도 했었다.

이런 일들을 하다 보니, 신문 나오는 날짜가 매번 늦어지고 사고란에는 늘 신문이 늦게 나와서 죄송하다는 얘기가 빠지지 않았다. 당연히 편집국에서는 "제발 신문만 만들었으면 소원이 없겠다."는 이야기가 나올 법도 했다.

우리가 늘 돈이 없다고 여러 사람들에게 손을 벌리고 다니니까 어떤 분들은 우리들이 허튼 곳에다 돈을 낭비하는 것이 아닌가 하는 의심 아닌 의심을 하시기도 했지만, 우리는 맹세코 공금으로 밥 한 끼 먹은 적이 없다. 고속도로 통행료나 기름값도 모두 자비로 해결했고, 사무실의 난로가 먹는 석유값도 마침 그때 난로 가까이에 있었던 사람의 지갑에서 지출해야 했다. 보통 신문사나 잡지사에서는 원고를 써 주신 분께 소정의 원고료를 지급하지만, 〈청년의사〉의 경영 방침은 정반대다. 원고가 실린 분들은 늘 잊지 않고 찾아뵙거나 연락을 드리고, 돈을 내 주실 것을 부탁한다. 한마디로 어떤 경로로든 〈청년의사〉와 관계를 맺은 사람은 돈을 내는 것을 원칙으로 삼고 있다는 말이다. 바쁘신 와중에 원고를 써 주시고 원고 게재료까지 기꺼이 부담해 주신 모든 선생님들께 일일이 감사의 말씀을 다 전하지 못한 것이 죄송스러울 따름이다.

우리는 창간호의 '중년의사 칼럼'란에 어느 선배님 한 분이 '노파심'이라는 단서를 달고 지적해 주신 반대를 위한 반대, 대안 없는 반대를 경계해야 한다는 말을 늘 명심하고 있다. 우리가 추구하는 것은 시대의 흐름에 재빠르게 영합하여 대중적 인기를 얻자는 것도 아니며, 엉뚱한 자리에 놓여 있는 것들을 제자리로 돌려놓는 것에 그치는 것도 아니다. 우리는 미래를 설계하고 만들어 나가자는 것이다. 분명히 머지않아 이 세상을 떠맡을 책임은 젊은 세대인 우리들에게 주어질 것이므로, 원대한 비전을 가지고 그때를 준비하자는 것이다. 〈청년의사〉

는 줄곧 '미래는 준비하는 사람들의 것이다.'라는 구호를 즐겨 사용해 왔다. 여기에 우리의 가치관이 담겨 있는 것이다. 불과 10년, 20년 후면 이미 과거가 되어 버렸을 현재의 어지러움을 정리하는 차원을 넘어서서 당당한 미래의 주인으로서의 안목을 키우고 자질을 연마하자는 것이다.

우리가 이 일을 시작한 지 이제 삼 년여의 시간이 흘렀다. 세계사의 어디를 살펴보아도 의미 있는 도약이 불과 이삼 년 만에 이루어진 것은 없다. 이삼십 년을 준비하고서야 뜻을 이루는 와신상담의 고사처럼, 이삼백 년을 묵묵히 기다린 후에야 비로소 거목이 되는 상록수처럼 행여 지금껏 이룬 약간의 성취에 대한 뿌듯함이 교만이 되지 않도록 늘 반성하고 늘 멀리 보며 스스로를 갈고닦아 나갈 것을 항상 다짐하는 것이다.

거창하게 말을 하기로 하면 한없이 좋은 말들을 늘어놓을 수도 있지만, 다시 처음으로 돌아가 생각해 보면 애초에 우리들이 생각했던 것들은 어쩌면 지극히 단순하고도 당연한 것이었다. 우리들 스스로가 택한 의사로서의 삶이 어릴 적에 생각했던 것처럼 사람들에게 봉사하고 그 대가로서의 존경을 받는 모습이 아닌 것을 한없이 불만스러워했고, 그 책임이 우리들 스스로에게 있음을 인식하는 데에서 출발한 것이었다. 가장 고통스러운 순간에 만나게 되는 의사, 가장 아쉬울 때에 찾게 되는 병원이 모든 사람들에게 용기와 기쁨을 주는 역할을 할 수 있었으면 하는 바람이 우리를 지탱해 주는 가장 큰 힘인 것이다.

💓 창간선언문

이 창간선언문은 1992년 6월 20일 신문 〈청년의사〉의 창간대회에서 발표된 것이다. 〈청년의사〉의 이념과 지향, 의지와 희망이 담겨 있는 글이기에 이 책의 말미에 싣게 되었다.

여기 젊은 의지와 뜻이 함께 모였다. 그러나 그들의 손에는 어떤 무기가 들려 있는 것도 아니요, 명성과 권력을 배경으로 하고 있지도 않다. 그들은 아직은 젊기에 말만 들어도 가슴 뛰는 청춘을 담보로 오늘 이 자리를 시작한다. 신문 〈청년의사〉를 정식으로 창간한다.

오늘 한국의 의사, 의료인은 대단히 무력하다. 무력함을 느끼기에 변화와 새로운 전진을 목말라하고 있다.

환자가 있는 곳에 의사가 있는 것이 아니라 의사가 있는 곳으로 환자가 찾아다녀야 하는 오늘의 현실은 우리의 가슴을 아프게 한다. 자본의 운동 속에 자리매김한 병원과 진료의 형태는 대중에겐 하나의 장벽이요, 자라나는 청년의사에겐 성장의 질곡이다. 비효율적인 의료 정책과 빈약하기 그지없는 의료 재정은 환자와 의사에게 그 경제적 부담감만을 가중시키고 있다. 그리고 우리의 원론이 없는 의학적 지식은 아무런 철학적 바탕 없이 의료를 단지 기술적 과정으로 전락시키고 있다.

뿐이랴. 의사들은 개인주의적 생리에 젖어 있어 단결하지 못하고 공통의 공감을 별로 갖고 있지 못하다. 내부는 분열되어 있으며 타 직종의 의료인과의 갈등의 폭은 오히려 갈수록 커져 가고 있다. 유물처럼 말라비틀어진 히포크라테스의 선서를 뒤로하고 의사들은 생활의 긴장과 일상의 지루함에서 헤어나지 못하고 있다.

고인 물은 썩는 법이다. 우리는 이 소박한 진실을 실천하려 이 자리에 모였다.

우리의 현실은 변화하고 있다. 새로운 신진 청년의사들이 대거 양성되면서 그들은 우리나라의 의료계를 개혁할 새로운 세대로 성장하고 있다. 한 해에 3천 명씩 배출되는 새로운 인력은 그들의 밥그릇을 걱정하기보다는 환자의 고통에 동참하기를 고민하고 있으며 우리의 의학을 목말라하고 있다. 그들은 서로에 대한 공감과 단결을 기대하고 있다.

더욱이 우리 의료의 현실 역시도 우리의 변화를 강요하고 있다. 80

년대를 경유한 오늘의 의사는 과거의 의사로 머무를 수 없게 강요받고 있으며, 우루과이 라운드 이후의 90년대적 상황은 한국 의료의 앞날을 더욱 불안하게 하고 있다. 오늘에 있어 변화는 우리의 기본 전제인 것이다.

우리는 이러한 변화의 시대에 우리의 몫을 찾아야 한다. 그것은 우리 내부로부터의 새로운 흐름을 만드는 일이요, 우리의 장점에 근거해 부정적 측면을 극복해 가는 일이다. 우리는 유산으로 물려받은 오늘의 현실이 하루 이틀에 만들어진 것이 아님을 알기에 단순한 문제 제기나 선험적 주장으로 그 해결책을 찾는 우를 범하지 않을 것이다. 우리는 우리가 발 딛고 있는 삶과 의료의 현장으로부터 그 단초를 찾아내고, 그것을 서로 공유하고, 그 힘과 지혜를 모아 아래로부터 잔잔한 소용돌이를 만들어 가야 한다. 신문 〈청년의사〉는 이러한 과정을 매개하고 활성화시키는 촉매제가 될 것이다.

그렇기에 〈청년의사〉는 다음과 같은 자신의 뜻을 가지고 그 출발을 선언한다.

첫째, 민주적 단결이다. 의사와 의사, 의사와 의대생, 의사와 타 의료 직종 사이의 뜻과 의지를 모아 현실의 과제를 직시하고 극복하려고 노력할 것이다. 민주는 토론의 개방이며 단결은 우리의 사명감을 기초로 작용할 것이다.

둘째, 새로운 의사상의 정립이다. 의대 과정과 수련의, 전문의 과정이 요구하는 기술적 과정에 사람의 도리와 뜻이 뛰어 놀게 하고자 함이며 우리 내부로부터 새로운 의사상을 만들기 위해 노력할 것이다.

셋째, 새로운 의료관을 수립하고 미래의 의료 체계를 모색하는 것이다. 세균이 되었건 사회제도가 되었건 간에 인간의 생명을 목 조이는 그 모든 것을 극복해 나가는 것이다.

이제 우리는 그 출발점에 서 있다. 미증유의 길을 개척해야 하는 우리의 발길이 결코 순탄치만은 않다는 것을 우리의 그 포부와 이상만큼이나 절감하고 있다. 그러나 우리는 이러한 전망과 활력을 믿는다. 그리하여 왜곡된 선배들의 모습을 바로 잡아 세우고 살아 있는 전망을 이 거리에 심을 것이다. 더 이상 현실을 개탄하고 우리의 모습을 자괴스럽게 바라보면서 우리끼리의 음성적 위안을 일삼는 내부의 문화를 과감히 깨뜨려 토론과 대화의 광장을 열어 갈 것이다. 〈청년의사〉에 보내는 투고는 사실을 축적하는 기초가 될 것이며, 〈청년의사〉를 통해 내려지는 결론은 미래를 향한 나침반이 될 것이다.

시대는 변하고 세대는 바뀌고 있다. 우리의 출발은 작지만 그 뜻은 저 역사의 언덕을 오르고 있다. 민족의 아픔을 끌어안고 대중과 함께한 자랑스런 선배 의사들을 귀감으로 삼아 먼 길을 가고자 한다. 우리의 시행착오는 선배 제현들의 못 다 이룬 꿈을 이룩하기 위한 진통이며, 우리의 외침은 언젠가는 이루어져야 할 시대의 꿈이기에 두려움이 자리 잡을 곳은 없다. 의료계의 모든 분들의 격려와 질책을 기대한다.

신문 〈청년의사〉가 전국의 모든 청년의사들에게 그 창간을 선언한다.

이 책을 엮고 나서

오늘의 의료 현실은 환자를 이루는 대다수 국민이나 치료자의 입장에 서 있는 의사들에게나 온통 불만투성이임에 틀림없다. 더욱이 건강에 대한 욕구가 높아 가고 더 높은 의료서비스를 추구하게 되면서 이러한 불만은 한층 커질 수밖에 없다. 물론 이 책에서 우리가 이러한 현실을 분석하고 제도적 문제, 의사들의 사회성 부족, 국민들의 왜곡된 의료 문화 등등을 비판하고자 한 것은 아니다.

다만, 의사와 환자 사이의 신뢰 관계 회복이 이러한 문제를 해결하는 관건이 되리라고 우리는 생각한다. 오래도록 쌓여 온 불신이 하루 아침에 회복될 리는 만무하지만, 의사들 편에서의 작은 노력이라도 쌓이면 그것이 곧 새로운 사회의 문을 여는 쐐기돌이 될 것이라는 것이 우리의 믿음이다.

거창하게 이야기해서 이 책은 바로 의사와 환자의 신뢰 관계를 회복하는 데 조금이나마 도움이 되었으면 하는 바람에서 기획되고 편집되었다. 전문적 지식을 독점하고 있는 의사들이 스스로를 뭐라 변명하더라도 칼자루를 쥔 가해자의 입장을 벗어나기 어려운 것이 오늘의 현실이기는 하다. 그러나 의사들 자신이 스스로 권위주의의 옷을 벗고, 자신들이 도대체 무슨 생각을 하고 살며 하루하루를 어떻게 살아가고 있는지를 진솔하게 보여 주는 것이 서로를 이해하는 실마리가 될 수 있을 것이라는 소박한 바람이 이 책을 만들게 했다.

이 책은 최소한 도둑놈으로 불리기를 거부한 사람들이 느끼고 경험했던 이야기들이다. 이 이야기들의 절반은 신문 〈청년의사〉에 이미 실린 원고들을 일반 독자들이 이해하기 쉽게 재구성한 것이고 나머지 절반은 새롭게 써진 글들이다. 보다 독자들이 편안하게 읽을 수 있도록 고쳐 쓰기는 했지만, 여기에 나오는 이야기들은 모두가 우리 청년의사 사람들이 실제로 겪었거나 주변에서 벌어졌던 일들을 바탕으로 쓰였다. 일견 황당하기까지 한 그 모든 일들이 의사라는 특수한 직업을 가진 사람들에게는 하루하루를 스쳐 지나가는 일상의 이야기들이고 또한 그 이상을 깨뜨리는 긴박한 현장의 이야기들이다.

마지막 장에 '청년의사 사람들'의 이야기를 어울리지 않게 실은 것은 사실 이 책을 기획 · 편집한 사람들이 지난 몇 년 동안 주체할 수 없는 열정으로 미친 듯이 지내온 시절을 소개하고자 하는 강렬한 충동 때문이니 너무 탓하지 마시라.

우리는 아직도 세상의 관행과 타협하기에는 순수함을 버리지 못하는 젊은 의사들이야말로 한국 의료계를 짊어지고 나갈 미래의 동량이자 오늘의 불만족스러운 현실을 고쳐 나갈 주역들이라 믿어 의심치 않는다.

거대한 공룡과도 같은 병원에서 오늘도 밤을 지새우며 환자를 돌보는 청년의사들에게 이 책이 하나의 위안이 되기를 바랄 뿐이다. 또한 이 책은 바쁘다는 핑계로, 늘 궁금해하시는 줄 알면서도 병원 생활을 변변히 설명 한 번 드리지 못한 아들, 딸들이 부모님께 보내는 편지이기도 하다. 자식을 의사로 키운다는 것이 얼마나 큰 고통인지! 그 고마움을 말로 다할 길이 없다.

이 책은 사실, 수많은 사람들의 노력이 합쳐져서 탄생한 책이다. 원고를 보내 주거나 자료를 제공해 주신 많은 분들께 진심으로 감사드린다.

김 진	연세의대 세브란스병원 마취과 레지던트 2년차 現 인천사랑병원 마취통증의학과장
김 찬	한양의대 생리학교실 조교 現 을지의대 생리학교실 교수
김대중	강화군 교동면 보건지소장, 공중보건의 現 아주대학교병원 내분비내과 교수
김상욱	서울중앙병원 내과 레지던트 4년차 現 강원대학교병원 내분비내과 교수
김지은	인천 중앙 길병원 진단방사선과 레지던트 2년차 現 가천의대 길병원 영상의학과 교수

| 김진구 | 인제의대 백병원 정형외과 레지던트 4년차 |
| | 現 인제의대 백병원 정형외과 교수 |

| 김치형 | 조선일보 사회부 기자 |
| | (연락 좀 해 주세요!) |

| 김현수 | 경기도 보건기획단, 공중보건의 |
| | 現 명지병원 정신건강의학과장 |

| 김태완 | 원자력병원 정형외과 2년차 |
| | 現 인천사랑병원 병원장 |

| 남미현 | 국립의료원 산부인과 레지던트 2년차 |
| | 現 남미현산부인과 원장 |

| 故 맹경렬 | 서울의대 의료관리학교실, 레지던트 1년차 |
| | 작고 |

| 신동우 | 연세의대 세브란스병원 일반외과 레지던트 1년차 |
| | 現 한림의대 동탄성심병원 외과 교수 |

| 안병탁 | 국립서울정신병원 정신과 레지던트 1년차 |
| | 現 풍물놀이연구소 회장 |

| 유정현 | 연세의대 세브란스병원 산부인과 레지던트 2년차 |
| | 現 분당제생병원 산부인과장 |

| 윤종현 | 가톨릭의대 가톨릭중앙의료원 내과 레지던트 2년차 |
| | 現 가톨릭의대 의정부성모병원 류마티스내과 교수 |

이태경	국립서울정신병원 정신과 레지던트 3년차 現 국립서울병원 중독정신과장
이현주	이화여대부속병원 소아과 2년차 現 이현주소아청소년과 원장
임지혁	서울대학교병원 가정의학과 레지던트 2년차 現 상계가정의학과 원장
전세일	연세의대 세브란스병원 재활의학과 교수 現 CHA의과학대학교 통합의학대학원장
정성필	세브란스병원 응급의학과 레지던트 1년차 現 연세의대 강남세브란스병원 응급의학과 교수
정인혁	연세의대 해부학교실 교수 現 가톨릭의대 응용해부연구소 교수
조윤선	고려대학교병원 일반외과 1년차 現 강남유외과 원장
최석민	국립서울정신병원 정신과 레지던트 2년차 (연락 좀 해 주세요!)
하미나	서울의대 예방의학과 레지던트 2년차 現 단국의대 예방의학과 교수
한상웅	한양대부속병원 인턴 現 한양의대 구리병원 신장내과 교수

| 한설혜 | 동부시립병원 내과 1년차 |
| | 現 서울 송파구보건소 내과 전문의 |

이상의 여러분 정말 고맙습니다.

아울러 이 책을 출판해 주신 열음사의 김수경 사장님과 총지휘를 맡아 우리들 꽁무니에 불을 붙인 노혜경 편집장님, 그리고 무엇보다도 의사들 시간에 맞추느라 날밤을 새워 가며 편집을 하다가 갑자기 늙어 버린 아리따운 처녀, 열음사의 이미정 씨께 감사드린다.

다들 바쁘게 사느라 자주 못 만나지만, 앞으로는 조금 더 자주 만날 수 있기를 기원합니다. 20년 전에도 고마웠고, 지금도 고맙습니다. 안타깝게 세상을 떠난 故 맹경렬 선생님이 새삼 생각이 납니다. 모두들 건강하시길 빕니다.

2014년 12월

이왕준 · 박재영